在中国，80% 以上的自杀死亡发生在农村

赵　凤

四十四岁，女，翁古城张炉

乡翁南村小王屯小队

2009 年 7 月喝百草枯自杀

姜立修

四十三岁，男，翁古城石岭

乡槐树沟村下黄小队

2008 年 6 月喝百草枯自杀

曹运宽

六十三岁，男，翁古城曹崴

子乡四家子村柳店小队

2009 年 5 月上吊自杀

……

……

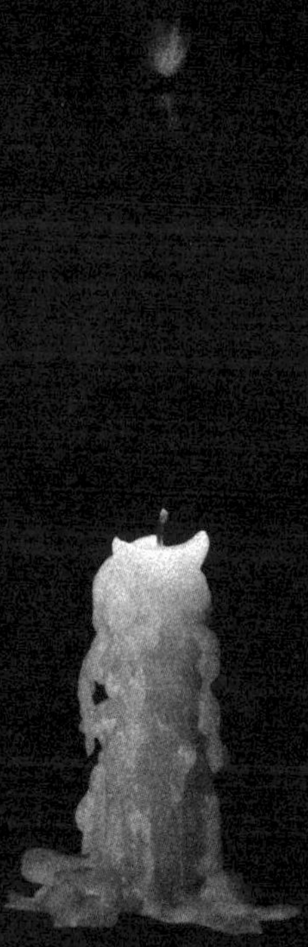

生死十日谈

孙惠芬 著

人民文学出版社

图书在版编目(CIP)数据

生死十日谈/孙惠芬著.—北京:人民文学出版社,2013
ISBN 978-7-02-009753-1

Ⅰ.①生… Ⅱ.①孙… Ⅲ.①长篇小说—中国—当代 Ⅳ.①I247.5

中国版本图书馆CIP数据核字(2013)第043288号

责任编辑 杨新岚 脚 印
装帧设计 刘 静
责任印制 苏文强

出版发行 人民文学出版社
社　　址 北京市朝内大街166号
邮政编码 100705
网　　址 http://www.rw-cn.com

印　　刷 北京天来印务有限公司
经　　销 全国新华书店等

字　　数 200千字
开　　本 880×1230毫米 1/32
印　　张 8.875 插页3
印　　数 1—15000
版　　次 2013年4月北京第1版
印　　次 2013年4月第1次印刷

书　　号 978-7-02-009753-1
定　　价 25.00元

生死十日谈

第壹日　〇〇一
第贰日　〇一九
第叁日　〇四三
第肆日　〇六九
第伍日　〇八五
第陆日　一〇七
第柒日　一三七
第捌日　一五九
第玖日　一八一
第拾日　二四七

开　篇

赵凤，四十四岁，女，翁古城张炉乡翁南村小王屯小队，2009 年 7 月喝百草枯自杀。

姜立修，四十三岁，男，翁古城石岭乡槐树沟村下黄小队，2008 年 6 月喝百草枯自杀。

曹运宽，六十三岁，男，翁古城曹崴子乡四家子村柳店小队，2009 年 5 月上吊自杀。

……

如果将这个名单继续列下去，会有长长的一串，从 2006 年 6 月到 2011 年 6 月，五年时间，翁古城地区自杀死亡名册上，就有五百多例。这是中国其他县级市同比人口中偏低的数字，是世界同比人口比例的平均数。这个数字最初撞入眼帘，不由得为之震惊。在我越来越狭窄、只能通过媒体了解世界的专业作家生活中，除了中东地区不断出现的自杀式爆炸事件，中国南方神秘的富士康自杀事件，小人物、平民的自杀，似乎很少闯入我的视线，即使闯入，也很少了解其具体姓名。他们就像秋天枝头凋零的树叶，飘摇着坠入大地，之后悄悄地归于寂然。在翁古城计生委的死亡名单上，这些自杀者的生死日期确凿，名字醒目。赵凤、姜立修、曹运宽和三岛由纪夫、杰克·伦敦、张国荣没什么两样，可他们的死、死因，以及他们活着的痛苦，死后亲人的痛苦，外边人很少知道。有一天，一位已经当上了当地政府领导的朋友问我，回老家忙什么？我说做自杀调查。他瞪着我，问：“谁自杀了？”我说：“不是谁，而是很多。”他以为我耸人听闻，惊诧地说：“很多？我怎么没听说？”

得以接近这些悄然陨落的生命，得感谢我的好朋友贾树华。她是滨城医科大学医学心理学教授。她拿到的第三个国家自然科学基金资助项目，就是做农村自杀行为的家庭影响评估与干预研究。关于农村自杀死亡者及其自杀遗族的研究和预防课题，树华已做了十二年之久。她带了自杀研究与预防课题组五个研究生，刚入秋就深入到翁古城的村村屯屯。我和我丈夫张申一同加入了这个团队。我加入，是当时我正在翁古城采风，看腻了太多热火朝天的莺歌燕舞；张申加入，是他当时正在寻找纪录片选题。他是滨城电视台国际部编导，自杀这个灾难性课题，他还从未涉及过。当然，也由于树华再三“诱惑”我们。

事实上，从有这个想法到真正参与调查，我在心里纠结了很久。我为此也不采风了，回到滨城家里，仿佛只要留在翁古城，就会被拖进去。在有了一些经历跨过天命之年这个门槛之后，我不再喜欢悲剧。曾经，我无病也要呻吟，无愁也要善感，好像不呻吟、不善感就少了某些人生滋味。我善于在很小的事物上挖掘痛苦、寻找忧伤，我迷恋失眠、恐惧、深夜里的惊悸，喜欢在快乐的人群里显出沉思的表情，在光明的背面探测潮湿的阴影，似乎这才是艺术的人生。可是变化怎么就来了，一点儿都不知道。岁月最是和平演变的高手，不知从哪一天起，我不但不喜欢从生活里挖掘悲剧，连艺术里的悲剧也要躲避。电影《2012》、《唐山大地震》、《南京！南京！》，宣传得再好都坚决不看。如果身边人的悲剧不得不面对，那么也尽量让自己麻木，不去用心体会。我一直以为我在堕落，作为一个作家，我的心灵在衰退。当一个人觉得健康地活着比创作更重要，那一定是心灵衰退的表现。然而我并没因此而焦虑，反倒觉得上了一个台阶，悟得了人生要义。这个秋天，要不是树华一次又一次电话动员我们，要不是张申每天回家都念研究生们发来的短信——“张老师，你和孙老师啥时候来呀？”我很难跨出这一步。

2011年9月10日，我终于跨出去了。在走出楼道、等待张申把车开出来那一刻，我双手合十，冲东北方向的翁古城老家，长久伫立，我在心里说：等着吧，我们马上就到。

第壹日

1

初入村庄

一泡屎要了两个人的命

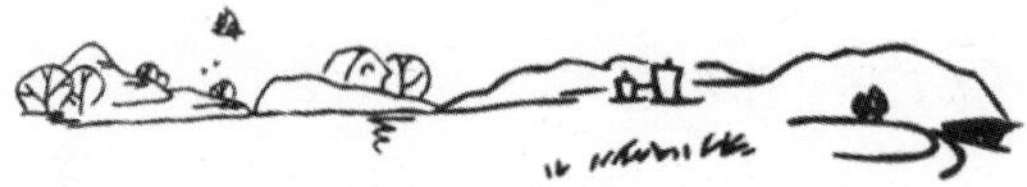

初入村庄

因为和研究生们约定七点在翁古城张炉乡会合，我和张申四点五十就从滨城出发。那时天还没亮，城市街道上车辆很少，我们的车就像离了弦的箭，十几分钟就冲上了黄海大道。因为和张申拥有同一个故乡，这条逶迤在黄海北岸的回乡路我们不知走过多少回。最初是201国道，后来变成了高速公路。我们的目的地总是连着路的两端，要么是从滨城到翁古城，再到青堆子；要么是从青堆子到翁古城，再到滨城。在乡下时，以为这条以翁古城为连接点的路通着的远方，就是世界。可在城里住了一些年之后，猛然发现，乡村才是世界。在城里待烦了、待久了，最想回的就是乡村。

张炉乡政府驻地我们都不陌生，它原来叫烈士山，坐落在翁古城境内南端，属沿海乡镇。201国道像穿糖葫芦一样把它和青堆子穿起来，每次从翁古城城区出来，必经它的心脏。这个心脏这些年来一直在变，先是改掉烈士山这个光荣而不吉祥的名字，换成张炉，之后又把它西边的菊店乡、东边的观海乡合并进来。在改革开放的大环境里，总有人在设计着历史，改变着历史，尽管你永远无法弄清那个具体的人到底是谁。但不管怎么变，在我们心里，它都不过是个指示牌而已。当见到路两侧商业街的门楣上出现“张炉”时，就知道离我们的家已经不远了。

然而这一次，我们不是路过，张炉，就是我们的目的地。

在一个熟悉却从未下过车的地方下车，有一种奇怪的感觉，就像一个总是越门而过的人终于踏入了亲戚的家门，新奇中夹杂着一点惭愧。倒是这里的“亲戚”并不在意我的惭愧，大大咧咧迎上来，“张老师、孙老师，你们可来啦！”

说起来，课题组的研究生和张炉毫无关系，他们来自内蒙古、哈尔滨、铁岭、朝阳、山东，就因为在滨城医科大学读精神医学和应用心理学硕士，就和这里有了关系。不但有了关系，还是深切的、血缘一样的关系。当他们冲过来把我和张申围住时，我已经有些认不出他们了。慕红、居颖、钱薇、王月楠，一个月前在树华专设的送行晚宴上，她们个儿顶个儿面色白净，目光清澈，个儿顶个儿有着一头精心养护的披肩直发，那直发随她们脖颈的转动飘逸，有一种藏不住的青春之美。可是眼下，她们皮肤粗糙了、黑了，化妆品因为渗不进去，在表面形成一层霜花，头发不但不再飘逸，且傻傻的锥子一样被束在头顶。此时的这些研究生们，如果不细看，完全就是一副乡下孩子模样。就连唯一一个男生吕岳成，也没有了原来的清爽帅气。

当然，我没有把真实感受说出来。临行前树华在电话里叮嘱过：“姐，见到他们一定要给他们鼓劲儿，可坚决不能让他们泄气呀。”于是我说：“怎么，怎么你们都变啦？一个个都比原来……成熟啦。”可他们根本不在意我怎么说，只顾争相上来握手。领队慕红一边跟张申握手，一边郑重强调：“张老师，可不能开车下去，我们不能太兴师动众了，你把车停在乡政府，咱们大家挤在一辆面包车上。”

如果不是有幸加入这个团队，我永远不知道世界上还有这样一种车。它看上去像一只脸口很短的鞋子，鞋身又窄又长，鞋腰也不高，可拉开拉门，却能塞进七八个人。实际上我们后来到的所有乡镇，都能租到这样的车子。它比轿车拉人多，是专为团体租车者准备的，按天论价。这个微型面包车让我见证了世界的丰富性，可是我却为此付出了代价。离开乡政府拐向一个坡路，七八个人球一样左右滚动，觉得好像坐在电影院看3D电影，胃的最深处也在翻腾着。

然而，就在晕车的感觉从心底往外翻涌时，我一直为之恐惧的东西也在车上漫延开来。它一开始出自一个细弱的朝阳口音，之后又加入了尾音很重的铁岭口音，再之后又加入了哈尔滨口音。一个多月，他们听到了太多的悲苦，他们没有办法不让自己释放。

一个男孩十七岁就自杀了。他念不进书，退学在翁古城木器厂干临时工，爱上一个大他五岁的女子，那女子不答应他，他就要换工作。回家跟母亲讲，母亲说死不同意，不但不同意，还没好气地骂了他。结果，在离家返回翁古城的路上，他摸出从家里带出来的百草枯，一口气喝下。在医院抢救时母亲赶到，他睁开眼睛跟母亲说了最后一句话："妈，我还能活吗？我不想死。"

一个男子得了胃癌，家里没钱治疗，想服毒自杀。可是他的食道已被肿瘤塞满，根本喝不下药水，最后只有拖着枯瘦的身子爬到山上上了吊。

一个七十五岁老头，强奸了十五岁女孩。女孩怀孕，他没脸见人，喝百草枯自杀。

……

车在一个院子里停下来，我冲下去哇哇呕吐。我知道我吐出来的，除了食物，还有什么——一个母亲耳边每天响着"妈，我不想死"的话！聪明的慕红察觉到她碰到了做母亲的最脆弱的神经，轻拍我的后背，不住声地说："孙老师，对不起，对不起。"

彻底吐出来，在一个阔大的院子里慢慢站起，才发现眼前是张炉乡张店村村委会。橘黄色二层小楼前，挂着两个牌匾，一个写着中共张炉乡张店村党支部，一个写着张炉乡张店村村民委员会。这样的小楼，下乡采风时就已见过，2007年滨城市政府拨款统一兴建，村村都有。它一水儿的尖屋顶，一水儿的红色屋瓦橘黄色外墙。它区别于辽南乡村千百年来的房屋，在野地中央拔起。这深扎在乡村土地上的西洋景观，使我不得不相信现代文明向乡间推进的脚步。多年来，我一直以为，村是中国行政体制中最小的政府。可是下乡采风才知道，中国最小的政府是乡镇，村没有政府，村干部之所以民选，就因为村属于自治。而树华这个访问项目实施起来困难巨大，也因为村干部是民选的，他们不得不顾忌村民们的感受。

怕村干部敏感，慕红没让张申跟进去，我俩在院子里面面相觑时，张申焦虑得直跺脚。在他看来，即使是拒绝，拍下来也是有意义的。见五分钟过去了还不出来，我冒胆走了进去，循着楼道里嗡嗡的声音，我来到二楼。在楼梯口正对着的一个办公室里，一个腰宽体胖的大个男人正冲五个研究生呜呜嗷嗷比画。站在旁边听一会儿才明白，他是村书记，拒绝采访。他说："什么这个大学那个大学，弄不好都是骗子。前一段来了一个豪华车队，打着国家和政府旗号，说来给中老年人检验是否缺钙。村里一听是好事，帮忙召集老百姓，由他们挨个检查，晌午还供他们饭。他们饭后拉来一大卡车钙片，大张旗鼓卖给老百姓。可是他们人还没走，公安局的车就开进村子，把他们全部抓走了。结果可倒好，俺挨领导好一顿批。"研究生们大眼瞪小眼地看着，慕红不甘心，继续解释，说我们绝不是骗子，我们既不检查也不卖药，我们只是访问自杀者亲属，做个评估，看看他们的生活是个什么状态。

慕红避开了国家和政府这样的字眼，努力把话说得软和顺畅。可穿一身水红衣裳的妇女主任仍然不依，说："什么状态？家里有人死能是好状态？状态不好政府能救济不成？再说啦，你揭人家伤疤，谁能愿意？”

走访了一个多月，这种情况慕红想必见多了。她没因此退缩，依然和风细雨说：“以后，国家会给一些救助政策，比如心理疏导呀、干预呀，这都得有个调查评估。访问每个人所耽误的工夫我们还给四十块钱误工费，如果有情绪问题我们可进行很好的咨询和疏导，我们都是国家高级职业心理咨询师和精神心理专业方面的研究生。”

“它不是钱不钱的事，你是在揭人伤疤。”

虽然年轻的妇女主任一再强调不能揭人伤疤，可当听说每个被访者有四十块钱，她还是焖住了。顺着焖住那股气儿，她看了看村书记，并接过名单，慢慢坐到椅子上。后来我知道，这四十块钱，不但是得以走近被访者心灵的秘密通行证，也是争得村干部配合的重要条件。没有谁会比他们更了解四十块钱对灾难家庭的重要性，也没有谁比他们更知道在这秋收的季节找人有多困难。踩着四十块钱开辟的道路离开村部，我感到有些心虚。长时间注视张申，某一刻，我觉得我俩是狗仗人势，是入伙抢劫。因为我们不但没有一个正当的身份，还是从他们重新撕开的伤口上寻找财富。

可是已经来了，已经没了退路！

一泡屎要了两个人的命

在这个金灿灿的秋天，在张店村西柳屯，我们撕开了第一道伤口。目标人是一对婆媳，她们于2007年5月，双双自杀。在研究生们的专业术语里，称自杀者为目标人，能采访到的自杀者亲属为被访者。那一天，我们真正接触到被访者，都已经是下午两点多钟了。自2006年到现在，张店村的自杀名单上共有五人，四人服毒，一人上吊。可是要找到目标人的亲属，确实如妇女主任所说，非常困难。他们不是到外地打工去了，就是上山干活去了，而上山干活，又不知道他在哪一片山上。死的人死了，活着的人总要活着，寻找奔生计人们的踪影，面包车在乡野上不知跑了多少个来回。

这是一座外表相当气派的房子，青石灰瓦，院墙高筑。它坐落在一片野地中央，被一片在风中摇晃的苞米秸隔着，远远看去，显得生机盎然。不知是在乡路上转得太久，急切的心情一点点消耗了某种恐惧，还是眼前充满生机的房子具有某种镇静作用，绕过一条杂草丛生的小道，走近死过两个女人的家门，我居然毫不紧张。

一切都再平常不过。妇女主任在门口“二叔二叔”大喊两嗓子，一个男人就从院子里的苞米堆前站了起来。上午第一个联系的就是这个男人，他个子不高，肩膀微微前倾，灰呛呛的头发贴在头皮上，给人逆来顺受的无奈感。但当他拉开铁门来到摄像机前，目光扫向我们时，却顿时有了精神，仿佛早就知道在某个时候，他就该是一场戏的主角。这令我深感意外。尤其在慕红向他讲述找他的理由，说国家关心这样一个群体的生活状态和精神状态时，他手往院子里的苞米堆一指，示意张申说："照吧，就照苞米堆，今年大丰收，俺收了二十多车。"好像那样他会给国家交一个完美的答卷。

实际上，在后来的日子里，我们见到很多这样的被访者。他们深陷灾难，却并没被灾难击垮，只是他们为什么没被击垮，各有各的原因而已。套用托翁那个著名的家庭论述，灾难到来是一样的，承受灾难的能力却各有各的不同。

一院子的苞米，扒出来的堆在左侧，露出金黄色的米粒，还没扒出来的堆在右侧，就像一群等待飞翔的鸟。看到它们，我倍感亲切。童年时，只要到了秋天，就跟着秋收的大人，天天滚在苞米堆里。在那些从苞米身上扒下来的叶子下面，我听到过来自遥远世界最奇妙的声音。只要你回到乡村，总能感受到生活中那些亘古不变的东西，这东西不是别的，是收获的喜悦。然而现在，在这个孤寂的院子里，我不但感受不到秋收的喜悦，而且听到了一声惨叫，一曲哀怨，经历着一个久久不能释怀的伤痛。

他叫于吉良，今年五十四岁。为了不耽误被访者干活，慕红把妇女主任和其他研究者打发去了另一家。坐在苞米堆上，就开始了访谈。虽说他不是个善于表达的男人，说话时舌头在嘴里打卷儿，可是讲起那一天的事儿却极其流利，好像他在内心里已经讲过多少遍了。"那是多会儿？是前年五月，记得打芸豆架了嘛。那天头晌，媳妇上河套洗衣裳，把孩子扔给俺老婆看。媳妇从来不干活，一干活就躲，俺老婆性急，干起活来不让劲儿，上园子里打芸豆架去了，把孩子自个儿扔在炕上。可俺媳妇来家一看，孩子在她屋里，抹了一炕屎，立马就火了，指着地当央的狗骂老东西不要脸。俺老婆一辈子没叫人骂过，哪能听得了媳妇指鸡骂狗，就从园子里回来问媳妇骂谁。媳妇本来就要尖儿，哪经得住问，疯了一样扑到俺老婆怀里扯把衣裳。俺老婆一天三顿饭侍候她和孩子，什么活都不用她干，她还冲她动手，一气之下，就上厦子摸出一瓶百草枯喝了。她喝完，怕媳妇喝，还把家里所有农药都倒了。谁知媳妇看婆婆躺到院子里，吓得嗷嗷叫，一边叫一边找药。到底在灶屋后窗台上找来一瓶卤水，就是点豆腐的卤水……”

“百草枯太厉害了。邻居上山把俺喊回来，俺老婆已经死了。俺儿把媳妇送医院抢救，活了七天。”

一泡屎要了两个人的命，这听起来实在不可思议。在于吉良简短的讲述中，蜷伏了许多隐秘的皱褶，就像我们曾经见过的大山的皱褶，那里生长着各种野草和树木。只不过在婆媳这两座大山的皱褶里，生长的不是野草也不是树木，而是情绪，过日子日积月累的情绪。媳妇从来不爱干活儿，婆婆一干起活儿来就性急，这两股来自不同方向的河水，冲撞到一起，必有浪花。上河套洗衣裳虽然也算干活，可同是干活，和打芸豆架比，精神内核有本质区别。芸豆是夏天青黄不接时农村最重要的蔬菜，许多从辽南农村走出来的人都有一个抹不掉的记忆，就是在大铁锅里炖土豆芸豆。打芸豆架一般都在五月，农时不等人，尤其对一个把过日子视为生命的女人。而上河套洗衣服，则是躲避干活的最好方式。我少年时就以此为由躲避过推碾推磨各种农活。眼前是流淌的河水，身后是刮过的轻风，时而停下手里搓洗的衣服，盯住河水，那亮晶晶的水里，还会映现出一个又一个波光粼粼的梦想。一个刚嫁过来的二十几岁女子，未必嫁人就断了梦想。

我的联想很快得到了证实。那时我身后突然响起一个女人的声音，她好像早已经来到院子里，嚷嚷道：“小死鬼儿太不是东西了，一天到晚搽脂抹粉，除了上河套洗衣裳就是玩电脑。你不干活就不干活，俺姐说了，家里没有闺女，就把她当闺女养活。可是你还要脾气，你还动手打人，你说气不气死个活人！俺姐为什么喝药，不就是想看看我死了你怎么过吗？俺姐把药都倒了，就是不想让她死，叫她过过看！谁知她捡了便宜，也撒了手。你说俺姐怎么就没想到后窗台还有一瓶卤水。”

死，不是失败，而是胜利。这里隐藏了婆媳之间怎样的纠结，真是难以想象。被身后粗哑的声音吸引，大家纷纷侧过身，张申也转过了镜头。可是这个包着翠绿头巾的女人却像只机敏的燕子，迅速躲过镜头，一边吵吵“白照俺白照俺”，一边跳到房屋门口的台阶上。

为了不影响慕红继续采访，我也跨上台阶，用目光阻止她介入的同时，也表达了自己愿意和她多聊聊的愿望。其实我更想从她那了解一些有关婆媳关系的细节，很明显她对这个家庭的事情了如指掌。

如果不是这个绿头巾女人半道加入——她是于吉良老婆的妹妹，家就住在前街，我不知道会不会就这么不设防地走进一对亡人曾经生活过的屋子。走进屋子，才想起树华常说的一句话，女人家女人家，没有女人的家简直就不是家。那悬浮在院里院外的生机，不过是往昔生活的再现。掩盖在一堆零乱的柴草、鸡蛋壳底下平坦的水泥地，一炕肮脏的被褥、衣裳底下花色漂亮的人造革炕垫，挂满了腰带毛巾之类杂物的乳白色大衣柜、高低柜，高低柜上依然崭新的松下电视，电视边上已经卷曲的婚纱照……美好的往昔与凄惨的现实重叠，你不得不对不负责任的毁坏生出愤恨。绿头巾女人把罪魁祸首直指媳妇，指向媳妇的妈妈：“不叫小死鬼儿妈妈护着她闺女，这个家早分了，何至于把俺姐气死?！你不知道，拌一回嘴，小死鬼儿就家去把她妈搬来一回，她妈一来就坐在炕上叫板，说俺闺女长这么大没干过活，她才二十五岁，你叫她自个儿怎么过？还跟俺姐要电脑，说她闺女就爱在电脑上看书。你说说，她什么好样的闺女，还看书？你能看书考大学呀，嫁咱农村干甚?！俺姐也是，死要面子，听人家一说就屁都没有了，真给买了电脑。俺姐早都不想活了，她觉得和一个媳妇处不好叫人笑话，活着没意思。”

婆媳是天敌，这是千年古训。婆婆生儿育女建立家庭，由媳妇熬成婆婆的同时，也建立了一套自己的家庭秩序、生活习惯。媳妇由姑娘变成媳妇，把根从娘家拔出，移植到新的土壤的同时，旧有的生活习惯受到挑战，新的梦想也受到限制。近些年来，这个古训早已被计划生育政策颠覆，一对夫妇只生一个孩儿，即使在乡村第一个孩子是女孩还可以再生一个，那么也意味着一个农村家庭，再多也就只能有一个儿子。现在三十五岁以内的孩子，大多都是独生子女。他们的父母大多都才六十岁左右，年富力强，根本不怕儿媳捣乱。如果不能把儿媳当成闺女来养，分家是一个绝对安全的选择。毕竟就一个儿子，就是买不起房子，住对面屋也是可以的。可是一个女人为了面子不去分家，却选择了死。

死要面子，这样的女人我并不陌生。我的奶奶、母亲、大嫂都属这种类型，为了外人夸一句好，她们不惜牺牲一切。生活疆域的狭窄，物质资源的贫瘠，使她们的刚强只能在虚妄的面子上凿出痕迹，就像啄木鸟在青绿的树上啄出深洞。可是，一个乡村女孩儿长到二十五岁没干过活儿，这正常吗？一个乡村女孩儿长到二十五岁没干过活儿，就不怕有失面子？

不断进出乡村，我知道这太正常不过了。一对夫妇只生一个孩儿，这个孩儿就成了父母捧在手中的心肝宝贝。即使有的家庭因为第一胎是个女孩又要了第二胎，勤劳的父母也要不惜代价倾身给予。

如果家里生活贫穷，没有更多的物质给予，那么不让她干农活儿，就是做父母的最大的给予了。所谓贵养闺女贱养儿，这一观念也病毒一样在乡村蔓延。实际上，在我后来走过的许多村庄，很少能见到这些被父母贵养的女孩子。有一个目标人，是个二十六岁的女子，二十刚出头就在滨城一家服装厂打工。有一天家里的母亲突然得脑血栓瘫痪在炕，不会做饭的父亲劝她辞掉工作回到家里，并在当地招了养老女婿。可是长这么大没做过家务，也从没准备过乡村日子的她，竟然在孩子五岁那年喝百草枯自杀了。乡村，似乎怎么都无法延伸年轻女子的希望。而这些乡村女子，但凡有一点本事，也要在进城打工之后，在城里嫁人。即使她们嫁了民工，不得不回乡安家，也绝不回到生养她们的土地。她们会要求男方在县城或小镇买楼，过远离土地的城镇生活。可以说，不干土地上的活儿，是新农民最大的“面子”。许多生了一个男孩的父母终生最宏阔的理想，就是省吃俭用，到了儿子结婚时，一次性血本投入，在城里买楼。一年前在滨城碰到腿有残疾的邻居二哥，问他腿脚不好怎么还出来干，他说不干行吗，怎么也得挣点钱在翁古城给儿子弄个楼啊。弄个楼，这是大部分乡村父母的理想。他们一代一代住在山野，改革开放打通了山野与城市的界限，这个理想就兔子一样跳到他们眼前。只是不知这个媳妇为什么没要楼，而只要了个电脑。

当把想问的话问出去，女人晃了晃头上的绿头巾，小心地向窗外扫了一眼，之后压低嗓音说：“还不是那个老东西！他一辈子没住上个好房子，非要花钱在农村盖大房，就那么点钱，在乡下盖了，就买不起楼。俺姐为什么同意买电脑？不也是怕亏儿媳妇！为这事儿俺姐和老东西没少拌嘴，也活该他！这回好了，这么大个房子你住吧，叫你当爹当妈还得当奶奶。你当得起奶奶吗？当不起！看这一地鸡蛋皮，就会炒个鸡蛋，天天给孙子炒鸡蛋，把孙子送青堆子幼儿园，有屁用！你没去看看，小脸儿蜡黄，天天只吃鸡蛋不吃菜，能行？！”

女人的诉说，使这个灾难家庭的伤口进一步撕裂。我并没为此分散思绪，在一块红绒布底下，我发现了一个台式电脑，它在堆了一堆鞋袜和换洗衣服的柜角默默伫立，仿佛一只遭主人遗弃的宠物。我想起一个月前和读大学儿子的一次通话。他说:“妈妈，太上火了。我复习GRE本来一包子劲，可是网上动不动就弹出一条信息，说某某同学在哪唱歌,在哪逛街,心一下子就沉不住了。你知道吗妈妈，你本来只在一间屋子里，是封闭的，没有背景，可网络把你放在骚动热闹的空间背景上，叫你无处可逃。”这个女孩，死时只比我的儿子大三岁。我在想，在一个与城市现代文明没有一点距离的电脑上，与城市有着遥远距离的乡村，如何安置一颗青春的心？为此我认真端详着那张婚纱照中的女孩——为了不使绿头巾女人对她有更强烈的控诉，我一直没有走近她。这是一张无论是技术还是造型都很现代的照片。她依偎在男人宽阔的肩膀上，一头明星一样漂亮的卷发，洁白而修长的胳臂，灿烂又迷人的笑容。在婚纱照这件事情上，可以说城与乡已经没有多少差别。细微差别在于，在瞬间的灿烂之后，等着乡村女主人的是寂寞的村庄，埋里埋汰的院子，烟熏火燎的灶屋。最要命的是，就在她孤寂埋汰的生活中，有一个美丽的、触手可及的世界。在那里，有热闹的酒吧，车来人往的街道，繁华喧嚣的大型购物商场，有舒适的厨房，方便的室内卫生间，有可以随时给孩子洗澡的热水器……

见我长时间看着“小死鬼”的照片，身旁的女人有些不耐烦，不停地来回走动。进门先进西屋，是我有意为之。在两个死去的女人中间，我对年轻媳妇的兴趣更大。原因很简单，我已经是她的妈妈的年龄，我想捕捉这样一个现代乡村女孩的生活信息。而我深知在乡村，户主在东，媳妇的屋一般都在西边，东为大。然而，就在我决定离开西屋到东屋看看时，女人忽地一下蹿出了门槛，我随绿头巾飘动的方向探望出去，只见院子里多了一个一头花白头发的男人。他身边的摩托车上，坐着一个小男孩儿。一家三代三个男人在院子里一网打尽，张申显然有些兴奋，摄像机立即调转过来。可是这个儿子，和父亲却大不相同，一边挥手让张申停下，一边猫腰往屋里钻，竟差一点和我撞了个满怀。

那个下午，我们顺利的采访在于吉良儿子进屋时遭到破坏。他钻到屋子里再也不出来了，也不让他的孩子出来，那张蜡黄的小脸儿菊叶似的在眼前忽闪一下，就再也看不见踪影了。树华对自杀访谈有严格规定，被访者不同意，绝不可以勉强。问题是，他不出来，他的父亲也闭上了嘴。我重新回到院子里，发现做父亲的蹲在那儿，头深深地埋着，两手使劲撕扯着苞米叶子，仿佛他接受采访，是做了件对儿子大不公的事。我和慕红面面相觑时，绿头巾女人在身旁小声说："走吧你们，俺这外甥得了精神病，一天天也不说话，俺姐夫都愁死了。"

听她这么说，慕红眼睛顿时瞪大，轻声说："他得了抑郁症，他需要治疗。"但片刻后，她又摇摇头，自言自语说："现在还不行，不能强迫他。"

日光在院子里一层层暗淡下去，房屋的窗玻璃上，透出一圈深不可测的黑影，而堂屋屋门洞开的黑漆漆的底色，衬托着一群舞在半空的蚊蝇，使屋外展现在苞米堆上的生机顿时消逝殆尽。不但如此，一种让人胸口发紧的凄楚、苍凉、死寂，无遮拦地挤压过来。此时此刻，你怎么都无法想象，在这凄楚、苍凉和死寂的屋檐下，三代男人如何打发日子。悄悄地从院子里退出来，远远地回望那新崭挺阔的大瓦房，绿头巾女人送给我们一句意味深长的话："俺姐夫那个老东西呀，是个怪物，他要是好，俺姐也不至于没有一点活的念想。”

在屯街长满蒿草的小道上等车，慕红跟我说：“这老头是有点怪。”在这些研究生眼里，五十多岁的人都是老头，“他太守旧了，他家好几代都活得很卑微。爷爷要饭，父亲住了一辈子泥草窝棚，到他这辈儿，讨了个能干又会过的老婆，生了个肯出力的儿子，攒了家底儿，就非要盖大房抻抻腰杆儿。他说你一个乡下人混进城里就是小鱼小虾，显不着你，你在乡下盖个大房子，你就是大鲤鱼。为这事他和老婆还吵过，他老婆不同意。老婆说在城里，你是小鱼小虾，在乡下，你就是土坷垃。他说他老婆一直迁就媳妇，就是不想让媳妇变成土坷垃。他认为这绝对是错的，土鳖变不成蝗虫，你说有没有意思？”

一个男人的终生理想是有个大房子，在中国乡村，这不算守旧，却有点自私了。毕竟时代不一样了，一个大房子已经装不下家里所有人的理想了。一个女人的终生理想是不让另一个女人像自己这样成为土坷垃，在中国乡村，这不算自私，却有些落伍了。毕竟环境变了，不知道能遇上什么样的儿媳。可是在这什么都在改变，唯天高地远的空旷不变。寂寥漫长的日子不变的乡村，谁又能知道他们内心的皱褶里，会长出什么样的野草杂树呢？

上车之后，为了向我灌输于吉良的古怪，慕红继续说：“这老头儿太有意思了，那么守旧，认为农民的身份永远不可能改变。可他家出事儿，登了沈阳的报纸，有人告诉他，他到处找沈阳的报纸看。两个月后，一个在丹东打工的村里人回来，说在丹东一带的马路边，写着‘远离毒品　珍惜生命’八个大字，他居然坐大客上了一趟丹东，专门去看。你说有没有意思！报纸可能真登了他家的事儿，可丹东墙上的八个字绝不是针对他家的。那肯定是一个远离毒品的公益广告，毒品，不是毒药，可他就认为那是因为他的老婆和儿媳才写的。”

这时张申接话：“对呀对呀，他当时的表情太奇怪了。”

我陷入沉默，一个同时死了妻子、儿媳的人，会坐上大客去丹东看墙上标语，其原因是误以为遥远的外面跟自己有关。这是一种什么样的心态，会是真的吗？

回到张炉招待所，我让张申回放采访镜头。不是不相信慕红和张申的表述，而是想补上下午漏掉的信息。张申把摄像机的接口接到电视上，通过快进，居然直接找到那一段。“俺老婆和媳妇喝药第二天，省里报纸就登出来了，好多人都看见了。咱村在沈阳干活的人都给俺打电话，过后俺上村里找报纸，没找到，咱村只订《滨城日报》。没过俩月，丹东高速公路口的一面大墙上，写出八个大字‘远离毒品　珍惜生命’，刘仁环来家告诉俺，俺还不信，后来俺坐大客上丹东去看，真就看到了，真的。”

虽然于吉良的语音呜啦呜啦不很清楚，可它一字一顿撞击耳膜时，我禁不住热泪盈眶。在镜头上，他的表情实在太异常了。前倾的肩膀渐渐扬起，贴在头皮上灰呛呛的头发微微发颤，尤其一直躲在眼窝里那两束暗淡的光，它们像点燃的香火遇到风，一闪一闪发亮。他那样子，就像他老婆和媳妇终于让他出了名……这时，我不禁想到下午刚进院时，他那仿佛早就知道自己该是一场戏主角的姿态。卑微的生命通过亲人的死得以在更广大的世界里张扬，是不是也因此获得了活下去的力量呢？他要在乡村盖大房，不愿意上城里去做小鱼小虾，是否也是想通过某种方式，让自己弱小的生命得到更强劲的表达呢？

不得而知。

能知道的是，那个晚上，我翻来覆去怎么都无法入睡，一些场景和人不断来到我的眼前。睡不着，又怕弄醒张申，就坐起来看着窗外。月牙在远天高高地悬着，暗淡的光因为不足以照亮大地，使后边 201 国道上飞奔的车灯不时地撞进暗影，像一团团梦幻在大地上流转。借着一束束飞速流转的光，我一遍又一遍重复看到两个人。一个是于吉良的儿子——那个不曾说上一句话的抑郁者；一个是刘仁环——那个不曾某面的从丹东回到家乡的传话人。抑郁者静静地伫立在黑影里，就像一棵伫立在远方的树；刘仁环则坐在流转出灯光的车辆上，脸上挂着神秘的笑。在过去一天访谈的故事里，这个抑郁者是个空白，父亲坚持自己的理想在乡村盖房，他怎么想呢？他有理想吗？坚持过吗？那个刘仁环，在丹东当民工，他凭什么就认为丹东的标语跟家乡有关？他把一个远离毒品的广告当成了远离毒药的广告，是无知，还是在喧闹世界的孤独行走中产生的幻觉，抑或联想？

长夜无语，只有一团团梦幻一样的光在窗外飞速流转……

第贰日

2

徐大仙

怎么办？没办法！

徐大仙

刚刚有点睡意，耳畔就响起了叽叽喳喳的说话声，慢慢睁开眼睛，发现花布窗帘已经透出了熹微的晨光。失眠者永远觉得自己一夜未睡，其实意识已经在混沌中得到休息，因为张申什么时候离开房间我根本不知道。爬起来和研究生们一道排队洗漱，一道下楼吃饭。昨天的事情仿佛隔在栅栏外面的事物，影影绰绰已经不再连贯。在昨天的晚饭上，钱薇就像失去阿毛的祥林嫂，不断叹息："那个男人太可怜了、太可怜了，老婆有病自杀，又娶个老婆。结婚时还好好的，婚后半月不到，发现她有癫痫病，动辄就抽风。采访现场就抽了起来，你说可不可怜？"现在，钱薇捧着一碗苞米粥在那静静地喝，似乎可怜的人已经离她而去。

这正是黑白交替的作用，当新一轮阳光逼退黑暗，新的现实也就逼退了黑暗中的思索。这新的现实，不是别的，是今天去哪个村，那些村会不会像昨天那样总是拒绝。慕红早早就放下筷子，和司机商量今天的路线。

今天的路线，还在张炉乡。研究生们在这里访问了五天，今天是最后一天。只不过今天去的村子在海边，201国道南面。那是一条宽畅的大道，就在从北部山区流出来的英那河边儿上。河水波光粼粼，岸边柳枝摇曳，而河的远处，是一片开阔的金黄色的原野。

我的故乡翁古城，最诱人的地方就是有山有海，往山里走，体会的是安详；往海边去，体会的是开阔。因为我的出生地离海很近，我对开阔比对安详更有感觉，尤其当司机说前边不远就是大海的时候。

翁南村就在离海很近的河汊子口。不知道夜里慕红做了怎样的工作，我们没有先上村部，而是在路边接上妇女主任，直接开到小王屯徐大仙家。就像打牌时头几张牌就能看出整体的牌局一样，一早顺着开阔的河和路，就已经预感到今天事情的顺利了。

这是一个破败的小院，在一条短街的最里边，它的左前方是一个土冈。翁古城沿海地区并不是一马平川，偶尔就有这样隆起的小土冈。它在让村庄有了某种安全感的同时，也让人对藏在外边的开阔更加心驰神往。

院子虽已破败，没有院墙，苞米秸串起的院门仰躺在大街一角，可是院子里却有一群白花花的鸭子。它们呱呱呱冲我们飞起来时，整个院子就是一个声音的王国。随着这声音，一个穿着紫红毛衣的女人从屋里迎了出来。她眼窝发乌，眉心和脖子被揪得通红，嘴唇上有一串亮晶晶的燎泡，好像正被一股无名火纠缠着。

“来啦，进来。”

她虽话音很低，但明显已经知道我们的来意。因为妇女主任停在门槛外，寒暄几句就拽着张申和另一些研究生转身离开，她丝毫没有挽留。

不让张申留下，这是之前就已说好了的。妇女主任说这女人会跳大神儿，外号徐大仙，要是见到摄像机，她断不会接受采访。

过了堂屋，进了里屋，一股酒气扑面而来，好像走进一个酒窖。屋子里非常拥堵，炕上看不出哪是被哪是衣服，凌乱不堪。地下高低柜的门开着，一个个包裹滑在地上，像在准备一场逃荒。沿海乡镇的女人一向不愿收拾家，这我是知道的。开放的大海使她们的心也是开放的、野的，她们宁愿在外面聚堆拉呱儿，也不愿待在家里料理家务。可徐大仙却在为眼前的零乱开脱：“可白笑话俺呐，俺闺女夜个回来了，给俺要她穿过的秋裤，俺找了一夜也没找到。”

我不禁头皮发麻，她闺女夜里回来了，那不是见鬼了吗？她的闺女两年前就喝药死了，我们正是为她死去的闺女才来的。我看了看慕红，她立即靠紧我，之后轻声道：“阿姨，你是说你走了的女儿吗？她怎么会回来？你是不是太想她，有了幻觉？”

女人没有接茬，她怔在那，就像被水噎着了，脖颈抻得老长。突然，那噎在嗓眼里的水喷将出来，洪涛一样浩浩荡荡滚过屋子。“啊呀，我的闺女呀，你为什么要难为妈妈呀，俺找翻了天也没找到那件衣裳呀……”

因为毫无准备，我和慕红都吓坏了。慕红一边在后边捋她的后背，一边安慰道：“阿姨阿姨别哭呵，你有什么委屈跟我们说，可千万不能伤自己身体呵。”

就在这时，里屋的屋门哐当一声大开，随之，一个满脸胡子的男人手握酒瓶子走了出来，说：“哭什么哭，再慢慢找找呗，有什么东西还能瞒得了神仙？”

他的话还真好使，女人的哭声戛然而止。这时，慕红见缝插针，简单介绍了一下来意，说到了国家对这个群体的关心，说到了四十块钱误工费。之后，转入正题，说：“阿姨，女儿叫赵凤对吧，她是属什么的？”

女人没吱声，男人在一旁接过话，“属什么，俺也不知道，反正走那年四十四岁。”

“你知道什么，你一天到晚就知道喝酒，她属什么？不是属龙吗，要不属龙能是这么苦的命吗？”

那天，如果没有男人的错误加入，真不知要绕多久才能打开女人的话头儿。而这个女人，一旦打开话头儿，便再也止不住。事实上，后来接触的许多被访者都是这样。他们好像早就盼望有一场透心彻骨的倾诉，发炎的伤口长期封闭，脓水早就在那里暗流涌动。只是这个外号徐大仙的女人神神道道，说不上两句，就探头往窗外望一下，惊虚虚的样子好像她的女儿就站在窗外。

赵凤是1964年生人，属龙，十九岁嫁给基建工人杨柱。杨柱后来当了工头，在城里养了一个女人生了儿子，从此再不管家里的老婆和孩子。不管不要紧，还把性病传染给她，想不开时她触过电跳过河，都没死成，最后喝了百草枯。她的故事并不奇特，属乡村在城市化进程中最常见的那一种。男人有了钱抛妻弃子在城里包养二奶，奇特的是男人把对家的情感带走了，却把城里最现代的病留下了。当然，最奇特的是，这个不幸的女人，家里有一个大仙的妈妈。

这是我所听到的最让人郁闷的倾诉。所谓郁闷，是说她把闺女的死归于黄泉下的冤魂。“俺闺女为什么死，就是叫冤魂盯上了，那冤魂是俺叔公公。他那年在雨天赶马车，走西河汊一下子翻了车，叫马给踩死了。俺闺女结婚那天就路过西河汊，魂儿是叫他抓去了。俺叔公公光棍儿，一辈子没结婚没生崽儿，俺闺女一小他就稀罕……她死过三回了，都是回到娘家。女人结了婚就是婆家的人了，想死你不死在婆家为什么要回到俺身边？就是俺叔公公闹她。”说到这里，她目光又向窗外闪了一下，仿佛她的叔公公也来到了窗外。慕红往我的身边贴得更紧。

“知道她不想活，她爸从来不敢把农药放外边，可死鬼自个儿揣的百草枯，你说这不是祸祸俺吗？你祸祸俺，还不听俺的，俺叫她一年给俺叔公公送一百个金元宝，她就不送。都是假的，纸叠的，也不用花多少钱，可她死倔，她说活着的人她都管不好，哪管得了死的人，没办法，俺给他送。俺是俺的，她是她的，那死鬼这不是挑理了，到底把她领走了……直到现在，她还来家缠缠俺。昨夜晚上十点，俺刚闭眼就看见她，她就站在俺头上，握俺一只手。她说：‘妈，俺病好了，俺想穿干净衬裤，没结婚时有条紫红色秋裤扔在家里，你给俺找找。’你说这不是难为俺吗？她结婚快三十年了，儿子都二十多岁了，上哪找呀？俺说给她买条新的，她来了倔劲儿，松开俺的手，影儿都没有了。”

童年里，我见过好多大仙。她们都是女的，都是在得了一场病后，神仙附了体，从此给人算命治病。五岁那年得了荨麻疹，发烧好几天不退，父亲就抱我去土门沟找大仙看过。病是否看好我已经忘了，只记得那女人披头散发，眼睛直勾勾的，喝起酒来咕咚咕咚，样子很吓人。现在，差不多半个世纪过去了，这些神仙不但从没从乡村消失，且愈发兴盛普及。前些时下乡采风，就遇到过两个，一个是狐仙，一个是长（蛇）仙。它们是大地的精灵，深藏在大地之下，掌握通晓阴间往生鬼魂的所有秘密。因为它们掌握通晓阴间往生鬼魂的秘密，就通过活人的嘴，来给阳间的人传递信息、答疑解惑。虽然我不知道到底有没有鬼魂，人间之外，是否还有另一个世界，但我从不质疑大仙儿的存在，因为我知道人都有无助的时候，科技也总有解不开的秘密。可是，女儿嫁人守活寡，又得了说不出口的性病，做妈妈的不但不去关心女儿感受，不去问为什么想死，还把想死的原因归结为阴魂，这不能不叫我心里发堵。更不舒服的是，女儿来到母亲跟前寻死过两次，明显是渴望救助……

“你是怎么知道你女儿得了性病的？”为了不错怪母亲，我主动向深处打探。

徐大仙捏了捏手指，眼神向窗外一扫，神经兮兮说：“这闺女也不知怎么了，她有话跟她二婶讲，不跟俺讲。她二婶那张嘴是什么，是小月孩儿裤裆——开的口儿，你问咱屯谁不知道?！都知道了，就俺不知道。还是出殡头天，俺不让往家埋，叫送回婆家坟地。‘除黑先生’[①]才来告诉俺，说她得了见不得人的病，要是埋到婆家，婆家人嫌弃。闺女活着没过好，死了还过不好。俺一听，什么都明白了。”

一个人一旦离仙近了，离人也就远了。想一想，她的女儿不把隐情告诉她也算正常，可是一个现代人，把性病看成见不得人的病，并且不去设法治疗，就有些不正常了。为了了解更多人的事而不是鬼神的事，也为了不影响慕红的访谈，我推开屋门，进了里屋。

可我哪里知道，这里的气息离人更远。这里有一个专为大仙设立的堂位，一张高桌上，摆着香蕉、梨、苹果一些供品。供品前边，是一个香炉，里边盛满烧过的香灰。高桌对着的后墙上，贴了一张大红纸，上边竖写着歪歪扭扭的黑体大字：狐仙狐天豹在此保平安。

见我进来，正在摆扑克牌的男人露出警惕的眼神，好像不情愿让我看到这一切。但他并没拒绝，赶紧下地，一股冲鼻的酒味也飘了过来。

“对不起大哥，打扰你了，我就是想知道，闺女得病，就没上外面治治吗？”

男人佝偻在那，手拿起炕沿边的酒瓶子，闻了闻之后，又慢慢放下，一看就知道是习惯性动作。他喝酒成瘾，一定跟女人是大仙有关，人们答谢大仙的物品大多是酒。他身后的炕旮旯，就有一堆酒瓶子和十来个透明塑料酒桶。他说：“治什么治，男人不给钱哪有钱治，再说，她也不来家吱声呀！”

他说话的声音呲呲啦啦，好像嗓眼儿里有永远吐不完的痰。说完这句话，他眼睛瞅着墙上的红纸，陷入可怕的沉默。不知是屋子酒气太足，还是大仙的堂位散发一种气息，我觉得这沉默是一个向

---

① 在辽南乡村，人死埋葬时，都要请一个专门驱鬼魂的老人，这老人就叫除黑先生。

下延伸的隧道，人被裹挟其中，看不到通风的窗口。

“你女儿，是不是太要强了？”我试图在隧道里挣扎，却仍然看不到光亮。

许久，在我决定放弃时，一丝微光朝我飘来，“怎么说好，俺这闺女，太傻了。”说着，他拿起酒瓶，咕咚了两口，“孩子八岁那年，杨柱就把家扔了。当时她婆婆还在，叫她上滨城去找、去告，那时屯里人都传他住在滨城老虎滩。她不去，不去不要紧，还捂着，谁都不让知道，就一门心思在家等。婆婆死那年，杨柱回来了，以为这回好了，她能当人面骂他闹他要他个说法了，可俺这彪闺女，怕人笑话，没打也没闹，结果，杨柱甩了两千块钱，一走十几年再没回来。前几年修滨海路，听说他领人在那包段，让她去找，她坚决不去。她头发等白了，身板瘦成瓜瓢儿，天天真魂不在身了，可人到了眼前，她就是不去，你说彪不彪！”

“是不是就那次男人回来染上的性病？”

“谁知道呢，她婶这么说。说当时领她上翁古城医院看过。”

“她为什么不跟妈妈说？”

“她妈是神仙，她不信她妈，她妈天天鬼呀神呀的，闺女不信。”

“闺女念过几年书？”

问这句话，是想知道她为什么不迷信。1964年出生的人正赶上“文革”，“破四旧立四新”的教育使这一代人大半都是唯物主义者，我也是，只是后来有些经历改变了我。可这句话问出去，就像向男人抛出一把沙子，他的眼睛立即眯缝起来，接着，迷雾一样的东西在那里渐渐涌起：“没念，一天书也没念。她妈领她来俺家那年，她都十岁了。转过年生了她兄弟，需要有人帮着看孩子，就没让她念书，那时候俺也穷。”

没念过书，这让我有些意外。我不敢说，她丈夫抛弃她与不识字是否有关系，但我相信，她不告不闹甘愿忍耐，与她不识字一定有着密切关系。只要鼻子下有嘴，老虎滩在哪儿，肯定能打听到。可是一个不识字的人面对高楼林立的城市，一定心怀深广无比的恐惧。当然，更让我意外的是，眼前这个男人，居然不是死者的亲生父亲。

“俺拿她像亲生闺女，她对俺也好。”大概怕我胡乱联想，他接着说，“她妈领她嫁俺那年，她十岁，爸爸叫得吧吧响。你想俺打光棍到三十多岁，囫囵巴有个闺女叫爸，能不稀罕吗？俺疼她呀！她是个孝顺闺女，条件好那几年，三天两头回来，一回来就买一大包东西，这些年穷了，再也不回来啦。要是有什么难事，不得不回来，怕屯里人看见了笑话，也都是夜里回。她家离咱家十几里，走夜路害怕，每次往回走俺都去送。俺这当爸的，没什么本事，得了腰间盘病，不能上外面打工，春忙秋忙，就去帮她干山上活儿。她为供儿子上学，种了十几亩地。她家地势高，俺每次去，走在山道上她就看见了。可她看见俺，从来也不迎出来，她以为俺没看见，赶紧钻进屋，等你进了她家院子，她再出来。这一会儿，你猜怎么样，她眼窝哭得像滴了猪血……”

男人的声音一点点低下来，我的心也越来越沉下去。此时此刻，一个被男人抛弃的女人如何年复一年打发日子，我还不能深切体会，可这对父女的深厚感情，却深深地触动了我。因为当把目光转向窗外，我看到一个佝偻的身影正在山冈上由远及近走来，而我的耳边，盼父亲来又不愿劳累父亲的哭泣正回响着。

“她穷，家里攒不下鸡蛋，俺来干活，她就是上邻居家借也要给俺弄鸡蛋水。俺不让她弄，坚决不听，后来俺就从家里往她家拿鸡蛋。俺家她妈，从得了仙，天天和鬼神打交道，就不怎么顾着过日子，可就有一样好，能赚点烟酒鸡蛋，能贴贴她。什么时候想用，那烟酒鸡蛋还能卖点钱，这几年也多亏她妈。可俺家里还有个儿子，俺儿子在大东港干活，找了个当地媳妇，俺攒钱，是想给他买楼。到现在，俺最后悔的事儿，就是给儿子攒了点钱，没多贴点给闺女。说心里话，那是无底洞，也贴不起！可俺不是她亲爸，俺没贴她，留给自个儿儿子，她死后，俺就夜夜都睡不着觉，总觉得心里有愧，总觉得屯里人都在骂俺。俺在早爱在街上溜达，现在不干活，就囚在家里，上街抬不起头哇。”

说到这里，他停了下来，又咕咚了两口酒，仿佛要继续说下去，需要借助酒力。“可俺对天起誓，俺拿她当亲闺女一样，她有话不跟她妈讲，都跟俺讲。她跟俺讲不想活了，死也绝不死在婆婆家。俺劝她，看着她。那两回触电和跳井，都是俺跟在后边看到的，可你不给钱，劝又有什么用?！救活又有什么用?！你知道最后这回她为什么非死不可吗？辛辛苦苦把儿子养大，儿子不学无术，五马六混，上网成瘾，借了人家两千多块钱的债！她夜里回来偷偷跟俺讲，送她走时，俺把存折握了一溜道儿，硬是没下得了决心，你说俺……俺……不是混蛋吗？你知道俺闺女在医院抢救时说什么吗？她说爸，俺要是好了，俺想要个豆浆机，俺想喝豆浆。她长这么大，从来没跟俺要过东西呵。”

男人哽咽了，我流出了眼泪。随着流淌的泪水，我想起一句著名的诗句：

从明天起，关心粮食和蔬菜
我有一所房子，面朝大海，春暖花开

“直到现在，俺也不知道她为什么想要豆浆机。俺让他那混蛋儿子上网查，豆浆是不是治病，她死后俺才知道她有病，俺想豆浆也许能治她得的病。可查来查去，根本不是，豆浆确实有营养，但它不治病。俺就想，闺女这些年，太穷了，太亏了，身上太没营养了，她是不是听说豆浆有营养啊？”

……

“她妈是狐仙豹，会看那一世的事。叫俺去给闺女用纸扎个豆浆机烧，再烧些黄豆，俺不去，俺觉得那都是糊弄人的，没有用。可有一天俺闺女回来了，附了她妈的体，哭闹着要豆浆机，说她男人在城里给小老婆买了，她也要。俺家里守个神仙，从来不信，这回，俺真的信了。为什么？她借她妈嘴说出来的那些事，她妈根本不知道。她说爸，俺知道你心疼俺，俺也心疼你，你身体不好，还大老远地上俺家干活儿，每回看见你上了山冈，俺都扎回屋哭一场。你没舍得拿两千块钱，俺一点都不怪，你有俺兄弟，俺不能跟你要钱，俺就是想要个豆浆机。杨柱给城里小老婆买，不给俺买，你就给闺女买一个，你打一小就亲闺女……俺扑通一声就给她跪下了，俺说闺女呀爸对不起你呀，爸这就去送……

“夜个，又回来冲她妈要秋裤，没找着，有些上火。可俺这心是敞亮的，你想，她来家要早年为闺女时穿的干净秋裤，肯定是那病好了。阴间和阳间不是一个世道，俺现在信这个，俺闺女在阳间遭罪，到阴间肯定享福了……”

日头寂寂地透进窗户，在炕上、大仙的堂位上，折射出一束橙红色的光。那光晕不断旋转、攀升，旋转、攀升，当它笼罩了后墙那块写着“狐仙狐天豹在此保平安”几个字的纸，我心头猛地热了起来。随之，一股滚烫的东西再一次涌出眼角。

狐仙豹真好！狐仙真好！离开徐家，我心里一直响着这样的声音。因为如果没有它，我不知道死者父亲的心灵如何获得安宁。可是，村里人却不这么看。那天，因为慕红的问卷时间持续太长，我一个人在屯街上转了很久。在村口一片苞米地边，我遇到了一个正在收割苞米的中年女人，她看见我儿，停下手里活儿，好奇地和我搭话："你们是上徐大仙家看事儿？"

我摇摇头，说不是。"她闺女走了，上边下来看看他们。"我用了慕红惯用的说法。

"她怎么说，是不是说她闺女有病她不知道？那是胡扯！她不是狐仙豹，是大仙么，她怎么能不知道？全是胡扯！都是叫她给耽误了。她自个儿在家弄些药水叫她闺女抹，闺女不抹，她还骂她，闺女在她二婶跟前儿哭过多少回了。你上神收礼挣钱，怎么不叫闺女上外边治一治？闺女没有办法，真就抹了。可是越抹越烂，身子下边烂得不成样子，都成了防空洞，天天流血，你说她怎么能活下去?！"

女人的话里充满了矛盾。前边是肯定大仙，说大仙一定知道闺女有病；后边又否定了大仙，说大仙的药根本不好使。但不管怎么样，其中透露的信息都不容忽视——徐大仙隐瞒了知情的真情。我愿意相信这一点，是想起刚进门，谈起闺女要秋裤时她那撕心裂肺的哭声，这让我很不平静。她为什么要隐瞒？是她担心狐仙豹的威力受到怀疑，还是害怕遭到亲人村人责难？她是妈妈，即使逃得了村人的责难，能逃得了自己吗？当然，最让我不能平静的是，谁都知道导致这个女人悲剧命运的罪人是谁，可为什么没有人去责难他，哪怕是一句辱骂，为什么？

现代文明离乡村并不遥远。从翁南村小王屯出来，我们再次体会了这一点。车一路往南走，走不上二里地，就是豪华的滨海路。说这条路豪华，是说它宽阔又气派。它一路令三山五岭开道，劈山架桥，填海滩凿隧道。它一路环黄、渤海，从滨城到翁古城到丹东到本溪到沈阳到锦州到葫芦岛到盘锦到营口鲅鱼圈再返回滨城。通过这条路，你可以到县、到市、到省，可以从葫芦岛岔出去，途经山海关到首都北京，它展示的是国家的发展、经济的腾飞。可我们从上午的访谈中出来，飞一样跑在这条路上，觉得它不是路，而是一条箍在海陆之间的枷锁。这并不是说它阻挡了从陆地入海的河道，而是我的眼前，始终浮现一个女子绝望的身影。二十多年，她苦苦挣扎，终是没有从贫穷苦难的路上岔出去。她死于 2009 年，那时这条路已经落成。独自回家的夜里，她走过这条路吗？如果走过，她有没有在某个地方停下来，眺望一下路的远方？如果她眺望过，是不是看到了无限美景？它们面朝大海，春暖花开……

怎么办？没办法！

和研究生们在路边饭店会合，大家七嘴八舌议论的不是上午的访谈，而是这条滨海路。因为这家农家乐饭店，就在滨海路边上，正是当年为滨海路游客而办。可从营业那天起，只接待过两次客人，都是村书记领来的。经营不下去，他们早就把雇来的厨师打发了，恢复了平常日子。农家乐的好处是就在村民家里，没客时，还是农家的日子。那天的饭菜，是女主人自己做的，她叫黄艳平，一脸雀斑。她为我们炬了一锅地瓜土豆黄豆，熬了一盆丝瓜汤，她边盛边向我们抱怨道:“动迁那会儿说得可好听了，说将来有老鼻子游客了，屁，一天看不见一辆车，谁往这走？就是有闲人游山玩水，也游不到咱这地场！海在哪里不是一个样子，凭什么到你这兔不拉屎的地场，你的海又钻不出海龙王！”

关于滨海路，我听说的太多了。有人说这是领导工程，当年上级领导环东辽走一圈，发现守海这个优势，就发令建黄、渤海经济带，学长江三角洲、珠江三角洲。有的说为建这条路，上边召集专家学者开过无数次论证会。一伙专家说，在滨城沿海修滨海路，和东亚经济圈连在一起，有利滨城沿海经济发展，是一个功在千秋利在万代的好事；另一伙专家说，修滨海路，破坏了海洋自然生态，切断了与海交汇的河流，谁修谁在祸国殃民，谁修谁是千古罪人；第三伙专家说，要改革要开放，就要有胆量有魄力，就要做前人想做而不敢做的事情，邓小平当年在南方画了个圈，不是就崛起一个深圳！这些专家到底怎么说，我没有考证，但有一点是确定的，滨海路建成，把翁古城串在了这个经济带上。上边喊出了一个振奋人心的口号：在翁古城建百万人大城市。翁古城城乡总共人口九十七万，要建百万人大城市，把整个土地上的农民都搬到城里还不够，所以需要发展，需要招商引资，栽树引凤，让外地人来翁古城投资居住。我回乡采风，看到一个又一个工业园区兴建计划挂在规划设计院的长廊里，静脉园区、古岭工业园区、海南头经济园区、三岛工业园区、河口工业园区，它们就像在大型庆典活动中升空的气球，多彩多姿绚丽无比。除古岭工业园区之外，它们都在海边，在滨海路附近。它们被誉为环黄、渤海经济带上的明珠，照耀着所有翁古城建设者们的梦想。填海，动迁，土地流转，可以说和翁古城百姓发生了千丝万缕的联系。曾有一个动迁户，因为房前屋后栽满枣树、梨树、杏树，坚决不迁，政府强迁时，他竟把汽油倒到自己和警察身上点着。因补贴不均的上访者也大有人在。乡村的城市化进程，改变了人与土地、人与人之间亘古不变的关系，也挑战着人们的道德底线。

把滨海路和上午的案例扯上，是慕红起的头儿。那时我们已经吃完饭，坐上面包车，沿滨海路朝翁南村于东屯方向走。慕红问妇女主任："主任，你见过大仙女婿吗？他是个什么样的人，他怎么就对老婆孩子那么狠心？"

妇女主任沉思良久，极不情愿地说："嗨，说法就多了，他坚决不承认他老婆性病是跟他得的。前年回来领人修这条路，他跟村里民工讲，那年回来，本来想接老婆走，结果发现她下边烂了，把老婆一顿暴打，赌气一走，再就没回来。"

如果可以选择，我坚决不想知道这样的信息，这等于承受抛弃、贫穷、疾病压力的女人还要承受道德的压力。关键在于，她得性病只跟婶子讲过。名声，也许是一个一无所有的女人最后，也是最基本的坚守。

因为郁闷，车开进村庄在一家门口停下，我神情有些恍惚。下了车，在妇女主任引领下走进院子，觉得好像又回到徐大仙家。新的院落确实和徐家有点像，院墙破败，房檐低矮，房子的左前方有一个矮矮的土冈。唯一不像的是，这里没有飞出鸭子，而是一地疯长的大萝卜大白菜。迎接我们的是一个七十多岁的老太太，她背有些驼，人很瘦，瓜子脸上有一双下陷很深的眼眶。如果不是她的穿着很旧很破，你很难相信她刚刚遭遇重大不幸。因为她的目光明亮又慈祥，她微笑着看你的样子，仿佛你才是受难者，需要她的帮助。

和昨天采访的于吉良家一样，这个家庭同时死了两个人。只不过不是女人，而是男人：父亲张长海、儿子张小栓。就在今年春天，儿子在翁古城家里喝百草枯自杀，三个月后，父亲在房东头瓜棚下上吊自杀。灾难也像蚊蝇，总爱聚堆儿，我后来采访的好多家庭都是这样。这跟充斥在家里的气息有关，就像蚊蝇聚集的地方总是气息不畅。

访谈在堂屋西边的屋子里进行。因为房子是老式房子，棚矮窗户小，光线暗淡，张申的三角架在屋子里移了好多地方。老人对眼前的一切没有反感，也没有疑问，但绝不是于吉良那样把自己当成一场戏的主角，恰恰相反，她慈祥的目光里，有一种亲切然而遥远的平淡，就像透过窗玻璃射进来的日光。

日光使屋子里的老式柜子反射出一股陈腐气息，倒是柜顶一架老式座钟秒针嘀嘀嗒嗒的走动，使这气息有了某种韵律，当然也是陈腐的韵律。它把我带回到童年时代，那时，母亲的屋子里，就有一个褪旧的枣红色躺厢柜，柜子上就有一架永远嘀嗒不停的座钟。

在这种韵律里，慕红有些语无伦次，什么国家项目、政府救助，说起来词不达意。事实上也很难达意，因为这样的词离老人寂静的生活太遥远了。

然而，当跨越千山万水，真正到达正题，你才发现国家、政府这样的词离老人的生活不是太远，而是太近。这并不是说她的房子和院子占有的是国土，她种地的税收是政府免的，而是说当她在慕红的引领下开始讲述，她居然句句不离政府和国家。

“俺儿死那天是三月初六。他十五回了趟家，从俺这拿走两万块钱。咱翁古城政府不是在大河边盖了一片铁锈色大高楼吗？俺没看见，俺儿回来说的，他就在那里买的楼，说明天再交两万，就能拿到钥匙棍儿。俺给过他七万了，他爹编筐窝篓攒那点钱全给了他。怎么办？没办法！你一个庄稼人，国家让你进城里当小工，那是烧高香了，咱赚钱不够买个楼，能跟国家要吗？不能！就得爹妈想办法。可是俺这穷爹妈不舍吃不舍穿供他，他怎么就能服毒了呢？直到现在，俺也不知他怎么死的。”

“他结婚了？”慕红问。

“结了，孩子都十岁了。刚结婚时在家住过两年，俺把东屋让给他们。一开始他们在张炉街上干买卖，卖瓜果蔬菜，有了点钱，就上了翁古城……”

攒钱，父母倾其所有，帮儿子把家搬进城，这似乎正是于吉良家故事的另一版。可是儿子进城了，娜拉出走了，故事是怎样的呢？

“那天车把俺儿拉回来，俺问媳妇，到底怎么了？媳妇火了，说你问俺俺问谁？你说他俩是两口子，俺不问她，能问政府吗？政府许可恁俩在翁古城干小买卖，不是烧高香啦，人家能管你怎么死了吗？俺儿从翁古城拉来家，跟过来两个俺儿朋友，一个姓钟，一个姓王。姓钟的就说俺儿喝药是两口家闹意见，媳妇想把她爹妈搬到新楼，俺儿不同意。俺媳妇性子急刚，三句话不来就爱发火。没搬走那会儿，两口子打过好几回了，这俺知道。可姓王的说根本不是为这个，是俺儿得了病。说俺儿半年前就跟他讲得了癌，他逼俺儿去治，俺儿说治也治不好，别再浪费钱了，买楼的钱还差好几万。你说国家有的是方法，咱砸锅卖铁，咱不上楼，拿钱去治病行不行……”

说的是令人悲痛欲绝的伤心事，老人却不急不慌，慢言细语，慈祥的目光像两朵静静燃烧的烛花，在眼眶里一蹿一蹿，干瘪的嘴唇像被风吹拂的树叶一样轻轻抖动。

“儿子回来拿钱那天，说过什么吗，有没有什么两样？”慕红问。

“说了，说等钥匙棍儿拿到手，收拾好了马上就接俺上楼。俺告诉他，俺死也死在乡下，坚决不上。他就是瘦，眼眍䁖着，小嘴巴尖得像刀铲儿。你想想，租个房子做买卖，没早没夜的，再供个孩子念书，再天天闹意见，上哪去胖?！”

“你出钱买楼，媳妇却要接她的父母，你怎么想？”慕红问。

“怎么想？媳妇她妈得了糖尿病。姓钟的说媳妇让她爹妈上楼，就是为了上医院方便。你说国家把道修到家门口，上哪不方便？可人家想更方便！怎么办？没办法！俺媳妇能过日子，会精打细算，除了性格急刚，没挑的。俺和他爹把所有家底都给了她和儿子，不是想跟他们上楼，俺就是见不得她冲俺儿发火，就是不想让儿子受气。这回好了，俺儿走了，不受气了，他们也方便了。他爹夏天上翁古城去看孙子，看见媳妇爹妈都在楼上……怎么办？没办法……”

“是不是看到儿媳妇的爹妈在楼上，大爷才不想活的？”慕红问。

“俺儿两口家闹意见，那话姓钟的没跟旁人讲，是偷着跟俺讲的，他爹不知道。姓王的讲那话，是明着跟大伙讲的。出殡那天，他呜呜嗷嗷当全屯人讲。他爹一听，可不得了，放声大哭。当爹的一心希望儿子好，儿子得了病还不知道，你说他能好受？烧头几个七，天不亮他爹就去了，在那里一哭就是一头晌，每回都是俺去拖他。他说儿子不是得了不能治的病，是没钱治病，干小买卖攒点钱都买了楼，手里哪有钱啊！越想心里越窄巴。俺一看不行，不能叫他难受，就告诉了他。他一听儿子不是得病，是和儿媳妇打仗赌气，不哭了，一声也不哭了，觉得都是命！烧后几个七，他就悄悄在坟地坐着，彪了一样。你说他能不彪吗？省吃俭用给儿子弄个楼，叫人家住了，住也就住了，人家妈有病咱没有病，可是人家有闺女，咱老了有谁？孙子还那么小。俺就劝他，说政府不会不管咱，国家不会不管咱，海边的道都修那么好，地震那地场的孤儿国家都管，怎么能不管咱？”说到这里，她孩子似的朝我们挤挤眼角，“俺就是这么哄哄他，也没指望谁来管，国家这么大，管得过来吗？他是个明白人，哄也没有用，可俺没想到他能把俺扔了，去死。那天，俺在门口井边洗土豆，站起来往家走，冷不丁往东墙头上一看，挂水筲的树丫巴上，吊了一个人。俺带小跑跑到跟前，把他弄下来，他脸还是热乎的……他疼儿子，他怕老了有病没人管。走就走吧，俺一滴眼泪没掉。怎么办？没办法……”

“怎么办？没办法！”这是老人的口头语。其实她在说没办法时，办法已经有了，只不过她的办法不是向外，而是向内，是向自己求。就像她三句话不离国家政府，却从未指望国家和政府一样。然而在老人的表述中，有一个巨大的疑点，她说孩子他爹一心希望儿子好，心疼儿子，常在坟地哭，那么母亲呢？为丧葬者哭坟，在翁古城这一带，可从来都是女人而不是男人，儿子死了，哭坟的本应该是母亲，为什么不是她而是父亲呢？

“儿子死，你也没掉眼泪？”大概和我有同样疑问，张申和我几乎异口同声。

老人理了理耳丫上的头发，平静地笑了笑。但随之，脸上的光暗下来，低沉地说：“眼泪掉干了，没有眼泪了。俺七十三岁就一个儿子，为什么？都死了。俺一辈子生了四个孩子，这是最小的。老大活到七岁，生天花死了；老二活到五岁，抽风死了；老三活到二十五岁，都考上翁古城重点高中了，书念得好好的，眼看就成了国家栋梁，可不怎么就得了精神病，跳了海。怎么办？没办法！俺整整哭了十年，整整十年，眼泪在第八年就哭干了。天下哪有妈不疼孩子，没有！”

老人的眼泪哭干了，我的眼泪却下来了，我想起我的母亲。我唯一的姐姐五岁那年吞一只鞋卡子致死。母亲就说，我哭了多少年。那时母亲还有我的三个哥哥，后来又生了我，可这个老人却一个也没有了啊！

“第十年秋天，夜里俺做了个梦，梦见俺儿回来了。穿奶白色衣裳，围个蓝色大围脖儿，他知道俺就爱看谁家孩子围围脖儿。他看见俺，一把把俺搂到怀里，贴俺耳边说：‘妈，俺挺好的，俺在那边当校长了，管好几百号人，两个哥哥都在学校念书，你就放心吧。’从那会儿，俺再也不哭了，俺知道那边也有国家，他在那边活得挺展耀。就是嘛，转过年春天，他五姨拉俺信基督，好心人在北大河边上盖了教堂，恁来时没看见？基督说人有来世。那一世有天堂也有地狱，做好事死了能上天堂。俺那儿子听话、孝顺，从来不会骂人，小栓也是，一句难听的话都说不出口。他为什么非要买楼？是想孝顺俺！早些年俺半夜里哭，他掀开被窝，搂俺脖子，说妈你不哭，俺一定好好念书考重点，俺就是考不上重点，也想办法挣钱进城买楼。俺儿这么孝顺，死了能不上天堂吗？不能！人有来世，小栓的来世一定不会错。可他爹不信，他爹说那都是胡扯。怎么办？没办法……”

就像日暮时分笼罩在大地上的炊烟，老人慈祥的目光里氤氲着一股化不开的沉重，这显然不是为小栓，而是为不信天堂的小栓他爹。相信灵魂转世，这是自杀亲族得以自救的最好办法，只是这位老人真正皈依了宗教。因为中午水喝多了，我偷偷溜出来，到院子里找厕所。厕所在房屋东头，一个土坑，上边横两根木棍，这是辽南乡村最老式的厕所，走近它让人心生忐忑。除一个土冈挡在后面和侧面，它四周没有任何遮挡。蹲下来，上望，是空旷瓦蓝的天空；前望，是一地直着脑袋的萝卜白菜。眼睛在萝卜地里细细打量，那里蹲着六七只土红色母鸡。将自己袒露在天地之间，和植物、畜类、天空对视，一种从未有过的恐惧油然而生。在这空旷开阔的蓝天下，你觉得你既不是萝卜白菜，也不是蹲在它们中间的畜类，你是一个与外面世界、与喧嚣的人类隔绝的蚂蚁，渺小、孤独、无助。

站起来，提起裤子急匆匆离开厕所，不小心撞到一个倒挂着的水筲。咚隆一声震响后猛一转头，眼前是一根高高的树杈。就像逃出虎口又进狼窝，本是为了逃离厕所，却碰见了小栓爹上吊的树杈。头皮一阵起栗，赶紧调头，只见张申扛着机器从屋里走出来。

有张申做伴，我的胆儿大多了，立马站住，摆出一副若无其事的样子。这不过是一个安静的农家院子，有清新的空气、灿烂的阳光、和煦的秋风。在那风中，还有一只只飞舞的蝴蝶和蜻蜓，还有一棚黄澄澄的倭瓜。从夏到秋在翁古城采风，我接待过一波又一波滨城朋友，他们来翁古城寻找的，就是这样宁静的院落。他们要买下来，为未来远离城市的农耕生活做准备。他们自己买，也鼓动我，说一个农村走出来的作家，回到田园，一定能写出具有大地气息的作品。我无动于衷，原因很简单，我从农村出来，太知道人站在空旷寂寞乡村的感受。那天高地远的寂静里，尽管蕴含着春种秋收的希望和生机，但更多的是岁月的无奈和无助。就像张申此时镜头对着的挂着水筲的树杈，它仰着头，看着苍穹，它吐出的话语余音袅袅，怎么办？没办法……

办法总是有的，国家不能不管咱；国家太大了，也管不起，咱得自个儿想办法……无奈和无助中，怎么就生成了倔强的力量……

顺院子中间的小道往外走，我看到了一眼井，井水很深，外边是一个石头垒成的井台，也就是小栓爹死那天老人洗土豆的井台。一个瘦小年迈的老人，能从这么深的井里提上一桶水吗？她在这院子里生了四个孩子，如今只剩她自己，她如何打发一日又一日？她张口闭口国家和政府，是不是有意虚张声势，让自己觉得国家和政府就在身边，就像在料峭的冬天为自己笼一盆火？就像于吉良以为丹东的标语跟自己有关？

我不知道。

把三脚架放在小道边，张申让我看他的镜头，他说你看看，这老人太好了，他是我遇到的最上镜的形象。我把目光从远处调回来，镜头上老人消瘦的瓜子脸映入眼帘，“俺就劝他，说政府不会不管咱，国家不会不管咱，海边的道都修那么好，地震那地场国家都管，怎么能不管咱……俺就是哄哄他，没指望谁管，国家这么大，管得起吗……”我离开张申，没继续看下去，耳边响起一个著名诗人的诗句：

我的肉体在爱的铁砧上锤出，
我在冷漠的大气中
冷漠地兜着圈儿，吮吸星空。
……

那天下午，我们没有等到慕红访谈结束就离开了张家。张申录像带不够，在拍摄途中，他给翁古城电视台朋友发了短信，电视台司机把车开到张家门口，送来录像带。车门打开，张申竟突然跳上车，我不知道他要干什么，也跟着跳上了车。车开动才知道，张申想去翁古城拍一些高楼大厦的外景，尤其老人说的铁锈色大楼。这是一个不错的想法，想楼，买楼，上楼，两天来三个自杀案例，就有两个跟楼有关。

从野地上的村庄来到车水马龙的城里，这瞬间的视野转换，我们每次回乡都要经历。可现在，似乎不一样了。我们眼前有于吉良全家、张小栓全家，尤其张小栓，他从于东屯古老的小屋走出，经张炉乡到翁古城，终于站在一心向往的城市里、楼梯上，却被城市生生抛弃……我们没走滨海路，而是返回翁南，经张炉到翁古城，就像我们昨天从滨城出发经翁古城到张炉一样。车程太短了，不足二十分钟就到了翁古城城区。所谓铁锈色高楼，叫“响水河畔”，是中国著名服装企业翼羽公司开发的。和全国其他城市一样，没有和房地产无关的成功企业能压得住开发房地产的欲望。依仗资金实力和人脉优势，“响水河畔”东临热水河，西临大黑山，有山有水，风光极好。可因为楼的颜色太重，房子造型又太像鸟的翅膀，购房者根本不认。尽管楼盘价格偏低，销售却一直不好。或许正因为这样，张小栓之类才有了机会。来到小区门口，我们被门卫堵住，即使张申亮出记者证也不行。司机在后边解释说，最近搬来的住户为地下水的事正和开发商打官司，所以他们很警惕。不得已，我们只有站在楼外，远远地眺望着这群高楼。它中间低两边高，前边低后边高，确实像鸟的翅膀。它高的二十几层，矮的五六层，高低不一错落有致，和北边、东边、南边许多小区呼应，勾勒出一幅百万人城市图景的雏形。小区门口除了门卫，看不到人影，偶尔有一辆大卡车开进来，绿色篷布下面装着满满的家具。见到有人搬家，我不禁心里发毛。他们该不是来自农村吧？他们双方商量好接哪一方的老人了吗？他们有没有在一路打拼中染上疾患或病痛？这时，兜里的电话响了，打开来一看，是树华 :“姐，你在哪儿？”

“我、我在翁古城‘响水河畔’。”

“怎么上那儿去了？姐，跟你说，可千万别在翁古城市内买楼哇！明天我要领朋友上农村去看山，咱一块儿在农村买山盖民宅，听见了吗，你得陪我。”

我拿着电话，“呵呵”着长时间无言以对。一些人拼尽了老力进城上楼，一些人却想方设法下乡买山，这就是当代的围城。怎么办？没办法！

第叁日

3

"回乡 A 计划"

你从哪里来?

“回乡A计划”

因为太累太乏，这一夜睡得不错。我总是在前一夜失眠之后，有一宿深沉的好觉。有一宿好觉垫底，一早醒来神清气爽，对新一天的访谈充满期待。可是吃饭时才知道，张炉乡的访谈结束，下一个乡镇还得等树华中午到后才能联系上。将有一上午空白，研究生们特别高兴，他们可以把几天来各自访到的案例汇总起来进行讨论。我和张申却兴奋不起来，参加讨论，会有收益，各自不同的看法会使故事更丰富，可毕竟没有上现场更有吸引力。大概看出我俩心思，饭后往房间走时，慕红拽住我：“孙老师，我有个想法，让大伙在家讨论，我带你和张老师上曹崴子乡史家沟村。那里有一个大学生自杀，前几天我们访过，特别让人揪心。我跟村妇女主任联系一下，看能不能去做一次回访。”

我跳起来，连忙喊：“快点张申，慕红要带我们上曹崴子啦。”

这个团队，有慕红这个队长，实在是大家的好运。她耐心、细致、有超强的协调能力，还有对我和张申两个累赘的理解。难能可贵的是，她知道我们要什么。比如每一次访谈，她都不直奔问卷主题，而是敞开让被访者讲他们的故事。比如现在，她要带领我们对有特点的案例做一次回访。

曹崴子在翁古城中部，既不属北部山区，也不属沿海乡镇。因毗连老古城山，山势奇特，树种繁多，土壤含矿物质丰富，许多山谷被外地人开发。前些时下乡采风，我来过多次，看到外表普通内部装修豪华的休闲农庄“古城山庄”，看到从古色古香门楼入门的蓝莓基地。只是那时走的是翁岫高速，而不是新开辟的乡村公路。翁古城农村的路确实太发达了，几乎村村通屯屯通，然而走不同的路，通过不同的入口，看到的内容大不一样。这并不是说在乡路上我们看不到风景，而是当慕红向我们简略讲述回访人家的故事，窗外所有风景都不再是风景，是在大地上崛起的伤痛。

一个 2002 年考上云南大学数学系的女孩，毕业工作三年后，在滨城高新园区一家公寓打开煤气自杀身亡。家里太穷，父母靠贷款供了两个大学生，她和妹妹。大学四年里，七个寒暑假，她只回家一次。没钱回家又怕父母想她，大一时她把自己的头发剪掉留在家里，告诉妈妈，头发在哪人就在哪，想她时打开来看看。

大概怕我像第一天那样晕车，慕红并没说太多，但这足以让我心生不安。作为一个母亲，我不能想象我的孩子日夜想家却不能回家是什么滋味，不能想象父母靠看女儿头发缓解思念是什么滋味。如今，这个孩子又以残酷的方式与父母永别，头发成了永恒的纪念。

“奋斗出来这么不容易，她不可能自杀，肯定是煤气泄漏，公司推卸责任。”跟我们几天，面包车司机已经变成了心理专家，看出其中疑点，忍不住插话。

为了带路，慕红坐在副驾驶的位置。她出神地看着前方，没有吱声。

“她家人知不知道到底什么原因？”一直在后边举着摄像机的张申也忍不住问。

慕红依然没有吱声，木木地看着前方。这时，我朝张申挥挥手，示意不要问了。她太难过了！过了许久，慕红才自言自语似的说：“不知道，他们只含混地说可能因为感情，她谈了个对象，没成。”

那天，对一个访问过的案子进行回访，慕红的表现有些异样，这并不是说她不愿意多讲案子，而是她的情绪有些不对。以往，她不管坐在哪个座位，只要跟我们讲话，都一定回过头，今天，她不但不回头，且一直梗着脖子，像是走了神儿。后来，在车行驶到曹崴子地界后，倒是不再走神儿，低下头来。她把放在怀里的黑色小包一遍遍打开来又合上。打开来时，她把它推得远远的，仿佛要把包里的某种气息放出去；合上时，她又把它抱紧在怀里，仿佛不愿包里已有的某种气息飘散。车开上一个山谷，拐进一个村庄，司机向她确认是不是史家沟村。她回答的嗓音竟然有些颤抖：“哦对，是史家沟。”

这是一座依山而建的房屋，寂静、安详。前边说过，在翁古城，北部山区总给人安详感，因为村庄和房屋总是坐拥山的怀抱。可是迎接我们的一切并不安详，见有车从屯街经过，街上此起彼伏响起狗叫。一些还没上山的人，则站在院子里冲面包车张望，脸上露出惊恐的表情。而当我们走下车时，只见一个女人疯了一样从院子里往外跑，跑到门口，抱住慕红呜呜哭了起来。

这时，我恍然大悟。原来慕红的焦灼，是死者母亲在访谈中对她产生感情，误把她当成自己女儿，让她打怵。即使你有充足的精神准备，也不能想象会是这种场面，女人搂住慕红直着嗓子喊：“耿小云你可回来啦——俺想死你啦——”

一个穿皮夹克的女人从院子里跑出来。她从后腰揽过搂着慕红的女人，大声喊：“大嫂你彪了，人家是大学生，你快松开。”

谁知她这么说，女人更加疯狂，两手铁箍一样紧紧箍住慕红脖子，边号边辩解道：“俺闺女就是大学生呵，她就是大学生，俺想死她啦呵——”

慕红一动不动，任她搂抱任她箍住脖子，因连续日晒显得微黑的小脸在分不清是谁的泪水中晃动着。这时，只见一个六十多岁的男人从院子里走过来，他站在女人身后大喝一嗓子："姜玉英，你快松开来，让客人进屋。"

这一嗓子还真的管用。姜玉英止住哭声，慢慢松开双手，并后退两步端详慕红。瞬间，她像一个睡梦初醒的婴儿发现母亲不在身边一样，再一次哭了起来："闺女呀，你太像俺家耿小云了，俺就觉得她有一天能回来——"

慕红抽泣着，一边用手抚着她的后背，一边跟皮夹克女人打招呼："刘主任你好！这是滨城电视台国际部记者。"

她把手指向张申和我。在和妇女主任握手时，我们的双脚已经向院子里边挪动。

这是一个要多破旧有多破旧的房子，房顶上的苫草有很多地方已经塌陷，屋檐下、墙壁上的土坯已经斑驳不堪，泥地坑洼不平，灶台黑不溜秋，木门歪歪扭扭。你怎么都不能相信，这样一个家里，能长出一个云南大学数学系的大学生。然而，一切都是真的。刚进里屋，妇女主任就拿出了耿小云的各种证件和一摞照片，想必一早慕红把电话打给她她就跑来了，做好了准备。

大学的学生证、昆明市公交车乘车卡、身份证、滨城高新园区桑洛克公司工作证，还有她用过的布缝钱包，装在钱包里的饭票、手机……这一切遗物摆在炕上，你很难和一个叫耿小云的漂亮女孩联系上，或者你很难想象它曾经拥有一个女孩的温度。耿小云实在是太漂亮了，椭圆的脸蛋，俏皮的鼻子，弯弯的眼睛。一般情况下，有着这样五官的人，会妩媚有余、端庄不足。她却不是，她长了一对敦厚的嘴唇，唇角两侧有一条向上扬去的唇线，漂亮里有一种端庄的阳光的美。这使我想起路上司机的疑问，且不说走出乡村多不容易，单是这种长相，就看不出自杀的迹象。

我边看照片边把疑问说出来:“会是自杀吗？”没有人接我的话。过了好一会儿，母亲姜玉英才拖着哭腔说：“公司说是自杀，俺和她爸去滨城,她已经放在太平间了,化了妆。你不知她化了妆有多漂亮，俺太疼了，俺这心没一天不疼。”

做父母的，只纠缠在女儿自杀的痛苦中，根本不问女儿为什么会自杀，谁来证明她的自杀，这让我的悲痛中又加进了另一种东西。乡村的生命太卑贱了，乡村人太愚昧，太不拿自己的命当回事了！如果不是自杀，公司要赔偿损失；如果真是自杀，公司要有一个尸检报告。

然而，这样的思绪并没肆意漫延，因为在所有人都聚在耿小云遗物和照片面前时，另一种东西在肆意漫延。它不是漫延，而如洪水一样浩浩荡荡势不可挡。它不是别的，是悲痛！是从慕红途中讲述时就已经笼罩在身边的悲痛，是刚来到耿家门口就已经撞了个满怀的悲痛！只不过我一直徘徊在它的门外，不敢向它走近。某个时刻,一句话不设防地猛力一推,我一个跟头就栽了进去。为我开门的，是耿小云的父亲,他说:“俺经常往孩儿手机上打电话。”他叫闺女“孩儿”,“今年端午节,真的打通了,是个女声,和孩儿的声调一模一样。可她喂了一声,再就没动静了。嗨呀,恁不知道,那不是人受的滋味,太疼了。”

我是母亲，我知道那滋味，我知道。

“俺害怕过年过节，害怕看见屯里别人家闺女。俺和她妈一夜一夜睡不着，有时候半夜起来，抱在一块儿哭，什么时候能忘？忘不了！那不是人受的滋味，太疼了……”

太疼了，我知道。

“孩子上大学家里穷，回不来家。怕俺想她，把辫子剪了留在家里，说头发在哪人就在哪。在信里发誓，将来工作了挣钱了，一定一个月回一趟家。可她才回了三年的家，就再也回不来了啊。”

我被洪水淹没。这时，耿小云的母亲已经趴到炕上，肩膀剧烈地抖动。

“供她上学，俺和她妈省吃俭用。俺种十几亩地，扣大棚种滑子蘑，二十多年从没穿过新袜子，没穿过新毛衣。孩儿分滨城工作，挣第一个月工资，给俺和她妈一人买了件毛衣，一人买了双袜子。孩儿蹲在地下给俺洗脚穿袜子，俺才看见，她的头发掉得露了地皮儿。她才二十几岁，背着五万块钱贷款，俺心里那个滋味啊！她生在俺这穷家里，太亏了，要是城里孩子，哪至于？要是城里孩子，她肯定有大出息……就是这个样儿，她都当到总经理助理了。”

说到这里，耿小云父亲有些上气不接下气，就像刚刚爬过一座山冈的老人。因为背对着他，看不到他的表情，我只能感到他虚弱的喘息，不断的抽泣。然而他并没就此打住，在女人虚弱的哭声中沉默一会儿后，又开始说话：“都是俺这当爹妈的害了她，她和她办公室的小伙子处对象，那小伙儿对她特别好，给她买衣裳，请她吃饭。后来有一天，来了一个女的，找到孩儿，说她才是他对象。孩儿受到打击，回家来哭，哭时说不想在滨城干了，家乡这么美，要回家搞旅游开发。你说咱贷款饥荒一大堆，你把工作扔了来家创业，那怎么行？那是妄想！俺和她妈都不支持，讲给屯里人听，屯里人当成笑话讲。爹妈贷款把你从史家沟供出去，供到云南，你念完了书，还回到史家沟，这不是拿钱扔高玩吗？没有人支持她，她回家就再也不提了，直到她死，再没提回乡搞开发的事，也没提处对象的事。倒是她死后，家里来了一个小伙儿，说是桑洛克公司的。他让家人把他领到闺女坟地，在那烧了一个红色皮包，坐了一会儿就走了。俺就想，咱要是有钱有本事的爹妈，何至于攀城里人？咱要是有钱有本事，让孩儿回来开发，何至于有这一天？孩儿把回乡开发的规划都写好了。”

这时，父亲走到后墙一口木柜前，掀开柜盖，从那里拿出一张纸，打开来交给慕红。慕红上次已经看过了，伸手递给我，张申却坚决不让：“慕红你念念。”

张申在发挥导演的作用。在这悲痛的氛围里，如果有人将死者的计划念出来，会有意想不到的效果。

回乡 A 计划

回乡，表示要回到我史家沟的家，A 计划表示最高计划，也是人生目标。A 计划意味着尽我所有努力，去为这个计划而努力，这是我所有目的的目的，所有计划的计划。我将不惜一切甚至牺牲一切为了这个计划。所有的行为都朝着这个方向，所有的努力都以这个为目的。2006 年 5 月 18 日，耿小云在此宣誓！

发展行业：软件外包行业　农产品贸易　乡村房地产

软件外包行业：

26 岁到 30 岁，在此期间积累社会经验、社会关系、贸易技能、MBA 的管理能力、国际贸易业务的行内经验。英语、日语要能达到无障碍交流和写作的水平。

收入指标：28 岁或 29 岁，月薪要达到：5000 元。还贷结束。

农产品贸易：

30 岁到 35 岁，随着日语和英语逐渐熟练，翁古城海港的开通，以及国际贸易关系的扩大，从兼职开始从事农产品贸易，向翁古城和家乡靠近。

收入指标:33岁35岁,月薪达到:7000元。(目标:10000元。)存款20万元。

乡村房地产：

35岁到40岁，35岁以后要考虑在农村安家，建一所乡村别墅，把父母接来，至少每个星期在家陪父母2到3天。然后对这种“乡间别墅”的生活理念进行宣传，从根本上改变家乡。

史家沟的一草一木我怎么也喜欢不够，那里的山水我怎么也看不厌。

……

慕红的声音柔婉、飘逸，轻微的鼻音使那语气里回荡着一股灼热的感情。当她把最后一个字念完，母亲从炕上爬起来，再一次抱住她：“闺女，你就是俺闺女，俺闺女回来了呀。”

像一个在逆转中被拧足了劲的钟表，慕红停顿片刻，突然号啕大哭起来。

而我、妇女主任，也一同加入哭的行列。

梦想，从来不是用来实现的。它不过是在艰难跋涉中给自己点燃的一堆篝火，可是，它仅仅是一堆篝火吗?

见我们哭，姜玉英的哭声顿时弱了下来，好像这哭是来自同一条渠道的水，我们的多了，她的就少了。这时，我慢慢移动脚步，走出低矮的屋子。

我走出屋子，不是害怕看慕红被姜玉英搂抱的场面，而是不愿意自己的悲伤再度感染她们。院子里是猪圈鸡窝、喂鸡鸭的石槽，院门口是柴草垛，柴草外面，是老井、土街、田地。这一切，我都太熟悉了，这是乡村亘古不变的事物。唯一陌生的是田地中央一个土坯垒成的大棚，大概这就是耿小云父母用来供养大学生的滑子蘑大棚。你很难想象，这样的环境，会长出这样一个女孩。能从穷乡僻壤考上重点大学也许不算奇迹，可有如此宏阔理想的女孩实不多见。我在想，如果“A计划”真的是乡村出来的大学生为自己点燃的一堆篝火，那么有谁为她注入过燃料、空气和养分？

这时，我身后响起一声干咳，回头看，是耿小云父亲。他袖着手，挺着单薄的身板，三步两步从我后边错过去，指着井台前一棵枯树说：“这是棵海棠，它开花时太美了，雪白雪白。俺孩儿喜欢，让俺给栽，俺就从村里弄来一棵树苗。她还给自个儿起了个笔名叫海棠仙子，她还说，爸，你记得，海棠树在，你姑娘就在，海棠树不在了，你姑娘就不在了。就这么巧，第二年秋天，海棠树叫农村散放的马给咬掉了，几天后，她就走了。”

生命是神秘的，人和心爱的东西之间有着说不清的感应，这样的事情我多次听说。然而当时，我并没被这神秘故事吸引。因为从屋子里走出，那个淹没在心底的东西再一次浮出水面——她到底是怎么死的，为什么要死？她经历了如此奋斗，燃起了如此希望，她怎么会放下这一切？最关键的一点，我不能忍受她的父母对女儿尊贵生命的漠视。

可是，我怎么也没有想到，当我把这句话再次问出去，眼前的父亲突然火了。他冲身后的草垛猛踢两脚，一边跺地一边大发雷霆，“谁都这么问，什么意思？你们觉得俺这当爹的不关心孩子吗？你们觉得俺这么个小老百姓，想弄清就能弄清得了吗？俺是谁？俺认识谁？”

就像一个正在走路的人被身后的拳头用力一击，我一愣，猛地回转头。

他脸腮扭曲，眉头紧蹙，布满血丝的眼睛呆呆地瞅着那棵枯海棠。“就算弄清了，人死了，有意思吗？就像这树，死了还能活吗？好，你找到人家，人家赔你钱，把你贷款的钱都给了你，可你握一把钱，那不等于你没供孩儿念大学，你没生这个孩儿，有意思吗？！”

愣怔片刻，一个激灵，我突然回过神来。如果搞清了，得到了赔偿，为女儿付出的印迹就没有了，在穷乡僻壤艰辛付出的神圣性也就没有了，没有了这神圣性，也就没有了对女儿的神圣思念，是这样吗？我虽然不敢确定我的判断，可那一刻，有一个意识无比强烈：人，永远做不到真正的设身处地，永远不能知道一个被灾难击中的人到底感受了什么！

见我陷入尴尬，眼前的父亲平静下来。突然他呜呜地哭了起来：“俺天天寻思，每时每刻都寻思，寻思那天在火葬场，为什么不揪住公司老总，问问他俺孩儿到底为什么自杀，还有上坟地来烧包儿的那个小伙儿……可俺，能问吗？人死了，问有什么用？！要弄大了，不是弄坏了孩儿名声？！当老的帮不了她，可也不能弄坏她名声呀。”

我无言以对。

“俺孩儿，她怎么能走这条路呢？她怎么都不该走这条路啊！太可惜了，俺太疼了呀，俺疼得抓心挠肝，要不是还有一个二姑娘，俺和她妈早就一块儿走了。妹子，你不知道，太疼了，不是人受的滋味。”

那一天，因为树华打来电话，说已经到了翁古城，让我们赶紧往翁古城赶，我们很快就离开耿家。然而退出耿家，车慢慢驶出史家沟，这句话再一次响在我的耳畔：“太疼了，不是人受的滋味。”那滋味，我不能说我知道，可是我还是知道，太疼了！曾在网上读到一则日本故事，一个失去儿子的母亲想儿子痛不欲生，有一天接到一个电话，说是她的儿子，需要一笔钱。妈妈一听，就知道是诈骗，她不说给钱，和对方东拉西扯一直不放电话。拖得诈骗犯没了耐心，大声呼号："我需要钱！"这时母亲不得不平和地告诉对方："孩子，你不是我儿子，我的儿子三年前去世了，可你的声音太像我儿子了，我就是想听听你的声音。"诈骗犯听后，顿时哑言，过了许久，大喊一嗓子："妈妈——"看完故事我泪流满面，心狠狠地疼了。作为母亲，我体会到了那种滋味。可是现在，我体会到的，不光是疼，还有比疼更复杂的滋味。那不是别的，是人死了想弄清真相却又不敢弄清的矛盾和无助，是疼着却又不得不把疼藏起来的无奈和绝望。因为在车上，慕红还告诉我们，上次来时，关于耿小云死因，父亲一句话都没说，他甚至不愿意耿小云母亲说，今天能说出来，不知下了多大决心。

回来的路上，慕红似乎轻松了些。这倒不是说她终于有了话，也不是说她说话时终于回过了头，而是她的坐姿再也不像来时那样僵硬了。好像勇敢地面对了一次把她当成女儿的死者母亲，她得到了洗礼。就像经历过战争洗礼的战士，从此不再恐惧，不再悲伤。告别时，她还答应姜玉英，做她的干女儿。

通过回访，我真正看到这个项目对研究生们成长的重要意义。年轻的心灵一次次接触灾难、死亡、贫穷、痛苦，一次次打开那些陌生生命的心灵秘密，他们在痛苦的废墟上拾起的，必将是一笔巨大的人生财富。然而那一天，在离开史家沟的途中，我怎么都没想到，慕红还会向我们敞开另一个秘密，一个和这个案例有关的，但属于她的秘密。

那时，面包车就要驶出曹崴子和张炉交界的乡道，来到离双泉寺不远的山坡下。在正对着双泉寺的一个山谷，慕红突然让司机停车。之后她回过头来，看着我和张申说："孙老师、张老师，想让你们帮我做个决定，可以吗？"

"什么决定？"我和张申都有些惊愕。

“上次访耿家，耿小云母亲非要把她女儿的头发给我。我知道她是想女儿想疯了，觉得头发被我拿走，就证明她女儿还在。可我一小就害怕死人的东西，我没置可否。谁知那天晚上回招待所，我清理背包，发现她把头发装进我背包的内层拉链里了。”说着，她两手下意识摸了一下怀里的包，“这几天，我老做噩梦，动不动就半夜惊醒。今天回访，本是想把头发还给她，可是去后才知道，这根本没有可能。也是去后才知道，我必须拿着，拿着就是对他们的最大帮助。所以我有一个想法，想把它埋在曹崴子地界，这里风光好，又守双泉寺，你们觉得呢？”

我没有马上回答，张申也没有吱声，一种说不出的紧张蓦地缚住全身。我看一眼慕红怀里的黑色皮包，下意识地往旁边移了移，仿佛那里会有什么东西飞出来。原以为慕红来时的焦虑，仅仅是害怕与死者母亲见面，原以为她回程中的放松，仅仅是悲痛得到抒发、释放，想不到还有这一出。我回头看看张申，他没有表情，睁一只眼闭一只眼，用镜头紧紧锁住慕红。对他来说，这是最意外的收获，等于拍到了戏中戏。于是我说：“我看行，应该把它留在家乡这块土地上。”我内心的想法是，不能让慕红永远背着死者头发。

这时，司机也随声附和：“我看也行，俺把车开到双泉寺西边，那里有一大片山岚。”

秋天的山岚，风景如画，色彩斑斓的树叶挂在枝头，阳光照耀，如碎金碎银。在山岚南面的草丛中，慕红慢慢蹲下来，用一把半截木梳当工具，不顾一切往深处扒。扒到一尺深左右，她打开皮包，把那缕卷在纸中的头发拿出来。与其说那是一缕头发，不如说是一只鸥鸟，它高高地翘着尾巴，呈一种展翅欲飞的姿态。可以想象，它的主人在把它从头上剪下来的时刻，它是多么的意气风发。把一只展翅欲飞的鸥鸟埋进去，慕红扑通一声跪下来，带着哭音说：“耿小云姐姐，从今天起，我就是你妹妹，我把你的发丝留在这，就算你实现了‘回乡A计划’。不过作为妹妹，我想批评你，为人儿女，无论在什么样情况下，都没有理由选择死。你有未完成的责任和义务，你不该把痛苦留给父母亲人。我也失恋过，也有和你一样的时刻，我把安定片都买好了，可是我、我挺过来了。挺过来才知道，人，必须活着，只有活着，才有可能改变一切。”

你从哪里来？

从张炉往翁古城去的路上，慕红告诉我和张申，据耿小云妈妈讲，耿小云确实是自杀。她爱上了一个有婚约的男人，他是公司办公室主任，她的“回乡A计划”，就是和他一起制订的，她和他如胶似漆时，他的女友闹到公司。这让我想起昨天采访过的杨柱的老婆，她似乎是这个故事的反面。杨柱乡下的老婆当初如果去闹，自杀的指不定是谁，可是为什么这一类困惑比比皆是？比如慕红，她一直不愿意告诉我们，就因为她也有过此种经历。

与树华约在“天外桃园”。它坐落在翁古城城西，是一个装修风格独特的酒店，各种花草树木簇拥在一个巨大的屋檐下，走进去，就像走进植物园。所谓“天外桃园”，即是指这人造的自然。翁古城离乡村、大自然并不遥远，就像现代文明离乡村并不遥远一样，可是只要称作城，就必然有人在城中为你打造与钢筋水泥对立的世界。它越是对立，越是品位高贵、风格高尚。据说这里的包间日日爆满，不提前两天，根本订不上。树华毕业于翁古城重点高中，如今，这里许多局级干部都是她当年的同学。前些时，翁古城大讲堂请她回来为机关干部讲心理减压课，她的崇拜者与日俱增。有这两股势力存在，订包房区区小事根本不在话下。接待我们的就是两个听过树华课的局长，我们在植物园里左转右转时，他们已经在一棵芭蕉树下冲我们招手了。

握手，拥抱，寒暄，热股隆咚的气氛与我们刚刚经历的现场大相径庭。虽然这里的植物比乡村的还绿还青，然而这青绿之间裹挟着的不是原始、纯朴，而是规格、档次，是富禄发达之后溢漫出来的尊严感。好在树华多年搞心理咨询和心理治疗，挣扎在一个个生命内部的疾苦当中，对尊严感背后的虚浮心知肚明，坚决不让奢华，不让点“硬”菜。可是不点“硬”菜，不来点小小奢华，又如何体现尊严感呢？又是老同学，又是著名心理学家，还带来记者和作家，为这些理由相争不下时，树华只有客随主便，允许“硬”到虾。可是不管硬到哪里，有一个东西是难以逃脱的，那就是酒。它不硬，比任何物体都软，可它下肚，氛围迅速升温，不但树华逃不过进攻，张申、我、慕红，还有树华从滨城带来看山的女友，都难逃“法网”。在一种难以抵挡的气势下，慕红的脸迅速放红，原本就红肿的眼眶像抹了鸡血。作为课题组现场负责人，她必须应对这种场面，因为她知道这个饭局，既是当地领导为欢迎她的老师一行几人而设，更是为下午去石岭乡采访的顺利做铺垫——在座的领导当中，就有一位是帮助联系石岭乡的要人。可是没过多久，她就两眼发直，身体发软了。看她有醉的迹象，瞅一个大家都在喧闹的时机，我赶紧把她拉起，离开屋子。踉踉跄跄来到卫生间，她竟大口大口呕吐起来。

我知道，慕红醉酒，既是不胜酒力，也是无法把心从上午的现场中拉回来。两个场景的差别实在是太大了，酒店的喧嚣浮华和乡村的寂寞穷苦之间的落差，任何时候都不新鲜。新鲜的是她一连多天都在贫穷、饥荒、死亡的阴影里，新鲜的是就在上午，我们埋葬了一个大学生的“回乡A计划”。酒桌上，树华和朋友们谈兴正浓，除了下午石岭乡的访谈，还有一个比访谈更宏大的计划，那就是如何到乡村搞一块地，到风景最幽深之处建一个心理减压中心。

或许正是这宏大计划的驱使，饭局很快结束。在植物园的过道里，树华紧紧拥着慕红，一边抚慰着她多日来的辛苦，一边向她交代下午的工作。其实树华在我们进门时就已经长时间拥抱过慕红了，只是现场的忙乱使她们没有更多机会说话。见面拥抱这一礼节，是树华的倡议，心理学上认为身体的接触会缩短人与人之间心理上的距离。可是在树华和慕红几乎合为一体时，她批评了慕红。当时我就站在旁边，树华伸手把我拽得更近，她说："姐，慕红把耿小云的头发偷偷埋掉是不对的。人有魂魄，人去世了，属于精神的魂离开身体升入天，而属于身体的魄火化后流入大地。头发属于魄，可以埋到地下，但必须让她的父母在场，必须有个特别的仪式。只有让逝者的父母体验到自己的孩子真的已经离开了，他们才能真正得到精神和现实的解脱。"

树华做自杀死亡的研究十几年，对玄学深有研究。她说这是精神动力学的范畴，因不断地往深处钻研，她整个人越来越通灵。我和慕红点头称是。这时，树华的手机响了，是青堆子那边打来催促电话。

出翁古城城区，途经张炉，把慕红放下车，再经过与张炉合并的观海乡，十几分钟，就是青堆子。多年以前，我从乡村出发，逃离了散漫、寂静和沟谷大地。多年之后，树华带着朋友从滨城出发，如同我和张申每一次从滨城出发，我们逃离的是紧张、喧嚣和钢筋水泥。还是那句老话，在城市人眼里，乡村就是远方，就是世界。一路上，树华的朋友每看到一条河流或一大片稻田，都不住地咂舌："太美了，农村太美了。"

青堆子是一座古城，历史比翁古城悠久。十八世纪七十年代，就有外国传教士从海港南边的码头登岸传教。这座码头通着上海、天津、烟台、朝鲜，大量输出粮食与土特产，大量输入日用杂品，到民国和日伪统治时期，这里曾出现畸形繁荣，其繁华程度超过翁古城。直到二十世纪七八十年代，这里也是酒馆店铺鳞次栉比，海港舟楫往来频繁，手工业工商业兴盛发达。在我童年的时光里，上一次青堆子如同进一趟京城，“背大背上青堆，买个火烧换大梨”是这一带人人挂在嘴上的顺口溜。也许有一颗一直向往繁华京城的心，我从来不觉得这里有什么美好的山水景色。确实有几条河流通过泥滩入海，可一下雨就发大水，淹了两岸庄稼，留下的印象除了恐惧没有别的；确实有几个山冈连着大地上的村庄，可它太矮了，矮得既不像山又不像冈，它很少让我流连忘返。实际上，要说风景，青堆子最美的风景在国道北侧，那里有大片大片平整的稻田。夏秋季节，稻浪滚滚，天地两色，看上去别提多舒展清明。可是几年来，这片土地已经消失，高速公路和高速铁路，像撕扯在大地上的两道伤口，把它们弄得面目全非。我的出生地山咀小队，一条离地五米多高的高铁路基挡在村庄前边，甭说美好景色，就连一望无际的感觉都找不到了。可是树华非说这里有美景：“有，成森书记说有。”

成森，是我们的好朋友。他是青堆子镇党委副书记，刚从张炉乡调过来。树华的团队来翁古城访谈，第一个乡镇就是青堆子。他如果不调离张炉，我们也许会在那里见面。好朋友的足迹是带着磁力的，树华说上青堆子看山，就冲着成森书记。可是青堆子没有好山，成森人再好也造不出来呀！后来才知道，我错了，青堆子不但有好山，还有好水和迷人的水库。

我的错误不在记忆，而在于我已经不了解家乡的变化了。在改革者决定把张炉、观海两乡合并到一起时，北部山区的高岭子乡也合到了青堆子，于是既有山又有水库了。那山叫圈龙山，水库叫转角楼水库，它们在我居住的村庄北边，站在高处远远就能望到。念小学时，春季野游，目的地就是圈龙山。传说那山脚下有一眼深井，古时候，海龙王的第二个儿子在人间作乱，大行水灾，海龙王就差人在这里挖一眼深井，用锁链将儿子锁在井中，让它反省。奇怪的是，我总想去看那眼深井，却总是在春游时生病，一次也没去过。七十年代初，屯子里搬来三户淹没户，搬迁地就是转角楼。为响应毛主席大兴水利的指示，他们背井离乡。只是当时我和村里人都不知道，那里为什么叫转角楼，是不是真的有楼。

翁古城的好山好水大都卖光了！天峪风景区、青云谷温泉区、歇马山风景区、曹崴子五道湖、桂花莆古城，全都被城里有钱有志者买去开发。树华领来这一波算最末几波了，翁古城的山水，在大力发展沟域经济和现代生态农业政策的推动下，已经所剩不多。

沟域经济，顾名思义，就是在山沟山区里发展经济。现代生态农业，一目了然，就是区别于传统的种植高粱水稻玉米的新型农业。我刚下乡采风时就听到这两个词，它们连在一起，被翁古城分管农业的官员提起时，就像是一对孪生姐妹，有着亲密无间的感情。后来上网搜索，才知道它们竟是当今中国开发乡村的全新理念，经验来自北京。改革开放初期，部分急于脱贫的北京郊县山区，对矿产资源进行无序开采，北京的大气和水源受到灾难性污染破坏。二十多年后发现问题，矿山关闭，可随之而来的问题不但是乡村没有了工业收入，运输业餐饮业也开始萧条，裸露的环境还限制了乡村旅游业的发展。农民富后返贫的沉痛教训，让京郊山区开始反思。到底是哪个人在反思，哪些人在反思后想出了办法，我无法知道。我能知道的是，这之后，为了给农民找到新的收入来源，北京郊县政府出台政策，鼓励招商引资，吸引本地龙头企业和外地商人把投资目光转移到乡村沟域，开发种植、养殖业，民俗旅游业，观光农业。于是就有了怀柔境内的“虹鳟鱼一条沟”，就有了密云境内的“紫海香堤”，就有了门头沟境内的“玫瑰谷”、“汤泉香谷”和“蒲洼沟域白桦谷”。星星之火，迅速燎原。如今在翁古城，正在兴建的千亩以上休闲观光农场已有七八个，两百亩以上的现代农庄已有二十多个。前年春天，就有一个企业家通过朋友找到我，他要在他的老家开发旅游，建一个国家级度假村，设计有葡萄酒庄、葡萄园、森林公园、民俗园、网球场，还要搞一个作家写作基地。他希望我能笼络一批作家进驻他的村里，以提高文化品位，招徕生意。农民把承包的山岚、土地出让给龙头企业和有钱的大户，农民由山岚土地的主人变为农场的雇工。不出家门就能挣钱养家的现实，使乡镇政府的领导们一听说有人要来看山看地，两眼大放绿光。成森也不例外。

说起来有些神奇，一晃近四十年过去，我居然第一次踏上这片隐在记忆缝隙的土地。坐在树华车上，跟成森的车一路向北，从乡级公路到村级公路，从村级公路到一条逶迤在山岭脊背的小道，圈龙山竟然被我们轻松超越。站在脊背顶端向北望去，一片汪洋在群山之间，水天相映，世界顿时变得旷远、僻静、辽阔。树华一个做修船生意的朋友下车后嗷嗷直叫，太棒了，这水库我要啦。

那天下午，我没跟树华他们继续往前去，车在山岭间转得我有些头晕，但这不是重要的，重要的是我对野地里的僻静有着与生俱来的敏感。在城市人眼里，大自然僻静旷远正是调养生息的地方，我每次回乡，在乡间不停地转，也有此类感受。可是只要让我停下来，让我在僻静中等待下来，看到日头慢慢升起慢慢落下，看到星星在万籁俱寂中眨巴眼睛，某种孤独感和无助感顿时涌遍全身。可以说，童年在乡野上的孤独无助已成隐疾留在我的血液里，只要条件适宜，它就全面爆发。就像那天在张小栓家，就像此刻，我对树华朋友准备把自己置于辽阔孤寂的天地之间有着莫名的恐惧。罗伯特·柯里尔在《秘密》一书里说，你怕什么，什么就必然到来。研究人生秘密的后来人把这称作“吸引力法则”。那天，当车渐渐远去，我站在一片树荫下，看着头上的云朵，感觉自己就像在树叶间纷飞的小小飞蛾，一种似曾相识的孤独和无助包抄过来。于是我赶紧转身，顺山脊小道一路小跑，直到走进一个掩映在树林中的村庄，才慢下脚步。

为了不使狗叫声此起彼伏，在一个敞着后门的人家门口，我稍有停顿后大胆拐了进去。本以为是进了一个空寂的屋子，可是迈进门槛，我几乎惊呆了，这里竟然黑压压坐满一屋子人。堂屋地下一桌，东屋炕上两桌，西屋炕上地下各一桌，他们男女混杂，有的手执麻将，有的口叼烟卷。早知道农闲时乡村人爱聚赌，可我从未见过如此隆重的场面。烟雾和苍蝇在屋子上空缭绕，无数张暗淡的脸在桌子周围聚拢，简直就像进了赌城。大家盯住我看了一会儿，又回到手里的牌上。只有一个在堂屋看光景的老者和我搭话。

"你哪儿的？"

我没吱声。进了人家的门就应该说出自己的来路，可是我不知为什么没有答话，大概还是对一屋子人感到惊讶。

"是来干什么的？"

老人这么问，我突然想起一个笑话。说有一个外国学者来中国大学，被大学门口的警卫堵住，问你是谁？你从哪里来？要到哪里去？这个外国学者非常惊诧，觉得中国人真是了不起，人人都是哲学家，连一个大学门卫都能问出这么深奥的哲学问题。我没说我从哪里来，只说我是跟朋友一块儿来看山看水库的。谁知听我这么说，老头冲屋里大声喊道："听见没，又有人来看山啦，这一秋天十好几波有了。"

说着，他把目光转向我，"买吧，俺这地方的山可好了。上边任老百姓穷也不让办工业，连养鸡大棚都不让建，水库一点污染都没有。你去看看，里边有老鼻子鱼啦。"

这时，所有人都停下来，把目光聚向我。有的，继续刚才的问题，问你是哪儿的，从哪儿来？有的，问买水库是搞旅游还是搞养殖？有的，问能给多少钱？我只是笑着，没有回答，因为我确实不知道。见我笑而不答，他们一个个又很灰心地拾起手里的牌。就在这时，只见地当中一个正做作业的小女孩向我歪起脖子，她眨巴着黑溜溜小眼睛，盯了我一会儿后，掐着手里铅笔，细声细气问："城市人为什么要下来买水库，城市不好吗？俺老师说城市有立交桥还有不夜城，可好了，你们为什么要下乡买水库？"

我不知道这是不是深奥的哲学问题，反正我看着孩子，持续着脸上的笑，答不出来。

那个下午，我在这个人家没坐多久，树华就在电话里找我。在一个好心大叔引导下，我重新走回那个山脊，把刚才的遭遇讲给大家。没想到大家的反应竟然吓得我一身冷汗。从成森车上下来的大学生村官说，这里就六个自然屯，他对这六个屯的自然情况了如指掌，根本就不存在我说的这样一个村庄：家家都有狗，一屋子会聚那么多人。他说这里的乡村几乎听不到狗叫，有一年给狗戴牌儿防疫，要收防疫费，家家都把狗打死了。现在正是大忙季节，即使男人不出民工，也都在山上收庄稼，怎么可能聚在一个屋里打牌？树华见我紧张，赶紧抚我后背，说："姐，你是不是累了，休息时做了个梦？是不是这两天接触死亡案例太多，一直思考人的终极问题，产生了幻觉？"

我瞪眼看着树华，看着成森和瘦小的大学生村官，用力回忆着刚才的一切。之后使劲摇着头："不，绝不是幻觉，我真的去了一个村庄，看到了一屋子人。要不现在我就领你们去看。"

这回，轮到树华把眼睛瞪大："姐，你刚才肯定走进哪个坟地了，看到了一些阴间的往生。从佛家的角度讲，人的灵魂有好多个维度，凡是通灵的人，都能在某个瞬间看到另一个世界的事。"她这么说，我更是毛骨悚然。

见我真的害怕，大学生村官说：“没事儿，你就是做了个梦。你想想，你们把水库买了，不真就能盖出新的村庄，引来一屋子人吗！什么叫梦想？这就是梦想！是老天告诉你，梦想就要成真了。”

那个下午，我真的觉得自己做了一场梦，往回走的路上，不管树华的朋友如何兴奋，晒出的计划多么宏伟，我都无法跟进。我一遍又一遍回忆那个村庄：房子的后门、烟雾缭绕的屋子、目光愚钝的老者、掐着铅笔的小女孩……我因此也一遍又一遍地问自己，城里人为什么要下乡买山买水库？这么问着，我想起耿小云的“回乡A计划”。或许，这个问题只有她能说清，可是想到耿小云，我更加害怕。是不是真像树华说的那样，我走进了一座坟地？而那个小女孩，就是童年的耿小云，她刚投生那个世界还没有长大，她只懂乡下人为什么要到城里去，还不懂城里人为什么要到乡下来；她还不知道，当她有一天长大，真正进了城，会制订出宏伟的“回乡A计划”……我这么糊里糊涂想着，不知过了多久，车在一个河套边停了下来。这时，树华对我说：“姐，成森说圈龙山后坡有个沟特别好，你要帮我下去看看，如果真好，我也要买下一个山谷。”

即使树华不叫我，我也不敢再自己留下来了。顺一条哗哗流淌的溪流往沟里走去，心情竟越走越好。很显然，我是这样一种人，在喧嚣里，在人与人复杂的关系里，我愿意一个人待着，一个人静静体会孤独感；在寂静的地方，在只有人跟自然简单的关系里，我愿意在人群中，愿意将孤独感深深覆盖。为了覆盖某种童年潜伏下来的孤独和恐惧，为了覆盖刚才不期而遇的神秘经历，我冲着越走越开阔的山谷大声呼号：“啊——圈龙山我来啦——”在我的带动下，树华和她的朋友也跟着喊起来：“我来啦——”

声音在山谷里回荡，不禁让我想起黄土高坡上人们类似呼号的歌唱。在你觉得和这世界关系只剩人和自然的关系时，你其实希望通过呼号来感知自己和遥远事物的关系。可是我的呼号、由我带动的树华的呼号，竟然使树华和这个山沟缔结了深刻的关系。当我们一路高呼着走进沟谷深处，当一地在深秋里还泛着青色的草丛一荡一荡铺展过来时，树华做出一个重大决定：这山沟我买定了。

所谓买，即是租的意思，一租三十年或者五十年不变。在树茂草深的沟谷上边，在流水淙淙的山溪源头，我不能回答的问题，树华和她的朋友给了非常现实的回答。

树华说："姐，现在城市压力大，人际关系复杂，造成很多人抑郁和烦躁。我每年都要带高端人士到巴厘岛、日本'爱的疗法'异地心理疗愈工作坊。而在这里建一个心理治疗中心，把抑郁和烦躁的人带到这个自然的山谷里来，让他们在自然山水中得到心灵的修复和禅悟，想一想，会多么好！"

而她的朋友说："我们不是买水库，公家的水库不可能卖给个人，只是租水库边上那块地。我可以在那水库边上盖十几个木制别墅，春夏时节，把城里很多朋友和朋友的朋友请过来，让他们在这垂钓、静养、游山玩水。"

心灵修复、禅悟、垂钓、静养、游山玩水，这些所谓现实的回答，在乡下人看来，在许多只在温饱水平线上的人看来，一点都不现实。这并不是说首先需要大笔资金的铺垫——买山买地，建治疗中心，修十几个小木屋，完善用水功能和取暖功能，我是说，身在此山中的人们，永远不会知道城里的人到底怎么了，他们为什么需要修复、需要静养、需要游山玩水。就像刚才我遇到的那个小女孩，如果不走出深山，她永远都不会知道城里人为什么要到乡下来；就像耿小云的父母亲，永远都不会知道，他们那么优秀的女儿为什么会为区区感情小事自杀。

可是那小女孩真的是一场梦吗？

因为和树华的朋友一起呼号过，我们的关系似乎突然拉近了。她坐在我对面，问一些有关写作的问题。比如如何构思，写作前是否需要做计划。她说我是她今生近距离见到的第一个作家。为了表示礼节，我也问她一些生意上的问题。比如如何修船，她一个小小女子，如何懂得修船？这时树华插进话来："姐，你不知道她有多牛，人家懂俄语，专门给俄罗斯人修船，你知道修一条船能挣多少钱吗？六百多万呢！买一块水库边上的小地儿，当自家的后花园，实在是小事一桩。"

虽然我还是不懂给俄罗斯人修船为什么就那么挣钱，但这些信息足够让我沉默。我已经知道该如何回答小女孩的问题了：太有钱了，就想把世界上最美好最没有污染的地方变成自己的。如此而已。

因为一直不忘那个小女孩，在往回走的路上，我撵上大学生村官。我说："书记我不是做梦，绝对不是，那些事情真的发生过，那里绝对有这么一个村庄。"听我这么说，大学生村官狡猾地看了一眼成森，仿佛他俩有什么密约。这时成森呵呵笑起来，他说："姐呀，你想想，书记要是承认有那么一个村庄，不是等于承认他们多么落后嘛！现在，你听谁说过不让养狗啦？那都是老皇历啦，看来你真需要下来深入生活啦。"

我懵懂地站住，盯着成森。这时只听大学生村官在后边说："孙老师，要不怎么能引进城里人到乡村搞开发呢，这大山沟里，有什么文化生活？不就打打麻将嘛！大伙聚在一家，凑个热闹。那一家姓刘，他家男人是个残疾，干不了活，就给大伙提供屋和桌子，坐庄抽点头儿。"

我木木地站在那，看着树华。我想做一个孩子的动作，朝村书记挥出一拳。可我没那么做，倒是树华伸开她的双臂，将我紧紧拥住。

第肆日

4

关　系

一只老猫

关　系

在新的一天到来之前，我们经历了漫长的一夜。这一夜树华把她的研究生们召回翁古城黄海岸大酒店，让大家好好洗了个澡后，讨论分析和诊断已访过的自杀案例，折腾了大半夜。他们将不同案例进行归类、梳理，说出了很多我从未听过的心理学术语，什么“精神动力学”，什么“躯体化障碍”，什么“关系的死亡是最后的死亡”。这个晚上，大家提到最多的两个字就是“关系”。比如徐大仙女儿自杀这个案例，他们认为她不仅是经济穷、心穷，主要还是关系穷。当目标人发现唯一爱她的爸爸都不能资助她两千块钱，生的希望自然就非常渺茫，要豆浆机，不过是她希望建立一种关系。在分析到于吉良老婆儿媳双双自杀这个案例时，他们认为所谓爱面子，爱的是关系，爱关系是人的本能。当婆婆发现婆媳关系出现不可逆转的问题，便产生了本能状态下的冲动，媳妇也是一样。这些关于“关系”的说法，让我既受触动又感到兴奋。我曾写过一篇小说叫《致无尽关系》，我在那里讲述了多年来对家族关系的反感。上了年纪才发现，正是那些让你心烦和反感的关系，才使你有了存在感，才使你有了生活的意味。人活在关系里，这是人人皆知的道理。那个晚上研讨过后，让我一夜无眠的不是这个，而是我在怀疑，人仅仅活在和人的关系里吗？人可不可以活在和物质的关系里呢？比如和山、和树、和土地、和地里的地瓜土豆、和神灵？

开启我这个想法的，是大家讲了两个被访者的故事。一个是那个在木器厂工作的十七岁儿子的母亲。钱薇说：“她长这么大就喜欢和土坷垃打交道。她家甸子上有一块苞米地，儿子死后，她一天到晚待在那块苞米地里，只要看到黄澄澄的土，心就不疼了，好像那土是云南白药。”另一个，就是张小栓的母亲。慕红说：“她在半年里死了两个亲人，一辈子生的三个孩子都死了，现在孤寡一人，可问卷时让她给自己的现状打分，她居然打了九十分。为什么？就因为她信基督教。”每当我站在偏远乡村的天地之间，总会有与生俱来的孤独感，有难以抗拒的对孤独的恐惧，是不是就因为我没有对山、对树、对土地和土地上的神灵产生感情？我的生命，是不是没有和它们建立一种关系呢？这么想，我就感到后怕，因为在我的童年里，从没有人告诉我人生出来，奔着的方向是死。我所接受的教育，都是让你往前奔，从屯街奔向青堆子小镇，从青堆子小镇再往县城翁古城，从翁古城再往滨城，往滨城之外的远方。我们一程程奔着的，是一个个地名涵盖下的虚妄的空间。向这个虚妄的空间一路拼搏，你也许有一种强大的信念，它和你保持了良好的关系。可是空间无限，有一天当你发现你奔着的前方除了前方，唯一的实物就是衰老和死亡，你和信念的关系发生了断裂，那你该怎么办？

一夜的折腾，我的眼圈有些发乌，树华一早看见我惊讶地问：“姐，你怎么啦，是不是还在想那个村庄？”

我笑了，说：“不，我在想‘关系’。”

我说的是真话，可树华以为我开玩笑，就也不正经地跟我说：“你想关系，关系就来了，用不了多久，我和你就有了扯不断理还乱的关系。我夜里睡不着觉，你猜在想什么，我想圈龙山那个山沟，我一想起那山沟就兴奋不已。我把心理治疗中心的名字都想好了，叫

‘易之谷’，我买了你家乡的山沟，咱俩今后拥有了同一个故乡，你说是什么关系？”

是的，在远方虚妄的关系抓不到手时，或许抓住一块地、一座山，和它们发生实实在在的关系，便是对心灵最大的抚慰了。

那一天，因为“关系”两个字一直缠绕心中，面对每一个现场，我都能拎出关系这条线。比如在石岭乡四家子村，我跟树华访了这样一户人家。那个被访者名叫李琴，她的母亲一年前上吊自杀。母亲总共生了一儿两女，不幸的是两女都是残疾，老大三岁那年扎针把腿扎坏，老二是先天小儿麻痹，就儿子是个健康人。可是这唯一一个健康的儿子，却在十年前遭遇车祸死亡。没了儿子，二闺女李琴把老两口接到家里，女婿上外面打工，父亲就在家里帮她种地种菜侍弄家禽。可两年前，从未得过病的父亲竟突然查出胃癌，卧床不到半年就撒手人寰。母亲七十多岁，患有严重的糖尿病和骨质增生，见自己不能帮闺女干活，还要给闺女添累，就起了轻生的念头。有一天夜里，她睡不着觉出来溜达，门口大道正好过来一辆车，就想冲到车底下撞死。可转念一想，自己儿子车祸死的，直到现在他们一家还仇恨车主，要是撞车死了，一定会给车主带来麻烦，终是没横下心。怎么死才不致拖累闺女，她想了好多办法。她家后边有一棵五十多年的老核桃树，树下有一根拳头粗的歪杈，在那里上吊，闺女收尸最方便，可是那里离家太近，死后要是阴魂不散，闺女起夜就会害怕。房子东厦子里有几瓶打草的农药，喝药自杀也不算难，难就难在如果不能马上就死，闺女还得花钱抢救。找不出一个好的死法，她多活了一年多，这一年多，邻居把李琴母亲不想活的想法告诉李琴。李琴天天看着她，母亲上哪儿，她就跟到哪儿，可是总有跟不到的时候。那天早上，母亲跟她说得好好的，说明天翁古城小姨家孙子过生日她要去赶礼，今儿个剪剪头。李琴一听她都决定去翁古城串亲戚了，肯定没事儿。谁知她以剪头的名义，一出去再就没回来。天好晌了，李琴突然觉得不对，就在大街上喊妈，邻居们听到喊声，出来帮她找，没用一小时就找到了。她选的地方不远不近，说远，它就在家门口对面的山坡上，说近，它又与家隔了一条大道。大概怕闺女费力，她跪着上的吊，那棵小树非常矮。母亲死后，李琴痛不欲生，她说要是自己和姐姐没病，母亲绝不会早走，姐姐到现在一周扎一回吊瓶，而她，左脚还要做手术，母亲就是为了不拖累她和姐姐。母亲曾跟她说："妈要是死了，你记着，一个七也不用烧，娘想儿常常常，儿想娘就一场。"你说世界上哪有这样的好母亲呀！可是母亲不知道，她这么死当闺女的心里根本没法接受，太折磨人了。李琴说俺就是没文化，要是有文化，俺就写一本书，书名都想好了，就叫《不能接受的爱》。俺想告诉天下父母，做儿女的宁愿跟父母亲受累受磨难，也不愿意接受这种爱，天天被想念和自责折磨……

在这个故事里，我看到了这样一种关系，父亲的病，一定跟十年前儿子的死有关，那种无法诉说的疼只有做了父母的人才知道；而母亲的走，除了疼闺女，不想拖累她们，也有对儿子思念的力量推动。"娘想儿常常常"这句话，已经说明了一切。

然而这后边就衍生了一个重要的关系，那就是十指的关系。所谓十指连心，指的只是指跟心之间的关系。那个指是儿女，心是父母，十指，不管哪个指被砍掉了，心都疼，而一个指砍掉了，其他指不一定疼。在李琴的讲述中，她从未提过她的哥哥，而当问到她现在生活最大的寄托是什么时，她说是儿子。只有看到儿子，悲痛才能忘掉。

当然了，在这故事里还潜藏了更深的一种关系，那便是贫穷跟死亡的关系。如果有钱治病，这个母亲绝不会去死。糖尿病和骨质增生，都需要长期服药。

在石岭乡最北边的斜坡村，我们采访了一个姓万的人家，他家四个儿子,三个自杀,老父亲也在去年七月喝药自杀。据妇女主任讲，万家因为住在沟里，一直贫穷，四个儿子一直娶不上媳妇。七年前，有人给最小的儿子介绍对象，女子是个精神不太正常的傻子，可是小儿子结婚那天，母亲却让四十多岁的大儿子入了洞房，小老四恼火又说不出，就和哥哥记仇，天天和哥哥打架。有一天晚上趁大哥没回来，在门口挖坑下绊子，把哥哥腿摔断了，哥哥躺到炕上第三天夜里，爬到窗外喝药自杀。老二没沾过女人，也没被母亲给予过权利，实在控制不住，就在家里没人的时候强奸了弟媳。谁知几次之后被傻女人宣布出去。老二生性厚道，从小到大一向向着老四，老四没和他吵架也没下绊子，容忍了他的作为。可几天以后，他被邻家狗咬伤，得了狂犬病，病后的他不咬别人就咬妈妈，把妈妈撵得到处跑。几天以后，他半夜醒来，恢复正常，也像哥哥那样喝药自杀。老三没尝过女人滋味，又不能像两个哥哥那样愚蠢寻死，就离家出走，上黑龙江干民工去了。三年之后领一女子回来过年，母亲高兴，把家里的驴和马都卖了，让他们结婚。结果，女子看到家里的破落，从傻媳妇嘴里得知两个哥哥自杀的信息，不到三天，就偷偷走了，再也没回来。正月初一那天晚上，吃罢夜饭，老三跳到屯街西头深井结束了生命。父亲一辈子老实巴交，默默承受如此家境，六十五岁时得了脑血栓，瘫痪在炕时，母亲把圈里的猪卖了为他治病，可是花掉五千多也没能治好。见自已治不好，他就天天喊不想活了。女人万难累身，心里发闹，在旁边没好气地说，想死你就死吧。结果，就眼看着他在一个椅背上系条布带，半侧着身就把自己勒死了……

在那个石头垒的房子里，我们看到了愚昧的母亲，饱尝情感折磨的四儿子，已经精神分裂的媳妇。那个母亲一脸皱褶面黄肌瘦，松垮的脖子像空挂了一张绸布。不可思议的是，她说话粗音大嗓，看人目光炽烈，她叼着烟卷精神矍铄的样子，一点也不像遭遇过如此重大灾难。她大大方方向我们展示这个穷家，把儿子们的自杀归为有病没钱。“家穷，又一身病，困难嗑了，都服毒走了。”而她的小儿子，膀大肩宽，相貌端正。要不是大秋天还光着个膀子，脏兮兮的裤子半卷着裤腿，相信不管在谁眼里，都是一表人才。他简单讲述了去黑龙江哥哥的死因，父亲的疾病，房子上的石棉瓦下雨如何漏水，却坚决不让我们走近他的傻媳妇。他把她锁在西屋，说坚决不能开门，一开门她就往外跑，非常麻烦。我们就只有趴在窗户外面往屋里看。

屋子黑咕隆咚，炕上卷着一卷埋里埋汰的棉被，棉被旁边有一只碗，里边有一块生地瓜。傻媳妇蜷在被子里，头发钢丝一样刺在头上，手指头含在嘴里，像个婴儿。看到我们，她忽地爬起来，冲到窗户前，目光里闪着长期被关的雄狮一样可怕的焦灼和渴望……

在这个案例里，我看到这样一种关系，如果不是母亲把四儿子的新婚之夜出让给大儿子，就不会有大儿子的自杀；如果大儿子不当着兄弟们的面享用女人，也不会有二儿子的非分之想；所谓二儿子得了狂犬病，绝对是装神弄鬼故意处罚母亲；要不是傻媳妇嫁一个男人却等于嫁了三个男人，也不会像现在这样精神分裂。在大街口，我们遇到他们的叔叔，他说他的侄媳刚结婚时只是有点傻，不会数数算账，干活做饭哪样都挺好的。谁也想不到她后来能疯成这样，出来就打人，关在屋里，那么硬的土墙她都能挖出洞。

当然，在这个案例里，我看到的最重要的关系，还是贫穷、愚昧和死亡的关系。人在贫穷时，没法不愚昧；人在愚昧时，贫穷就成了一出出骇人听闻悲剧的发源地。我们从万家出来，妇女主任问我们："看到这个妈妈和儿子你们有什么体会？"我愣住了！树华说："就是觉得那位母亲是一个生命力很旺盛的人，你看她那闪亮的目光和结实的身板，还有红红的毛衣和红色的袜子，加上她脸上深刻的地垄纹，她贪婪地抽着烟的样子，多像一个在人生矿山拼力开掘的人。"妇女主任说："不愧是心理学家，看得这么细。村里人都在传说这对母子不正常。四十多岁的儿子，哪有上街赶集和妈妈一直手拉手的？"

在石岭乡五块石村，我们访到一个四十五岁的女子李燕，她的丈夫刘开顺今年四月份喝药自杀。李燕和丈夫都毕业于翁古城卫校，自由恋爱结婚。李燕父母早亡，虽从沿海乡镇嫁到石岭山沟，可从没后悔过。一些年来，两人在山沟里开乡村诊所，勉强能打发日子。所谓勉强，是说乡下人吃不起药，最常见的药就是止痛片，根本赚不了多少钱。后来刘开顺的父亲又得了半身不遂，母亲得了糖尿病，家里日子太累了，既要种地，又要在五块石村山山岭岭间奔波。三年前，刘开顺发现自己不幸得了糖尿病。第一年，他对身体很重视，谨慎小心，一直坚持锻炼，不喝酒不抽烟，不吃含糖量高的食品。可是日久天长，这些乡村一日三餐就在眼前，耐不住身体的需要，一点点放松警惕，身体竟越来越虚。有一天，当他感到自己四肢无力口干舌燥时，竟突然大开禁忌，放开来喝酒抽烟，暴饮暴食。他亲历过母亲从患糖尿病到离去时的痛苦，他是大夫，亲眼目睹了村里其他那些糖尿病病人的痛苦，发誓绝不等到那一天。为此老婆和他吵嘴，阻止他糟蹋身体，可他坚决不听。后来，他脾气暴躁，竟砸锅摔盆打老婆。今年四月，一直忍耐的李燕终于忍不住，跟丈夫大吵了一架，她说："你把自个儿身体弄坏，将来我可不伺候你。"他说："你放心，我不用你伺候。"就是那天晚上，他喝了酒，把六种农药兑到一起，揣到之前已经看好了的一块坟地，喝掉后躺到那里。他生前告诉李燕，母亲那块坟地风水不好，望不见水库，他不去。他要找一块风水好的地方埋着，这样会阻止自己的糖尿病再传给儿子。丈夫走后，李燕天天哭。她后悔不该办诊所，要是不办诊所，不看到那么多糖尿病病人的下场，他就不能那么恐惧。她后悔不该和丈夫吵架，吵也不该说那句话，丈夫是听了她不想伺候的话才去喝了药。她后悔不该嫁到石岭山沟，她念了一肚子书，却把自己弄到这步田地。她说她最难受的事是丈夫没让她伺候，如果丈夫慢慢病倒，她像伺候婆婆那样端屎端尿伺候他到死，她会心安理得，可丈夫愣是没给她这个机会。到现在她才知道，人绝不是为自己活着，而是为别人活着。他有病，他遭罪，他拖累别人，其实是在为别人免罪。丈夫走后，她不敢见人，觉得全屯的人都在指责她，觉得全屯人都在笑话她。她承受着精神上的压力，更承受着日子的压力。十五岁的儿子在曹崴子念初中，爸爸死后，他有一次回来问妈妈："妈妈，你怎么从来不问问我上学能不能吃饱？"妈妈没吱声。儿子又说："学校卖鱼我买不起，有一回，我给卖饭的阿姨要了一勺鱼汤，用鱼汤泡饭，那个香啊，妈我长这么大也没吃过那么香的饭。"妈妈抱住儿子，号啕大哭，说："儿子啊，我哪顾得上你呀，你爷爷还躺在炕上，他半身不能动，可是他太能吃了，天天喊饿。"儿子反过来抱住妈妈，连说对不起，之后冲到外面，骑上自行车飞一般走了。从此儿子的话，就一遍遍响在妈妈耳边。在那些难以入睡的漫漫长夜，蜂子一样蜇咬着她的心。折腾到后半夜刚刚睡去，就有另一个声音把她吵醒，那是公公的声音。他因为长期卧床，腰痛难忍，动不动就大声哼哼。最难忍受的时候，她走到公公床头，说："爸呀，俺知道你不好受，俺知道，可你一哼哼，俺就睡不着，俺明天还得干活……"

从这个故事里，我看到的是女人嫁鸡随鸡嫁狗随狗的关系。不管是谁，从嫁人那一天起，就有了自己摆脱不掉的命运。李燕的命运，本是在后来显现的，可是它的源头，却潜伏在对方母亲的血液里，她与那血液，原本毫无关系，可最终有了这种被疾病死死纠缠的关系。疾病，你永远都不知道，这个狡猾的家伙到底藏在哪个角落，等在哪个路口，又为什么那么恶毒和疯狂……

当然，这里边，最重要的关系，还是贫穷跟死亡的关系。在李燕的讲述中，从未提过胰岛素。树华问她："为什么不给丈夫用胰岛素？"她泣不成声说："姐啊，俺们是学医的，能不知道胰岛素好用吗？它那么贵，哪用得起呀！"

一只老猫

那一天，从刘开顺家出来，张申让我看了一段录像。那录像录的不是人，是一只老猫在捕捉一只耗子，它从马车这边冲到马车那边，又从马车那边扑到苞米堆上。在苞米堆下面，老猫终于捉到了耗子，并在耗子叽叽叽的叫声中把它几口咬死。可是那只老猫并没马上把它吃掉，它把耗子叼在嘴里来回甩动，甩到远远一个地方，然后再把它当活物捕捉，捕捉后再把它甩到另一个远远的地方，就这么捉弄着，玩味着，无休无止。这是张申突然捕捉到的镜头，那场景显示的是死了三个儿子的万家，他让我看，不过是觉得好玩。可我从这里，看到了一种不愿意看到的隐喻：贫穷、疾病，就像这只老猫。它扭动着坚毅的双爪，瞪着凶光四射的眼睛。它把一个个乡村生命玩于股掌之间，兴味盎然，无休无止……

后来我知道，张申也不像我想象的那么简单。他确实是突然捕捉到的这个镜头，但他让我看，正是从中觉察到了某种深意。因为在树华他们要上另一家的时候，他没有跟去。他跟我说："我想去刘开顺坟地看看，拍几个镜头，你跟李燕商量一下，让她给我们领路。"而在我说服李燕，跟着她一同往坟地走的路上，张申叹着气说："你不觉得，我们拍的每个人都是老猫嘴里那只耗子吗？"

刘开顺坟地在一座长满落叶松的山上。石岭山上的林木多为柞树，它不成材，只能养蚕。山里的年轻人没人愿意重复老辈人这原始的劳动，纷纷进城；老辈人年龄渐大，做养蚕营生的也越来越少。柞树的空当，就在每年上边下达的植树政策鼓动下，插进了成长迅速的落叶松。拨开松枝往上走，一片光秃的山谷闯进眼里。顺山谷再往上走，随着一座不高的坟头映入眼帘，汪洋之水从天而降。李燕告诉我们，这就是刘开顺眼里的风水宝地。它地势高，视线开阔，最重要的一点，它远离村庄。一个人活着时被贫穷和疾病捉弄，陷入命运的沼泽之中，死了之后，永远躺在高处，鸟瞰世界，也许是对死去的人最后也是最好的安慰呢。但李燕不觉得这是安慰，她绝对相信风水的作用："把他埋这里俺也觉得好，英那河水库是咱翁古城最大的水库，水主财。都说阴宅主大事，有好风水主着，后人肯定会有好前景。"

得知眼前的水库就是英那河水库，我有些意外。多年来，滨城人吃的水，就是从这里引的。当年的"引英入城"工程几乎家喻户晓，为了保护水源地，多年来，市政府不许这里引进任何工业项目。我俩站在那里远远望着，前方锃亮一片，更远的前方被山挡住，但在山脊后边，又是一片锃亮。我不知道昨天和树华看到的转角楼水库离这里有多远，它也许是这水库的更上游，但是我在想，是不是正是上边要求要保护水源地，这里的人们才格外贫穷，那只老猫才格外虎视眈眈呢？我在想，如果不是参加这个调查项目，我们这些从城里下乡看风景的人，怎么会知道这风景深处的荒冢孤坟，又怎么会知道它究竟埋下了多少深重的痛苦和微弱的希望呢？！

就在这时，张申有一个发现，他侧棱着耳朵，惊虚虚望着远方："你听，什么声音，这附近有教堂！"2007年，他下到翁古城横道河乡拍《留守女人》纪录片，对教堂钟声的认知很是自信。

李燕马上就证明了他的自信："对，是教堂，前儿个，那里有聚会。

刘开顺病那会儿，俺叫他去，他就不去。他说你得的是实病，信什么都没有用。”

乡村对宗教的理解，一定是带着功利色彩。在张申曾经拍到的镜头里，就有很多这样的内容。可是站在天高地远的山野之间，真实地听到教堂里传出的钟声，不知为何就突然皮肤起栗。那是一种极少有过的感觉，觉得整个山体和树木都变得神圣肃穆，宁静和旷远不再是无限，而是某种触手可及的安宁感、幸福感。在这种感觉中，激情一下子就被点燃了。我说："张申，我想去看看。"

对基督教堂，我并不陌生。在土耳其的伊斯坦布尔、埃及的开罗、俄罗斯的海参崴、加拿大的维多利亚，我都亲身去过。在加拿大的维多利亚小城，我曾和当地社区的外国朋友在一个周末，去教堂唱诗、祈祷、听牧师布道，做了长达三小时的礼拜。教徒们的虔诚，众声合乐的肃穆曾深深地打动过我，可是中国土地上的教堂我却从未走进过。其实教堂就在我们身边，滨城的北京街就有，也曾动过去看看的念头，却不知什么原因，终是没有走进。那天下午，被一种莫名的力量推动，我和张申劈开松枝密织的山道，一路朝李燕指的方向走去，历经了千难万险。那时，我真正体会了什么叫山区，声音就在耳边，红色的房子就在眼前，可是你从一条道下去，以为已经到了，却不知怎么就岔到了另一边。你从另一边返回，绕到原来位置，循着声音找去，却根本找不到直奔教堂的路。于是，我们又不得不朝相反方向的路口走，走了三十多分钟，发现我们来到了一个陌生的村庄。当问到一个赶着马车的中年男人教堂在哪里，他的回答吓了我们一跳。他说："老鼻子远了，顺这山根走，怎么也得两个小时。"我和张申相对无语。

那天直到黄昏，我们也没有找到教堂。神拒绝我们找到，也许有他的旨意。可是山区的太阳落得太快了，刚才还明晃晃的，一不小心，暗影就幕布一样笼罩下来。在你迷路的时候，你觉得笼罩下来的暗影就像电影里迅速围攻过来的士兵，让你忍不住惶惶心跳。怕越走越远，我们再也不敢动了，只有堵住路人，问清我们所处的位置，然后求救树华，让他们的车过来找我们。

路人告诉说，我们所处的位置，在小房身和棒棰沟之间，藏金沟的西边。这一带来往的人都知道藏金沟，因为这里是翁古城和滨城的典型，电视天天演，市里领导差不多天天往这跑。听说藏金沟，像听说教堂，我突然兴奋起来。不过同是兴奋，这兴奋和那兴奋是不一样的。教堂让我感到了神秘，藏金沟让我感到了熟悉。迷失在去教堂的路上时，熟悉的事物让你温暖。所谓熟悉，是说我曾跟翁古城农发局的领导来过。这里是翁古城和石岭乡最穷的地方，上边在这里搞生态移民试点，建社会主义新农村。所谓生态移民，就是把沟沟岔岔散在的房子拆掉，每户补助六万，在一个平坦的地方集中盖房。所谓社会主义新农村，是在村子里集中上硬覆盖，上太阳能，安装路灯，连每家门口多年不变的草垛，也要集中到一个地方。我去时，这两项工程同时动工，一些房子已经拆除，人们住在临时搭建的棚子里，水道沟正在治理，沟边堆放的乱石乱草被清除拉走，土豆花和大叶菊的种子已经落地。但村民也有挠头的问题，草垛放在离家很远的地方，拿草做饭不方便了怎么办？盖一座新房需要十几万，有的家庭，分文无有，政府补六万，剩下的钱拿不出怎么办？

坐在道边，为了打发时光，我把这一切讲给张申听。张申根本不听，不但不听，还一直打岔，他一个劲儿让我看他拍到的镜头。先是那只老猫和耗子，之后又看那个用愚昧的爱害死了三个儿子的母亲。在把镜头放大到那母亲脸上时，他自言自语说："你那社会主义新农村什么时候能到她家呢？在贫穷到极点的时候，邪恶，也许是一种力量。要不你想想，她家那么穷，死了那么多人，还得养一个疯子，她怎么过下去？”

张申的打岔，使我的情绪瞬间有了转变，新农村美好的前景不再鼓舞我，而另一种低沉的情绪袭上心来。当然也因为天越来越黑，路人越来越稀少，山和树越来越模糊，没有阳光，心里的明亮无从燃起。关键在于，当想到白天访过的那些人家，心情就怎么都不会好了……

好在，没用多久，路的远方，亮起了两束车灯。它们越来越近，越来越亮，一点点来到了我们眼前。

车停下来才知道，这并不是我们的面包车，面包车司机找了他的朋友来接我们。

这是一个特别愿意说话的司机，我们上车还没坐稳，他就哇啦哇啦说起话来。他嗓音很粗，吐字也很急，像有人跟他抢话。他先说到他和面包车司机的关系，他叫他“老大”。他说：“俺和老大是铁哥们儿，俺帮他干活是常有的事儿。”因为等待使我们倍感疲惫，也因为心情不好，我和张申精神萎靡，都没有接话的愿望。可是听着听着，我俩突然精神起来。说完他的铁哥们儿，司机话锋一转，转到一个人身上，那个人，正是我们一直关心的，那个死了三个儿子一个丈夫的老太太。“见世面了吧？一家四个人自杀，是不是世界上都少有？其实他家哥几个长得都不错，就因为住在兔子不拉屎的深沟儿里，才找不到对象。咱村里人都说就怨那个妈，俺不这么看。那年她四儿子结婚，她上俺奶跟前哭，哭前边三个儿子没有对象怎么办。那时俺没结婚，不知道她为什么哭，现在俺明白，三个儿子打光棍，家里突然进了女的，给当妈的添了大难！叫老大先进洞房，是俺奶给她出的招儿。这做法是愚昧了，可也是逼出来的，你说当妈的眼睁睁……

“后来弄出这么个结果，她从没埋怨俺奶，也没跟村里任何人讲。

俺奶临死为这事儿都闭不上眼，可她去握俺奶手，说都是她自个儿的命，她说摊上这个命，她认。你说是不是挺了不起的？”

“可有人说她和小儿子有事儿，市场上老是手扯手。”我立即跟问。

“那是瞎说，”司机的声音更加响了，像安了扩音器，“那是小儿子孝顺！当年俺奶动不动就把小儿子叫来家做他工作，他拉他妈的手，那是俺奶教他的。俺奶说他要是也恨他妈，他妈就不能活了。要不你们去问俺妈，他家的事儿，俺妈知道得最多。村里人都说没看见她哭过，可她在俺家，眼泪掉了能有一瓦缸。你们要是有空，去好好访访，能写一本好书。那老太太，是俺们村里最了不起的老太太，最了不起！摊上那样的家庭，是谁都活不起了。可你看她……”

我们怎么也想不到，在我们一天拾起的各种关系里，还有这样一层关系。它发生在邻里之间，是一个无知且善良的女人支撑了另一个无知且善良的女人。这关系导致了不可挽回的恶果，承担和承受的，却是一个被所有人不齿的母亲。

该问的话很多，比如这个母亲的性格，她的出身……可是不知为什么，我和张申谁都没有问。似乎我们宁愿相信那个母亲不那么正常，身上有一股邪恶的力量。因为如果她是一个正常的女人，那么这意味着，她的承担和承受里边，有着更深重的心灵苦难。

第伍日

5

都是命

水塘无语

都是命

阳光真好！它从山东边升起来，照亮了窗户，照亮了屋子，照亮了心情，好心情总是在新的一天到来时重新光顾我。虽然石岭招待所极其简陋，坚硬的床让我落枕，脖子不敢转动，一转就抽着后背疼……

新的一天，还是慕红带队，树华已经在昨天傍晚回了滨城。因为没能到路口接我和张申，她只在电话里批评我：“姐，不能再‘咬道’了，你一咬道就脱离了大部队，就耽误了时间。”

咬道，是翁古城一带农村对狗的说法。主人牵着狗走，如果它咬道边的人，必定耽误主人时间，日子久了，就拿来形容那些无事生非的人。我嘴上连说是是，一定不再咬道，可心里在想，如果需要，我一定不会放过。

一整天坐树华的沃尔沃吉普，再换坐微型面包，不但没有不适应，且像离家出走的人又找到自己的家园。这并不是延续了昨天迷路之后，在路边与接我们的车相逢时的感受，而是我们和慕红、和课题组所有成员聚在一个车上，就像一个大家庭，彼此已经有了特殊感情。钱薇一再说：“今天太好了，孙老师和张老师回来，我们的车不空了。”

不是不空了，而是有些满，大家争先恐后向我们讲述一天半来在石岭的收获。有一个被访者访完后问吕岳成："怎么大学生还干这活呀？"吕岳成说："我们不是大学生，是研究生。"被访者惊愕，说："你们这哪里是研究'生'，这明明是研究'死'嘛。"吕岳成传播给大家，沉闷的车厢一片哗然。不出半小时，这些研究"死"的研究生们就被车一个个放下，各自奔自己的目标去了，只剩下我、慕红和张申。

我们的目标是棒棰沟倭瓜川小队，一个五十七岁的男人 2010 年喝药自杀，家里只剩一个八十多岁的母亲。车沿着长满老梨树的屯街往里开，我对就要见到的被访者充满期待。慕红说这老人在三个儿子家轮养，而我对老人轮养的故事情有独钟——经历了几天采访，我对被访者承受的灾难已经没有恐惧只有期待。

可是在一个草房屋门前下车，走进院子，竟发现锁头看家，根本没人。慕红给妇女主任打电话，妇女主任很快派来小队妇女队长。烫着卷发穿着拖鞋的妇女队长来到院儿里，一看就知道她是被从干活的地里找来的。她说："老太太昨天答应好好的，怎么会不在呢？"

在一个半山坡的果园里，我们找到了老太太。她一头雪白的头发，身板单薄佝偻，因为胳膊和腿都很长，看上去就像图片中的类人猿。她手提编织袋，低着头，正在已摘光了苹果的枝头下找苹果。妇女队长把她从苹果园搀出来，她愣愣地看着我们，说："你们干什么，找俺干什么？"

妇女队长说："昨天不是都跟你说了嘛，想跟你谈谈过去的事儿。"

她还是愣愣地看着，木呆呆地说："过去，过去有什么事儿？"

无奈之中，大家只有什么也不说，一面一个把她搀到车上。往回开的路上，老太太手扶车座椅背，左看右看。看够了，还是不住地问："你们哪儿的，找俺干什么？"

妇女队长小声说：“她糊涂了，什么事都记不住。在三个儿子家轮养，轮着轮着，城里两个儿子家坚决不去了。弄来弄去，身边的儿子还死了。”

许是活了一辈子从没有被这么重视过。那天，把老太太从果园里拉回家，问她多大岁数，几个孩子，老伴什么时候去世，她东张西望，一句也不回答，只是反复问道：“你们怎么找俺，找俺干什么？”

弄到后来，妇女队长代她回答：“她八十三岁，生了九个孩子，六个闺女三个儿子。老大在翁古城，老二在滨城，最小的一直在身边。”

谁知这么说就像往乡村的压水井里引了一瓢水，老太太终于开腔接话：“俺三岁妈死了，就给俺找婆家了，俺没有家。”

妇女队长大声反驳她：“怎么没有家，这不是你的家嘛！”之后又小声对我们说：“她糊涂了，就说自个儿没有家。上城里儿子家住也说没有家，回到村里还说没有家，自个儿的儿子，儿子家不就是你的家吗？她老糊涂了。”

妇女队长这么说，我坚决不同意。她太武断了，我们没老，我们不知道老人的感受。

听妇女队长说这就是她的家，老人四处张望着，再也不说话。为了引水，妇女队长接着说：“她家小儿子最孝顺了，老人不愿上城里儿子家，也不往外撵。可媳妇不行，媳妇心里不平衡，就打仗，儿子打不过媳妇，就服毒自杀了。”

这一回，老人深深低下了头，任你怎么引，都不再吱声了。仿佛那话是块石头，已经沉到了井底。

没办法，慕红拿出四十块钱，只有走人。出院门时，妇女队长一边说对不起，一边解释说：“老人受了刺激，她家老头儿活着那会儿，她和老头儿一块儿往城里的儿子家轮，老头儿死了，她就坚决不去了。要是她愿意轮，小儿媳妇就不会和小儿打仗，是她逼死了儿子，能不受刺激吗？你以为农村的家是家，可儿子死了，媳妇不出半年，改嫁走了，剩你一个人，孤单不孤单？家是在，六个闺女也经常回来看，可你有意思吗？人老了，就别要家了，你走在哪里，哪里就是家，别发贱！”

说老人逼死了儿子，老人发贱，这我也不能同意。我曾看过张申拍的一个有关轮养的纪录片，那里有一个名叫高秀英的老人，她一辈子生了四个儿子，年老后在四个儿子家轮养，一家一个月。每到一个儿子家，她都皱着眉头找家，她说:“俺想回家。”儿子说:“这不是家吗？”她摇头说：“不是。”等到了四儿子家，她再也不找了，为什么？四儿子住的房子是她住了一辈子的老房子。在老房子里，老人眉头那个舒展啊，可是刚住上一个月，又要轮走。往外卷行李的时候，她又问：“上哪儿？”说：“上大儿子家。”她说：“上他家干什么？”儿子懒得和她啰嗦，强行把她背到车上。拉到大儿子家，她四处张望,又问:“家哪儿去了？俺想回家。”从老大到老二到老三，她需要在老房子外面的三个儿子家住三个月，三个月都在找家，她焦渴又迷失的目光让人看了揪心。倒是第二个儿子聪明，看有张申在给她录像，就说母亲可能是想回娘家，她好多年没回娘家了。可用电视台的面包车把她拉回十几里外的娘家，她竟不认识娘家任何人了。七十多岁的兄弟喊她姐姐，她问：“你是谁？俺不认识你。”

老一辈乡村女人，十几岁从娘家嫁出来，在婆家生了一大堆孩子，到最后，要在自己的儿子家流浪，没人能知道这是一种什么样的滋味。在纪录片里，一个不断重复的镜头就是不断地有人卷着老人行李把她送上马车。看一辆马车在屯街上来往，在山道上颠簸，任谁都会难过泪流。一个为儿女付出了一辈子的老人，只要求不离开自己生活了一辈子的家，怎么能说是发贱?!

同样，我也没有把这句话说出来。我不说，不是顾忌采访现场，我们已经离开了现场。我不说，是我深知这是老一代乡村老人必须面对的残酷现实，他们没有工资，没有养老保障。到2011年，乡村户口年满六十岁的老人，每人每月才有了八十块钱生活费。也是从2011年，才有了百分之六十五国家承担的医疗费。在此之前，他们赤裸裸只身一人，而这个人的体力、心力、脑力，已经在漫长而艰苦的生活中消耗殆尽。他们由能跑能颠到四肢不灵，由耳聪目明到耳聋眼花，最终到瘫痪，痴呆，拉尿在炕……如果不是儿女，哪一个都难以招架。

那个早上，访谈虽然草草结束，可是老人一遍遍问找她干什么的镜头，在我眼前久久不散。“俺三岁妈死了，就给俺找婆家了，俺没有家。”这句简单的话，包含的内容实在是太丰富了。三岁死了母亲，定娃娃亲嫁人，从此就属于和自己毫无关系的另一家的人了。到头来，这个家又不属于她……

女人是颗奇异的种子，天生需要落到别人的土地，在别人的土地上生根发芽，开花结果。到有一天，根须还在，土地不在，她们只能像棵从土中拔出的稻苗，把根须卷到行李里，四处飘零……

或许，这正是老一代乡村女人的宿命。

可是，这个老人不为宿命就范，却让她的儿子为她埋了单。

从老人家出来，我们又去了另一个老人家。他叫周凡荣，也是倭瓜川人，七十三岁，他的老伴在一年前跳水塘自杀。许是知道这老人会很配合，妇女队长进门不久就退出去。这让我心情略微放松了些，虽然她说的话都不无道理，但我不喜欢她的态度，那里边没有体谅。

这是一幢青石和灰砖垒就的房子，一看就是老房子。因为知道老房子才是老人的家，我对房子有特殊的敏感。但老房子里住的，不光是老人。在院子里，迎接我们的是一个眉梢吊在脑门儿上的年轻媳妇。她见我们，似笑非笑，躲着张申镜头把我们让到东屋，就不见了。

不知是不是老人一直住在老房子里，心里有个家。他叼着烟袋的样子，镇定自若。见到我们，礼貌地打个招呼，就半靠在被垛边吧嗒抽烟。

老房子就是老房子，屋子里有一股酸溜溜的潮霉气味，再加上老旱烟飘散的青涩味，非常难闻。可是因为我的脖子一直在疼，歪着脑袋特别难受，在这难闻的气味中，我还是委上炕沿，慢慢把自己放躺在撒了一层灰尘的土炕上。

说起来，还是出身作祟。如果不是就在这样的土炕上长到二十多岁，我怎么也不可能扑腾扑腾就躺下来。这是我们此次在乡下见到的唯一一个苇篾编的炕席，躺在上边，炕席底下的稻草发出吱吱的响声，炕席和墙之间的缝隙里有大米虫在爬。重温童年的时光，像在脑中回放老电影，虫子不再是虫子，而是多年不见的老朋友。

访谈在一种压抑的气氛中进行，老人说话声音太低，不用心听根本听不见。并且他总是思考着，你问他话，他总要停一会儿，吧嗒两口烟，仿佛要说的话都在火星一闪一闪的烟锅里。一旦吐出烟圈，说出了你想听到的话，他又像一个做了错事的孩子，赶紧打住。比如慕红问："你老伴去世之前有什么异常的迹象？"他思考一会儿，吧嗒两口烟，一板一眼说："没什么，就是觉得嗓眼儿吞不下东西，她的两个哥哥都是胃癌死的，她就念叨可白像了哥哥。没什么迹象，那两天，好像生了点气……"说到这里，他突然停住，深邃的目光在眼仁里游动一下，长长叹口气说："嗨，不说了吧，都怪自个儿命。"

都怪自个儿命，这是这位善于思考的老人挂在嘴上的话，其频率就像他吧嗒嘴里的烟。一再强调都怪自个命儿不好，他却绝不把命里的秘密打开，只在思考中详细地回忆了老伴死那天的情景。“那天早上七点半钟，她出去串了个门儿，回来说今儿个要上乡医院看病。可换了一身新衣裳，走出去不大一会儿又回来了，打开躺厢柜，说看病得拿两个钱儿。可拿了钱，走出去不一会儿又回来了，又打开柜，拿出一个布包。有时候心情不好，她愿往一些纸片上写点东西装进布包，俺还开玩笑说你想写书啊。俺问她，你看病拿包干什么？她没说话，俺也没多想。过后想想，头四五天的时候，她露了个话头儿，说有件事说给你听，咱俩如果我先死了，你哪也别去，就住在这里，房子就给波子，波子是俺二儿子，她说要是把儿子撵走，我死也闭不上眼。讲这话没两天，就是阴历十月一，那天农村上坟，俺家坟地在大山上，不方便，媳妇说你腿疼，不能走我去。可是一等等到十点钟媳妇也没去，老婆子就着急，就自个儿拿香纸去了。她一辈子孝顺、要强，不能叫公婆在地下等她。俺就想，她上坟时肯定跟公婆念叨什么了。大概就说她活够了，老人快把我领走吧，公婆活着时最当意她。这不初一上完坟，初四她就走了。古人讲,真魂上坟那天就叫公婆收去了。嗨,怎么说好,都怪自个儿命。”

不可思议的是，老人不打开他命里的秘密，慕红居然也完全被老人这些隔靴搔痒的话绕了进去，跟着追问：“她在哪里跳的水，你是怎么知道的？”老人说：“俺家山前边有个水塘，她投了水塘。那天单屯有个叫单永宝的人赶车去拉沙子，老远看水塘里漂了个人，头发白花花的，走近看，是个老太太，脸冲下。他就想这附近谁家有白毛老太太，一想，就俺家有一个，前屯老于家有一个。去问老于家，人家老太太在家，就想一定是俺家，就报了警。”

我在一边着急，插话道：“什么事都没有，她怎么就活够了？”

老人思考着，用力吧嗒两口烟，叹口气道：“一来她嗓子吞不下东西，害怕是癌；二来伺候俺伺候嗑了，俺一身病。三十年前当小队副队长，冰碴没化开就带头赤脚挖水沟，腿叫凉水激坏了。后来不当副队长，到学校打更，夜里骑自行车过堤坝，掉到坝底，腿又摔断了。后来又大小便失禁，什么活儿都不能干，一天净跑厕所了……嗨，都是命。”

这回答并不能让我满意。病还没查出来，即使害怕，也不至于自杀。再说，她和老伴相依一辈子，怎么能这么狠心？于是又问：“你几个孩子，他们不管你吗？”

这时，老人突然坐直起来，放下手中烟袋，说：“对不起孩子，俺得上厕所。”急慌慌转身穿鞋。我赶紧爬起，歪着脖子和慕红一道帮他穿鞋，扶他出屋。这时，我发现了一个隐藏在屋外的秘密，那个眉梢吊在脑门儿上的年轻媳妇就蹲在灶旁，见老人出来又有镜头跟着，头使劲朝院子方向扭，不理不睬。和慕红回到东屋，我俩目光对视了一下，似乎终于明白我们的访谈为什么压抑。

为了在空白中无话找话，我跟慕红说：“难怪这老人说话有板有眼，人家当过小队干部。”我这么说，是一句真话。在我出生的乡村，就有一个老队长，他大字不识一个，可是对待乡村事务有着超人的智慧。我一向觉得，有知识的人未必有智慧，而在广大的乡村，这种没知识有智慧的人比比皆是。他们游走在宗族邻里之间，评事论理主持公道，拥有极高的威望和荣誉。所谓古老传统中的“宗族皆自治，自治靠伦理，伦理出乡绅”正是说的这个。谁知听我夸老人当过小队干部，屋外的媳妇突然撞进里屋，压低着尖细的声音道：“屁，见人就说自个儿小队副队长，你说那算个什么官儿？一个小队队长，还是个副的，他也好意思！”她狠狠地吐出这么句话，又赶紧撤了回去。因为她发现，张申把镜头对准了她。

那个上午，小队副队长这个话题的出现，不但为周凡荣老人命运的秘密打开了缺口，且使后来的访谈变得格外顺利。这得感谢他那吊眉儿媳，当然，也得感谢慕红。前边说过，在慕红的访谈问卷里，根本不包含被访者的命运，她要的只是数据。可在对我和张申所做的事情有了了解之后，她已经自觉不自觉地配合我们。比如当老人从外面回屋，上炕坐好，她居然单刀直入地问："大爷，你多大年龄当的干部，当了多少年？"

老人把烟锅重新点燃，吧嗒两下后陷入沉思，警觉地冲屋外看了看。得知老人对屋外敏感，张申早已把破旧的木门关上了。在烟锅里的火一星一星燃起时，老人说："老皇历了，俺十八岁当小队会计，二十三岁当小队副队长，一当就是三十三年零五个月。嗨，都是命！"

"是不是老百姓家长里短的事儿都来找你？"我问。

"可不是？别看俺是副队长，比队长有权威。队长管吃饭生产的事，俺管茶余饭后大伙脑袋瓜里的事。俺念了七年书，你说住家过日子那点小事，哪个能骗得了俺？"

唔，他不光有文化，还有知识。

"俺老婆子出身大户人家，念过高小。俺当副队长那会儿，家里的门槛差不多都被屯里的人踩平了。老婆子比俺还明事理，来人不光给人家破解里表，还供人吃饭。俺俩年轻那会儿，家里的饭屯里人很少有没吃过的，屯里人都稀罕她。她要强，好面子，只要大伙说个好，她自个儿少吃少穿也愿意。可是俺命不好，没生出好儿子……

"儿子结婚就不由你说了算，你能主宰别人家里的事，主宰不了自个儿……嗨！"

正说着，还不等把"都是命"三个字说出来，他再一次放下烟锅，慌里慌张往炕下委，说："对不起孩子，俺还想上厕所。"这一次，他离开屋子不到一分钟，他吊眉的儿媳就冲进来，毫无顾忌地大声说:“可别听他瞎说八道，他说话根本没个影儿。他们向着老大，说老大穷，把俺俩撵出去，把大儿子弄回来。可最后怎么样，老大不听话，还不是把俺俩召回来?！不能听他的，他那张嘴呀，讲了一辈子，这个没理那个有理，听他讲八天八夜也讲不完！老婆子也缺德，有点文化就瞧不起人，挑媳妇这不懂事那不懂事，你要是懂事，白去死呀。你怎么能把老头子扔给儿子不管了……”

张申的镜头对准了她，可她已全然不在乎，仿佛刚才把她关在门外，为她积蓄了某种能量。

见我们有可能把事情搞坏，慕红赶紧抚着她的后背，和风细语说：“嫂子消消气，大娘是被大爷的病累着了，伺候这么些年伺候够了。人都有支撑不住的那一天，况且她又怕自己得了胃癌。”

慕红再一次显示了她的聪明体贴。听她把老太太的死因归结为老头和老太太自己，吊眉媳妇平息下来，又回到堂屋。然而这一次，老头从外面回来，张申再也不敢关门了。

毫无疑问，媳妇的话老人全都听见了。他当过小队干部，洞察世道人心，再次坐回来时，像什么都没发生似的自动回到老婆子自杀的话题上。“你问俺生不生自个儿气，怎么能不生？俺要是像她那样有勇气，走在她前边，她也不会走。有时候，俺也生她气，你这不是彪吗？你那么疼孩子，为什么把俺扔给孩子，让孩子给俺洗屎裤子？可是细想想，俺也佩服她、赞成她，她嗓眼儿吃不下东西，这么走了不遭罪……”

说到这里，他深邃的目光再次游动一下，吧嗒两口烟。“开始几个月，俺一直觉得她没死，是出门儿去了。过几个月后一想，她确实死了，她尸体不都火化了吗？俺天天睡不着觉，有一天做了个梦，梦见老婆子就在身边，可是看不见脸儿。俺跟她说你要穿厚实些，白感冒，她应了声，可就是不让你看着脸儿。你一想仔细看，她就没有了……孩子呵，你不老，不有病，你不知道人老有病有多难。太难了，你自个儿难，还要拖累儿子媳妇难……”

很显然，这些话都是说给屋外听的，可是说着说着，他动了感情，呜呜地哭了起来。

我的眼泪也流了下来。他说话沙哑的声音，喉结上下滑动的样子，都像我的父亲。我父亲半身不遂卧床三年，失明又失语。最后的时光，拉着我的手，指着房东头摞着的木料比画，那是大哥为老人准备的寿材。当我猜出他是在想自己的后事，他幸福地笑了。我想，他也一定感到了年老有病的艰难，但是他的笑，让我知道在他心里，一直有家。

其实不管你在不在老房子里，有没有孝顺的儿女，一样没有家。

那一天，访到这里，我们没再继续，很明显老人再不可能讲任何隐秘的事情了。慕红需要的问卷，已经在老人的讲述中有所流露，比如身体如何，夜里能不能睡着觉，人有没有权力选择自杀。瞅准一个儿媳去了院子的机会，我握着老人的手，像跟父亲说话那样小声说："大爷，我知道你没说一句假话。我们信你的，放心。"

老人嘴唇颤抖着，眼泪亮亮地涌出来。

水塘无语

相信老人不相信儿媳，并非我真把老人当成父亲，而只是一种直觉：一个能在外人面前骂老人缺德的小辈，她不缺德，至少也不是什么好东西。

从周家出来，慕红建议去找周凡荣的二儿子。一来她认为这个儿子母亲死了，父亲大小便失禁要他伺候，又娶了这样一个媳妇，心理上一定需要干预。更重要的一点是觉得我们的访谈更进一步扰乱了公公和媳妇的关系，担心我们走后老人会更加受气，会像老婆子那样自杀。当时，我们坚定地认为，这个老人的自杀，一定与媳妇的不孝有关。我们想借机安抚一下儿子，让他不要跟媳妇一样。

通过妇女队长，慕红得知周凡荣的二儿子在离家不远的藏金沟打零工。我们在道边小卖店买了面包火腿，一路吃着向藏金沟开去。

这时已是中午十二点半，是一天里日光最灿烂的时候。才几天时间，原来黄多红少的山野，已经红多黄少了。严霜总是在后半夜偷偷袭来，整个山野被深红和紫红点染，让人看了禁不住慌慌心跳。其实我知道，我之所以心跳，跟层林尽染的山野有关，更跟马上就要见到的社会主义新农村有关。昨天跟张申讲他不屑于听，今天，他就能看个真实了。当然，我心慌跳的更重要因素，是想知道社会主义新农村离倭瓜川到底有多远。

没多远，实在没多远。要不是顺路往北找小卖店，翻过一个小小山冈，一下坡就到了。途中，我什么也没说。一方面，我正吃着东西；另一方面，我知道前方将隐藏着一个惊喜。上一次来藏金沟，还是春天五月，现在已经是深秋十月了，盖民房比盖高楼简单，那里一定早就今非昔比了。果不其然，车拐过一个岔路口，慕红竟大声呼喊："看呀，看前边那些红房子，太漂亮了。"

红屋顶，是翁古城新农村试点的硬性要求。房子如果是人，那么墙体是衣，房顶就是帽。农村要改变面貌，就像一个人要改变面貌，穿什么衣戴什么帽非常重要。据说戴红帽子，是市长去国外考察受到启发，觉得那些欧式红屋顶在一望无际的田野上出现，显得精气神儿十足。现代乡村，总得有点新的精神气象。确实，远远望去，它那么耀人眼目，它把一个山沟映红的同时，让你产生幻觉，仿佛走在梦中的世界，心头不由得就慌跳起来。

"藏金沟是生态移民和社会主义新农村试点。"我忍不住向慕红介绍。

慕红却扑哧一声笑了："呵呵，社会主义新农村是个啥？"

春天，第一次在翁古城看到"社会主义党校"六个字，我和慕红一样，满心狐疑之后一下子憋不住笑了。后来上网，查到一篇署名梦言的文章，说在六七十年代，共产主义是中国人民的伟大理想和奋斗目标，改革开放之后，思想更新，观念解放，提倡走有中国特色的社会主义道路，共产主义不再提。可是理想不能没有，还要奋斗，社会主义于是就成了理想的代名词。这个说法是否准确我不知道，反正从此，无论在哪儿看到社会主义，我都把它当成理想的代名词。比如现在，我告诉慕红，社会主义新农村就是理想的新农村。

甭管是什么，它真的是太好了。它一反原始乡村灰头土脸的泥墙草房，白墙红瓦房一溜两行，太阳能热水器蹲在红屋顶上，就像一群展翅欲飞的大雁。红屋顶下，是整齐划一的院落，一个个形状和位置都相同的草垛。院子门口，洁净的水泥路边，黄、红、紫不同颜色的大叶菊迎风招展，一盏盏路灯亭亭玉立，看上去既像城里的社区，又像世外桃源。在村口下车，我还看到了集体垃圾处理站，并不很大的休闲广场，广场四周还有篮球架子和单杠双杠等各种健身器械。据我了解，建一个这样的生态移民小区，一村按三十户算，上边拨款一百八十多万。而建社会主义新农村，光翁古城一个县，上边就拨款八千五百万。硬覆盖每平方米上边拨款近四十元，太阳能路灯上边补贴三千五百元，户用灶气每户补助两千五百元。政府把这叫成“六化”，所谓绿化、美化、净化、硬化、亮化、气化。社会主义新农村跟生态移民小区的区别在于，前一个不用拆迁，只管在原来村庄的基础上穿衣戴帽，上硬件设施，不用像后一个那样大动干戈。

被新景观吸引，我们的初衷早已不知去向了。慕红拿出照相机让司机帮她拍照，张申扛着机器满街跑，而我，见人就问，草垛为什么没放到一起？那些拿不起六万之外资金的人家最后怎么办了？我们之所以刘姥姥刚入大观园似的感到新奇，是一些天来走访破旧的村庄破落的人家太多了，我们真觉得来到了梦里。一个中年女人告诉我，草垛放到一块儿这事儿，被她们这些家庭妇女反对掉了。一日三餐跑那么远拿草，方不方便不说，草掉到道儿上，卫生就难保持。而那些没钱的人家，第一批进不来，明年后年，将有第二批第三批。那个女人讲话时眉飞色舞，仿佛能够改变市长的主意很了不起，仿佛第二批第三批她一招手就能进来。要不是路的西边开来一辆摩托车，她兴奋的话语很难打住。

从摩托车上下来的，是一个脸色黝黑眼睛瓦亮的四十几岁的男人。他看见我喊我孙老师，定神去认，却怎么也认不出。他说：“我是于德龙，你忘啦？”我突然想起来，他是藏金沟村书记，春天跟农发局和电视台的朋友来，正是他接待。因为社会主义新农村试点放在藏金沟，这儿已经成了新闻热点，那一回滨城电台电视台来了很多人。

“有人给俺打电话，说电视台来了记者，俺想也没有人跟俺打招呼哇，没想到，是孙老师。”

原来我们被认为是搞宣传的记者，我说：“不，我们来找一个倭瓜川的人，姓周。”我叫不全名字，就喊来慕红。

那个下午，我们真正访到周长波，都已经两点多钟了。于德龙说他中午回家吃饭，我们才想起他给父亲洗屎裤子的事儿。或许正是为了伺候父亲，他才找了个近便的活儿干。

他所干的活儿，是和一些村民一起治理藏金沟前边那条河。乡村的法则，从来都是自己村庄的河自己治理，大家人人有份，出义务工。可是藏金沟一些有体力有手艺的木工瓦工在城里每天能挣三百块钱，耗在家里出义务工不划算，就把义务工让给那些家有拖累进不了城的人，每天付给二十块钱。周长波一个人拿到了十几个人的义务工，足够他干一个秋天。他个子不高，皮肤粗糙，双眼皮大眼睛。听到我们找他，他眨巴着大眼睛木木地打量着。慕红说：“我们这是一个国家项目，要走访一些自杀死亡的家属。”他踢着脚下石子，也不说话。慕红说：“耽误时间，我们给四十块钱误工费。”他踢着石子，还是不说话，那样子好像我们是一帮吃饱了撑的人。直到于德龙看着着急，扯他的衣袖把他拽到河道外边，说他们是电视台的，你得配合，他才向我们走近几步。

慕红的问话剑走偏锋：“能说说你妈妈是个什么样的人吗？”

他眨巴着大眼睛，沉默了好一会儿：“我、我也不知道，太要强了。”

“你爸爸呢？”

他仍然眨巴着大眼睛，不过这一次没有沉默，马上说：“就爱讲理，讲了一辈子理。”

“你不愿意听他讲理？”

“有什么用？儿子爱不爱听都得听着，媳妇不爱听。”

“你媳妇是不是挺厉害？”我知道这才是慕红最关心的问题。

可是周长波眨巴着眼睛，从地上掐了一截草梗，长时间也不说话。直等到他把那截草梗一段段咬碎，才吐出话：“还行吧。”

他认为老婆还行，就证明他和老婆的关系没有什么问题，我们也没必要安慰，慕红顿时不知该说什么了。这时我说：“你哥嫂孝顺吗？他们过得怎么样？”

“老大？他是个刺儿头，”他不叫哥哥，“南北和人打仗，现在领老婆在翁古城做买卖。谁知他过得怎么样？养老费都不拿，估计不能怎么样。”

“你媳妇说，你妈把你们撵出去，又把你哥哥召回来，那是怎么回事？”我问。

他又掐了截草梗用牙咬，边咬边说：“都是老太太的事儿，她就是嫌乎我太老实。你不老实还能打老婆？你什么本事都没有，听人家骂两句，算个什么?!骂又骂不坏，她骂你，磨的是她的嘴皮又不是你。可老太太不行，她要强，一听骂就生气，一生气就跟媳妇讲理。住家过日子,哪有那么些理好讲？媳妇不跟她讲,她就往外撵，逼得我在外面借了一年房，逼得老婆都和我闹离婚了。”

家有家规，国有国法，随便骂人当然不行。

“老大倒不老实，刺儿头，遇事不让份。天天和老婆打，打得人家半年不回来。可怎么样，还不是没办法？又往回折腾俺，你说人家媳妇能不生气？”

“听老婆骂，你真的一点都不生气？”我的话里已经带着情绪了，我感到胸口有些发胀。

“骂呗，她骂祖宗祖宗也听不见。骂你，你听见了，可是你疼吗？你不是不疼吗？！你看谁把谁骂疼了？！”

“你太懦弱太麻木了周长波！我都疼了，你为什么不疼？！”我再也无法忍受，一边大声号叫着，一边逃避瘟疫一样逃离了现场。

走出河坝，站到一块苞米地的地头，我的心疼得发抖。要是我有这么个哥哥或者弟弟，不扇他一百个耳光都怪了！我在一个家规严格的大家庭里长大，从未经受过亲人之间的语言暴力。那一瞬间，我终于明白，他的母亲为什么绝望，他的父亲为什么一遍遍重复“都是命”。其实，隐在周家命里的秘密，不在媳妇，而在儿！好儿不如好媳妇，可是一个坏媳妇动不动就骂人骂祖宗，儿子不觉得疼，不觉得屈辱，不觉得荣誉受到损伤，还说骂人骂不坏，不是活气死人！上午访他父亲时，知道他对儿子不满意，可怎么也想不到会是这样。更可气的是，他的母亲读过高小，他的父亲一辈子为别人家主持公道，评事论理……

看着周长波坐在河坝上的背影，我内心久久不能平静。他父母把他撵出去又召回来，其实是不甘心自己的命运！人在年轻时，面对失败，总有不甘，总要折腾、挣扎，只有到年老体衰，没了力气，才不得不认了命数。你认了命数，也就不得不变得懦弱、麻木。就像他父亲上午的样子，明明听见媳妇的话，却像没听见一样，要不怎么办？

怎么办？没办法！这是翁南村张小栓母亲的话，说没办法时，办法就已经有了：忍耐！可是，生命体不同，忍耐的极限就不同。有谁能够说清，一个读过书、曾经荣耀地活在乡村的老人，撇下老伴，那么从容地跳水自杀，不是为了唤醒儿子的懦弱和麻木？

这么想，我不禁悲从中来。从周长波的表述中，我看不到丝毫被唤醒的迹象。对老人，他除了不解，就是埋怨。这使我再一次想起老人挂在嘴上的话 ：“不说了，都是命。”

是的，生了这么两个儿子，真的没有什么好说的。谁都知道，人的命运是条曲线。有人把它比成心电图的波纹，要是直的，那么等待的就是死亡，它只有充满波折，起起伏伏，才是人生的常态，命运的常态。这话说出了普遍真理，可是，周凡荣老人的真理在哪里呢？前半生，在子随父贵时，他家的门槛都被踏破了 ；后半生，当父随子贵时，他命运的波线一路下滑，不但没有转折，有一天老伴还扔下他一个人走了。他的命运从此沉到了谷底，深渊万丈……

这么想着，我有些后悔，后悔刚才对周长波的态度。他是他父亲的唯一指望，要是因为我责备了他而使他有什么情绪波动，转嫁到老人身上，可是大逆不道。于是我又顺坝埂慢慢往回走。可当我走近现场，听到他们的对话，才知道我的担心纯属多余。

慕红问 ：“妈走后你想不想？”

“她想走，想有什么用？她狠心把老爷子扔给儿子，还想她干什么……”

他连妈都不想，还会在乎别人对他的责备吗？

那一天，对周长波的访谈，一直让我气愤满满，但是我再没有离开现场。不但如此，当慕红递给他四十块钱误工费，他一再拒绝时，我还主动走上前帮他往兜里揣，并边揣边问 ：“你天天在藏金沟建设新农村，再回家看自己的村子，是不是心里着急？”

我这么问，只不过想为自己挽回点什么。可是他眨巴着他那双大眼睛，盯着前边已经清理出来的河套，不急不慌说 ：“着什么急？人家好是人家，你摊不上，眼红也没有用。”

我气，不是气他，而是气我自己。他这么一个麻木的人能有什么感觉?！可是想一想，要是真的有命，真的因为命数一切都不能改变，那么麻木、逆来顺受是不是一种抵抗困苦最好的心态呢？比如，倭瓜川和藏金沟就一冈之隔，社会主义新农村模范试点这个雨点砸在藏金沟，没砸给倭瓜川，你不忍耐，还有什么办法吗？

然而，这想法很快就得到了改变。那时，我们的车要返回倭瓜川去拉吕岳成和钱薇，在村口，我们再次见到那个烫着卷发穿着拖鞋的妇女队长。她一走近我们，就好奇地问："怎么样，周长波配合得怎么样？"慕红说："还行。"于是她说："俺就知道能行，他是个窝囊废，起不了刺儿，不像他哥。俺要是找这么个男人，早离了，还骂，骂行吗？根本不行！老婆生孩子，叫他赶紧报户口，报上了第二天就分地。他可倒好，一拖拖了七天，眼睁睁那一轮地没分上，你说你不骂他？骂他轻了！老婆不跟他离婚，就算不错了，要是没有老人三间房子，谁还跟他！他妈要不是因为他，怎么能去死，不都是听媳妇天天骂听够了吗？老婆子说嗓子吞不下东西，得了癌。村里人谁不知道，那是故意瞎编，他妈要强，怕别人笑话她儿子。"

那一刻我知道，主体不改变，多么幸运的雨点砸过来都没有用。

那一刻，我也知道，虽然社会主义新农村就一冈之隔，可是倭瓜川离它可是太遥远了。这并不是说，普降喜雨不知要等到哪个季节，而是在贫穷的乡村，唤醒人对尊严和荣誉的敏感，恢复传统的伦理孝道，绝不是穿衣戴帽那么容易的事。妇女队长后边还跟了几句话："那老两口也是，一辈子走门串户，帮人评理说事儿，可就自个儿家那点事没弄明白。你当小队队长三十年，念了一肚子书，为什么不给儿子准备两间房儿？早先批地盖房又不难，拉个筒①，老百姓哪个不帮你？你那么正，有用吗?！你那么正，老天帮你了

① 方言，搭建毛坯房。

吗?！”

那个下午，告别倭瓜川，告别妇女队长，我的心情坏极了。因果报应，是我们此次采访自杀案例遇到最多的说法。那些遭遇灾难的人家，都有一个挥之不去的话题，他们不想说，又不能不说。他们常常一遍又一遍自言自语，我做错了什么，遭到这样的报应？那个母亲上吊自杀的李琴，在送我们出门时，就控诉老天最不长眼。她的母亲那么善良，对她的爷爷奶奶那么孝敬，可到头来儿子车祸，两个闺女腿都残疾，命那么惨……

虽然我不喜欢妇女队长说话的方式，虽然一天来访到的信息很有限，但仅凭这有限的信息，我敢肯定地说，周凡荣夫妇不仅是善良的、有德行的老人，还是乡村中少有的把尊严看得高于一切的人。不说别的，在一上午的访谈中，公公没说媳妇一个“不”字；儿子儿媳妇那么让母亲绝望，绝望到要去自杀，还要编个瞎话保护儿子的面子。面对这些，我和李琴的想法一样，如果真有因果报应，老天应该让他们比其他人都过得更好才是。

因为心情不好，在车走到前边一个水塘时，我再次咬道。我没跟慕红商量，就要求司机在这里停一下，司机以为在倭瓜川落了什么东西，但张申和慕红瞬间就懂了，张申说：“对对，下去看看。”

这是一个很小的水塘，就是个水泡子，方形，在一片沙地下边，估计是挖沙子挖出的深坑。它虽二百米见方都不到，可因为周边陡峭，水塘四周有高冈，西下的日光又让陡壁投下暗影，水显得深不可测。我执意下车，不过是情绪所致。在小队妇女队长都认为人正了没有用时，我想以一种悼念的方式，表示抗议。可是站在水塘边，这种抗议的情绪竟然像遇风的炊烟，迅速消散了。当你设身处地，那个被大家不经意间描绘的形象不觉间就清晰起来了，而这个形象，会带你走一条远离世俗的路。她出身大户人家，读过高小；她生性要强、自尊，热爱荣誉，不幸的是生了两个不争气的儿子，听了大半辈子媳妇的骂；她和媳妇讲理，在两个儿子间挣扎，可换来的除了穷折腾的口舌，还是骂。最后一场骂为的是什么尚不清楚，老伴只说她生了点气,但就是这一次,使她下了决心。她虚构了一场疾病，以看病为由与老伴告别，临别前她一次次返回家里。她从柜子里拿了一个布包，那布包里装满了心情不好时写下的纸片。最后，她终于迈出家门，一步步向水塘走来……风吹乱了她的头发，吹开了她的衣襟，吹皱了水上的波纹，吹散了水里的光影。水上的光影并不暗淡，是金灿灿的红色。随着那个神圣时刻的到来，她把装满心思的布包扔到水里，于是光影乱了，波纹乱了，头发乱了，一个澄明灿烂的世界向她打开……

死亡，也许真的并不可怕，它不过是人跟自己理想的一次约会。因为此刻，我已看到，她成了她想要的自己。

苏珊·桑塔格在《疾病的隐喻》一书里写道：有一名叫比夏的伟大医生曾“把健康比作‘诸器官的平静状态’，而疾病则是‘诸器官的反叛’,疾病是通过身体表达出来的意志”。我想,对于这个老人，死亡，是否也是行为的反叛，是她通过行为表达出来的意志，是终生理想的一次重大实现呢？

水塘无语，一只小鸟啾啾地叫了两声……

第陆日

6

百草枯

姜立生

百 草 枯

新的一天，依然阳光灿烂，可我的心情一点也不好。我心情不好，并非还沉浸在访谈的案例里，而是昨天从倭瓜川出来时间尚早，我和张申回了趟青堆子的家。生出这个念头，还是跟访谈的案例有关。白天看到艰难度日的老人，让我俩想起回来五六天了，却还没回一趟家。我俩的家都在青堆子镇街上，都住商品楼。和周凡荣的老伴一样，我的母亲也出身大户人家，也要强自尊。与她不同的是，我的大哥孝顺敏感，母亲在乡村穷日子中受到伤害，他也一定受到伤害，母亲疼，他也一定疼。小时候母亲赶错鸭子，把邻居家鸭子当成自家鸭子赶到自己家里。第二天一早，邻居在大街门口责备母亲，大哥当全街的人发誓：要是母亲有意偷鸭子，就让他全身生疮冒脓。那时，生疮冒脓也是最难治的病。我不知道他从乡下奋斗出来，跟他对母亲的疼爱有没有关系，但我知道，大哥后来把二哥三哥带到小镇，把我们一家从山咀子搬出来，母亲那颗自尊要强的心得到了极大的满足。每年春节，她都跟我和三个哥哥一起回山咀子拜年，每走一家，她都说做梦也没想到能有这一天。她的这一天，住暖气房洗热水澡，厕所就在屋里，大哥大嫂都七十多岁了，还每天给她斟酒给她夹菜……张申也是一样。父亲多年在外，母亲领四个孩子打发贫苦日子，得了气管炎，一到冬天就喘不上气。他就梦想有一天一定奋斗出去，让母亲离开土地，住上楼房……敏感一定缘于孝顺，孝顺一定能生成改变一切的力量！现在，无论他的父母，还是我的母亲，都过上了宽裕舒适的生活。可是每次回家临走，我们的情绪都格外低落，原因很简单：你孝顺，你敏感，你发现什么都可以改变，唯一不能改变的是衰老，是老人在衰老过程中让你不能接受的变化。比如牙齿脱落、耳聋、忘事、絮叨、动作越来越迟缓。母亲本来九十五岁，可是你问她多大，她说，你说我多大，我怎么忘了？而她问我多大，我说你说我多大，她说你多大，三十岁？让我心里别提有多凄楚、难过。当然最难过的还不是这个，而是半夜醒来，发现母亲坐在那里悄悄看你，抚摸你的头发、胳膊，捏你手指的样子。你佯装不知，眼泪却怎么都止不住。第二天离家，在屋子里告别一次了，可是你下楼离开，她告诉你她在窗上看你。站在大道中间，向趴在窗上的母亲挥手，就成了一个固定不变的仪式。有一次下楼，遇到了侄子，说了一些有关孩子考学方面的事，耽误了时间，忘了招手就上了车。一个月后再回来，母亲说，上一回俺在窗上跪了一头晌，腿都跪麻了，你上哪儿去了？听后心都要碎了。她自己多大岁数都能忘了，却忘不了一次告别。今天早上，为了不让自己忘了窗外的环节，我在屋里跟她告别完，下楼立即就奔向能望着她窗口的位置。可是窗玻璃上却没有她的身影。正疑惑着四处寻找，只听大嫂在楼后喊："芬子别上车呵，妈下来送你啦。"我往楼后跑，迎上楼梯，与她枯瘦的手握在一起。她皱着眉头说："什么时候能再回来呀？"眼窝一下子就热了……

她忍耐、谦让了一辈子，每次走时，她都说相反的话。说不用老回来，浪费钱，今天，她却敞开了心扉……

一路上，眼泪噼里啪啦往下掉时，我跟张申分析，是她老糊涂了。是忘了忍耐和谦让，还是她看到了某种东西离她越来越近？

张申没有正面回答，只是叹了口气说：“过去回家，往家买东西、买药、送钱，觉得只要我们尽孝，老人就很幸福。可是这些天下去采访，了解那么多死去和活着的老人的故事，再回家看爸妈，就觉得和原来不一样了。你就会想，他们天天坐在家里，都在想些什么？他们一天天往前奔，奔的是什么？他们的前方是什么？爸天天锻炼、搓脚，你觉得他活得劲儿劲儿的。可是今早五点钟他就起来了，坐在一旁的沙发上，从门缝里看过去，眼神发呆、发直。这眼神你觉得那么熟悉，和我们采访过的那些老人一模一样。我躺在那儿，就猜他在想什么，可是猜不出来。就想起周凡荣老人的话，你不老，你永远不能体会老了有多么难……”

我想起大江健三郎在他的口述自传里的一段话。他说这一辈子，他经历了种种苦难，可是在活到七十三岁的时候，才发现面对苍老，是他最大的苦难。每个人，都要面对苍老、死亡，不管是谁。是那个不愿进城的轮养老人，还是无处轮养的周凡荣，或是我的母亲，抑或张申的父母。无论是活得尊贵还是卑贱，贫穷还是富有……可是想一想，一个人的一生，除了面对自己的死亡，还要面对与自己亲人的告别，心情真是怎么都没法好了。

在一路灰暗的心情中来到石岭招待所，慕红他们已经等在车旁了，就像第一天在张炉和他们会合时那样。不一样的是，他们迎我们，没有了热情洋溢，而是个个皱着眉头。走近问发生了什么，慕红说：“孙老师，上午我们一家也没联系上。五道口村妇女主任说书记坚决拒绝采访，槐树沟妇女主任的女儿生孩子，在翁古城，她倒是把妇女队长的电话给我了，可是没有人领，我们直接进屯，他们能配合吗？”

孩子们遇到了困难，我和张申立即就调整了情绪，我说：“没关系，我们就直接进屯，这几天我看了，能否采访上，也不取决于谁领不领，关键看我们运气。”

张申在旁边赶紧接话：“对，我刚才在路边听到喜鹊叫了，今天运气肯定不错。”

谁都知道我俩不过是安慰，但大家无路可走，也只有上车，一路往槐树沟村上黄小队开去。

说心里话，访到访不到，对我和张申都没有危害。只要在行动，哪怕是拒绝，也是有意义的，因为我们可以从中发现不一样的人和事。最关键的一点，几天来访谈的故事都太沉重了，也不妨留点空白，像小说中的闲笔，纪录片中的空镜头。可是慕红他们不同，他们有任务，必须访到二百例。他们四十多天没有回家了，他们远离同学、恋人、朋友，他们还有毕业论文要面对……

然而，妇女队长根本不知道慕红们的焦急，慢慢悠悠从院子里走出来，愣生生地看着大伙说：“采访自杀，能行？老王婆子那么倔，根本不能同意。”

她是一个五十多岁的高个儿女人，看上去很厚道。慕红就笑着磨她，说：“我们是国家项目，上边关心这个群体，你就领我们去试试。”无奈之中，她只有领我们往屯子里走。可是走着走着，她又突然停住，摇头说：“不行，想起来了，老王婆子上闺女家了，不行。”

我们一群人只有傻呆呆地上车，调头奔槐树沟下黄小队。在下车往隐在沟汊子里的人家走时，树上的喜鹊真就在枝头叽叽喳喳叫。吕岳成在后边说：“听见没，喜鹊叫了，下一个肯定能访成。”

在一个沟汊子里，又一个妇女队长向我们走来。她系着围裙，手湿漉漉冒着热气，看样子正在渍酸菜。据我了解，小队妇女队长早已是不招人待见的差事了。填填计划生育报表，做做女性生育情况调查，事儿不大，可是月月有，一年才只给两三百块钱工钱。这个群体之所以还得以存在，都因为总有一些愿意为大家做事的人，总有一些不愿每天过着一种节奏生活的人。眼前的妇女队长，属哪一种类型我不知道。能知道的是，凡出场的妇女队长，联系上一个被访者，慕红都要给她信息费和误工补助十五块钱。

她是个大块头，鼻子眼睛都很大，颧骨也很高，眉头上还有颗巨大的黑痣，棱角分明的轮廓使她看上去像异域人。和我们见面，无论慕红说什么，她都绝不接话，她手绞着围裙的样子就像遇到了多么大的难题。最后，慕红无话，她才自言自语说："槐树沟，咱槐树沟……"

这时，当她重复着说出"槐树沟"三个字时，我突然一个激灵，想起春天里的一个经历。那时，我就在石岭槐树沟一带采风，有人告诉我一个刚刚发生过的故事。这个屯子里一个嫁到邻屯的小媳妇，爱上一个在乡村投资了二百多亩花卉大棚的庄园老板。小媳妇男人察觉，在家里闹，可是小媳妇没出事，那老板却因顶不住压力撞车自杀。我对这个故事好奇，是因为触及了爱情。那时，为了唤醒我的创作激情，我到处寻找爱情故事，就让农发局的朋友领我来到小媳妇的娘家槐树沟。那时小媳妇就住在娘家，可她拒绝见人，绝不和外人见面。当我们不小心问到小媳妇的哥哥，他竟然冲我们气急败坏，说谁管他自杀不自杀的，没人管！那时候，我因为没有这个项目做掩护，也因为遇到冷脸，根本不敢去找老板的亲属。老板就是当地人，曾经在村里当过村长，后来跟朋友去滨城搞房屋开发赚了钱，举家搬进滨城。十几年之后，他回到村庄建花卉基地的同时，花六十多万在村里盖了一幢三进三出的阔绰房子，依仗他的人脉关系，在翁古城始无前例地重新竞选上了村书记。在我们的访谈走到绝境时想起这个小媳妇，我浑身的血都往上涌，赶紧拽住妇女队长粗壮的胳膊："妹子，这里是槐树沟，这里有一个嫁到外面的小媳妇，和养花卉的老板爱上了，老板自杀，她在不在娘家……"

为了提醒她，我下意识提到花卉老板。谁知，我的话像往妇女队长身边放飞一群野蜂。她站住了，手在头上胡乱挥舞，愤怒的情绪溢于言表："白和俺提那害人精，槐树沟不出好人，就出害人精。"

她说的"害人精"，一定指小媳妇。但"就出害人精"是什么意思？不得而知。我僵在那儿，像惹了祸。可能有课题组掩护，我看到了一个特别难得的机会，心底里瞬间失去平静。它和我们访到的所有案例都不相同，一个有钱有势的老板怎么能为一个小媳妇自杀？大概看出我的急切，也看出慕红他们的急切，她下垂着眼皮，寻思了好久，才说："想知道害人精怎么害人，还不如去访百草枯。"可是刚说到这儿，她又停下来，摇头说："百草枯不行，根本不行，她不可能见任何人。"

百草枯，是我们此次采访过程中接触最多也是最烈性的一种杀草剂。人喝了它，哪怕是一口，都百分之百死亡。它会把人的食道、肠子、胃，整个都烧烂了再让人死去。可听妇女队长的口气，那不是药，是人。我的兴致败下去，慕红和钱薇们的兴致却一下子就冲上来："快说说，谁是百草枯？"

妇女主任扭头看了看远方，之后又垂下眼皮，吞吞吐吐说："一个害人精，对男人太有杀伤力了，大伙就给她起了个外号，叫她百草枯。但她根本访不上，她从来不见人。"

"她家谁自杀？"慕红问。

"她男人，死后她又嫁了她男人的堂哥。"

"那她丈夫还有什么亲属？"

其实慕红在前边已经说了，只要是目标人的直系亲属，谁都行。可是直到她再次强调，妇女队长才应声说："那就上他哥家去看看吧。"

因为一早就担心今天访不上，也因为第一个真的就没访上，跟妇女队长往沟里走时，我们小心翼翼，谁也不敢说话，仿佛一说话就泄了妇女队长的气。说实话，因为刚才被一个内涵丰富的故事鼓舞过，跟在大伙后边，我的情绪并不积极。在一个土冈下边，妇女队长停下来，指着冈梁上的房子说："这就是姜立修的二哥家，看，二哥二嫂都在。"

抬头往上望，一座刚盖起来的房子映入眼帘。它没有院墙，院子里堆满了沙子、石块和刚从地里掰下来的苞米，一男一女正在那里忙着。见终于有可能访到一个人，吕岳成兴奋地说："看来喜鹊报喜报对了。"

谁知当我们大步流星跳过一个土坎，上了土冈，一个尖锐的声音突然飞过来："妈呀，你们是干什么的，干什么照俺院子？"

见有所冒犯，张申赶紧放下机器。慕红刚要解释，妇女队长冲站在院子里的男人说："二哥，他们想问问你兄弟姜立修的事儿，就给说说呗，还给四十块钱误工费。"

二哥伫在那里，拄着铁锨愣愣地看着我们。慕红不得不把重复过无数遍的话再重复一遍，什么国家呀，政府呀。可是不管怎么说，他都呆呆地不回话。这时，只见刚才钻到别人屋里的女人又迅速蹿出来，她烫着刺刺呛呛的卷发，穿着俗艳的粉红毛衣。她迈着慢步走近我们，压低嗓音道："原来是这么回事呀，俺还以为上边嫌俺房子盖大了，想来曝光呢。"

一个山沟家庭妇女，能说出"曝光"两个字，我有些惊讶，便去仔细打量她。她薄眼皮小眼睛，长下巴薄嘴唇，这是我心目中典型的二嫂形象。我自小在大家庭里长大，有三个嫂子。在我心里，大嫂天生具有母性，大眼圆脸方下巴，端庄厚道憨拙；三嫂天生具有孩子气，风流眼娃娃脸短下巴，娇气调皮伶俐；只有二嫂长脸小眼儿长下巴，咬钢嚼铁能说会道，既不像大嫂那样一味付出，也不像三嫂那样自私自我。不过一开始，眼前的二嫂并没急着说什么，都是二哥在说，当然二哥才是真正的被访者，慕红只对着他。可这个叫二哥的男人说话很费劲，你问他姜立修什么时候喝的药，喝的什么药，他支支吾吾老半天也说不出来。再问他知不知道姜立修为什么喝药时，二嫂终于憋不住，也不在乎张申已经扛起机器，凑到二哥身边说："看你闷葫芦，就实话实说呗，老婆偷人养汉了。"

偷人养汉，这是乡村对有情感故事的女人最常见的定义，其中饱含着最让人不齿的贬损。男女感情的事，本来是双方的事，可这个贬损的定义跟男人毫无关系，似乎所有男人都是被动的受害者。这不仅使我想起大块头妇女队长，她所谓的"害人精"，指的也是女人。因为多年来对这个词一直存有意见，我故意更正道："就是说她爱上了别人，男人受不了，服毒自杀。"

"什么爱不爱，俺是姜立修他二嫂，俺今天守日头说话。她就是见了男人就拉不动腿那种人，要不怎么叫她百草枯，见一个杀一个？她二哥要不是这么水裆尿裤，也保准跑不了。"

二哥冲她皱一下眉，用手搓了一下脏兮兮的胡子说："看你，净说些什么！"

"说什么，还说错了怎么？你说咱家姜立生比不比你强吧？"

虽然二嫂的嘴皮子太辣，可她的积极参与让大家目光瞬间放亮。慕红他们从中看到了访下去的希望，而我和张申则从中看到了一个生动故事的开始。

见二哥不高兴，慕红赶紧往回拉："二哥，你弟弟自杀你在场吗？"

二哥呜呜噜噜说："不、不在，他死在姜立生家，他是俺叔伯兄弟。"

这时，妇女队长说："二哥，你就好好说说，俺家渍的白菜还在锅里。”说完，赶紧离开了。

没有妇女队长在场，二嫂更加无所顾忌，眼梢扫着大伙，翻动她那薄薄的嘴唇：“前年腊月，姜立修从本溪回来过年，领回一个女的，还带回一个六岁孩子，说他打工认识的，要来家结婚。他四十多岁没有媳妇，走前那些年一直住在俺家，现在他有媳妇，要回来结婚，还带一个孩子，他就找俺商量要住在俺家，俺没答应。俺把他爹他妈侍候入土，房子他爹死时答应俺了，能给他吗？不能！俺没答应，他就去找他堂哥姜立生，姜立生答应了。姜立生为什么答应？他头一个老婆有病那会儿，姜立修跑前跑后帮过他。说是说，俺小叔直筒子，没什么心眼儿，挺愿意帮人的。结果怎么样？他把婚结在姜立生家对面屋，没出半年就出了事儿。有一天，姜立修在曹崴子冷库干夜班回来，发现姜立生穿着裤衩站在他家屋里，老婆穿大背心坐在炕上。当哥哥的对自己有恩，当兄弟的没好意思说什么。可是从那会儿开始，他和老婆就闹开了叽叽。有些天还来家跟俺讲，俺说你自个儿领回的老婆，是不是那种人你自个儿还不清楚！谁知，半个月不到，他就喝了药。”

好容易从外边娶回个老婆，半道被人撬去，这人又是对自己有恩的堂哥，确实挺悲惨的。为了否定这个受害者的悲惨，钱薇跟着问：“他是不是小心眼，自个儿害死自个？”

二嫂嘴一撇，说：“嗨，闺女啊，那种事儿，两口家瞒得了吗？男人死了七天，老婆就和大伯哥结婚了，是怎么回事，不是明摆着吗！”

大家的同情心迅速被挑起，平时很少说话的吕岳成忍不住说：“这也太不近人情了！”

当听到丈夫死了七天，女的就跟堂哥结婚，我在替这个死者感到悲哀的同时，对这个案例已经彻底没了兴趣。我不喜欢极端的故事，一个杀人犯灭绝人性，如同一个癌症晚期的人无法疗救，手术毫无意义。我不是心理医生，不能从案例里找出心理症结，但我喜欢从中看出某种存在的合理和可能。

事情是从什么时候发生变化的，我一点都不知道。那时，裸露的院子里围来了几个女人，她们先是站在旁边静静地听，听二嫂绘声绘色讲姜立修服毒后抢救的过程。一点点地，她们也加入进来，替二嫂补充漏掉的细节。比如二嫂说姜立修在乡医院抢救，到第七天又送到县医院，一个小个儿女人说："不对二嫂，那是第八天。你忘啦，那天你上俺家借钱，说都八天了还不见好，看样够呛。"二嫂马上点头说："对对，是第八天。"比如二嫂后来说："在县医院又抢救了七天，他哥再也倒不出钱了，只能往家拉。姜立生这个臭混蛋不让往他家拉，说他是借的房子，不能死在他家。他二哥去找小队队长硬压，才压到他家。"一个脸上长满雀斑的女人说："错了二嫂，哪是小队队长，那不是王书记吗？书记不出头，他能听么！"二嫂说："对对，看俺都气糊涂了，俺想起来了，是王书记。他那天站在姜立生家门口大骂，你个臭王八犊子能惹事不能安事，今儿个你要是不让他进你家，俺就叫你上电视。"听二嫂说姜立生是害怕让他上电视，才让垂危的堂弟进了家，我的心一下子就疼了。我深深地知道我此时疼的绝不是疼受害者，而是疼这个不仁不义的堂哥。因为我体会了他在那一时刻的感受：弟弟因为自己的罪过服毒，一次性致死还好，他现在没死，却也不保证能活。是否死在家里是小事，要在堂弟垂危之时天天面对他，那是怎么样一个难啊！

因为重新燃起对这个案例的兴趣，我走到矮个儿女人跟前，小声问："这个姜立生是个什么样的人，平时粗野霸道吗？"我想，他如果是那种粗野霸道的小痞子，或许不会太受折磨。矮个儿女人却说："一个老实巴交的人，会木匠手艺，平常很少跟人交往。谁都想不到，那么老实的一个人，也有花花肠子，也能被女人勾搭上。”

二嫂听矮个儿女人这么说，马上转到我这：“妹子，他早先挨家干木匠活，什么毛病都不犯，就是抗不住百草枯。”听完二嫂的话，一直不说话的二哥也开始插话：“俺兄弟在本溪怎么叫她沾上的？不就是说俺家里有房吗？回来一看没有房，就变了心。”

“姜立生没有老婆？”慕红问。

“可就说嘛，姜立生找了一房老婆，得病死了。后来又找了一个，信了什么教，一下子信彪了，不做饭不干活，一天到晚嘟嘟囔囔。过了不到两年，两人就离了婚。女的没有地方去，姜立生答应让她先在对面屋住着，什么时候找到房子再搬走。姜立修和百草枯结婚需要房子，姜立生就把老婆撵走了，说是回了她娘家侄子那儿，不就这么给了百草枯方便嘛。”

我当然不能同意二嫂的看法。老实人未必心中没有烈火，何况他又离婚两年。我说：“二嫂，这个姜立修为什么四十岁还没结婚？”

“谁知道！他也没什么毛病，就是胡吹乱泡，有大不说小。估计在本溪就这么吹，百草枯才跟他来了。”

这就对了，她被姜立修泡到乡下。在对他有了新的了解之后，遇到了他老实又诚实的堂哥。但我没说出来，我不认为在这种场合，说这样的话有什么意义。乡村生长爱情，可是不在道德范畴之内的爱情甭想得到正当的理解。当然乡村从未给不正当的爱情以正当的理解，却也从未妨碍不正当的爱情发生。当他们的爱情结出了恶果，人们把堂弟从医院抬到堂哥的家，他该如何面对啊?!

“他在家又活了多少天？”我小心翼翼问。似乎既害怕知道又想知道。

二嫂却高音大嗓——有一帮女人在旁边掺和，她的声音愈发高亢：“几天？六天有了，他总共活了二十一天嘛。”

“后几天就他俩在家？”我问。

“他哥和邻居白天去看看，夜里就他俩。不他俩谁能去，你闹出事你不守着行吗？俺小叔遭罪遭得屈呀，怎么也不咽气儿。末尾儿两天，叫除黑先生从屯子里找来犁铧铁压在胸脯上，才一点点压死了。”

乡村传说，垂危之人如果心有不甘，多少天都不愿咽气。犁铧铁就是使之送命的最好器物。

“那天上火葬场火化，俺兄弟腿和胳膊五花大绑，”二哥又呜噜呜噜插话，“他们做了亏心事怕诈尸，用布带绑俺兄弟。俺当时把姜立生好一顿耳光，要不是有人拉着，俺和他对命。”

我已经没有愿望再问下去了，此时此刻，我感到胸口憋闷。我似乎看到了一个可怕的情景，垂死的姜立修只要睁开眼睛，就能看到背叛自己的老婆和不仁不义的哥哥。而这两个罪人，在背负道德压力的同时，不得不面对两束垂危目光的审判。问题是他们不知道他还能活多久，他们不希望他死，他死了，他俩将永远被钉在乡村的耻辱柱上。可是他们又不希望他活，他要是活了，女人该跟谁，怎么办？问题还在于，在这个无限漫长的时光里，两个罪人是可以患难与共彼此鼓劲的人，可面对两束审判的目光，他们又如何相互交流互通信息呢，是不是任何一次交流都要加深一层罪恶？当然，最关键的问题在于，在把那个沉重的犁铧铁压到对方胸口时，在怕对方诈尸捣乱把他五花大绑时，他们到底是获得了解放，还是坠入了罪恶的深渊？姜立修终于死了，被抬出去火化，可他真的死了吗，真的离开了这个家吗？……

在我憋闷着一口口大喘气时，二嫂当着研究生们继续义愤填膺地控诉：“俺小叔躺倒那几天，百草枯一场场大哭。看她哭那样子，你以为她对姜立修还有点感情。可是死了刚到七天，他们就告诉王书记要结婚，你说他们的心狠不狠！倒是人不报天报，百草枯一年多没得好，老有病，怎么治都治不好。找大仙看，说叫一个大高个儿黑脸盘的人迷上了，那个人要认她的闺女当干闺女。俺小叔就是大高个儿黑脸盘！上坟地许了愿，答应了死鬼，认她闺女干闺女，可还是没好。老这么折腾，姜立生折腾嗑了，就逼百草枯带孩子走。百草枯倒是同意了，可孩子大了，坚决不走，说妈咱好不容易有个家，咱上哪儿去呀？”

说到这里，二嫂看看身边的女人，眨一下眼，又接着说：“都说她是个妓女，在夜总会干过，孩子是夜总会老板的，那老板进了监狱。有人问过她闺女，闺女一听就低下头，俺看差不多。这么些年，从没听说她回本溪回娘家。这不是，折腾一气儿没走成，病不怎么也好了。现在，一到礼拜五就和姜立生骑车走了，打扮得漂漂亮亮。上哪儿去了？不知道。有人说去赶集，可是你还能个个礼拜赶集吗？！”

像从一个臭不可闻的粪坑里钻出一株草，像从万丈深渊的峭壁上长出一树花，我憋闷的胸口终于透过一口气。在这个上午的访谈中，我确实同情过姜立生，也同情过百草枯。可是我真的一点都不知道，当听二嫂用她不情愿的口气说出他们现在过得挺好，我的胸口会一下子舒展开来。我萌生了一个念头：去见见百草枯，跟她说点什么。

二嫂听说我想去见她，格外兴奋，指着矮个儿女人道：“叫侄媳妇领去见见，就在前边那条街最西边，冈梁上那户人家。不过她肯定不会让你进门，就在门外望一望吧。”

我知道她们怎么想，她们是想让这个已被钉在耻辱柱上的女人再经受一次目光的羞辱。因为我在前边走，二嫂就在后边说：“千人指万人骂的主，她走在大街上，从来不敢站脚。”

矮个儿女人只把我领到一个街西的地瓜地边，就止住了脚步。她指着地上边的房子说："去吧，就这家。"

往地瓜地上边迈步时，我的心有些慌乱、紧张。我紧张，不是怕她不让我进屋，而恰恰是怕见到这个屋子，见到她。这里曾是罪恶的深渊、灾难的现场，我不知道曾在深渊里跋涉过的她，如今能是个什么模样，更不知道曾酝酿并发生了灾难的屋子和院子，是怎样一种气象。好在我的后边又跟来了张申。张申见我不走，他也不走。我想让他走在前边，他却停在后边催促道："你快走哇。"终于鼓足勇气，大步流星拐到院墙外边，我的心忽地一跳，差点儿叫起来——我看到了一个魔鬼！她就坐在院子中间的过道上，两手撕扯着豆秸，神情专注。乌黑的长发遮住了半边脸，而另一半黑紫的脸在阳光的照射下，闪着紫幽幽的光。她看见我们，蓦地挺直了身子，警觉地喊道："你们哪儿的？"

"我们是滨城来的，想在农村买个民房，你这房子卖不卖？"这是我在路上已经想好了的话，上乡村买房是当下最可信的由头。

她看了看我，坚定地说："不卖。"就低下了头。

我立即又在后边跟出句："我能进你的院子上趟厕所吗？"

女人抬起头来，把挂在一半脸上的头发送到后边，认真打量我一下之后，凄楚地摇着头，坚定地说："不行，我不想见人。"

这时，我看见了一张完整的脸。它瘦削，但有棱角，眉骨和颧骨都很高。她的脸不是紫，那是她手上的豆秸映的，换个角度，你会觉得她就是那种黑皮肤的人。而恰恰就是她这种黑皮肤，才显出一种东南亚人才有的野性美。刚才被吓了一跳，都因为之前就对房子和人存有恐惧。

不能进院，又不想马上走，我和张申就像真要上厕所似的，往坡地上边的小树林里走去。直到钻出树林，站到一块比房子高很多的平地上，才停下来。在这个角度，看不到院子，只能看到灰瓦房顶。张申这时把镜头对准我，郑重地说："孙老师，能谈一下你的感受吗？"我知道他是认真的，于是凝目向身边的房子望去。许久以后，我说："我，感受很复杂。"

"为什么复杂？"

"我理解了女人为什么在丈夫死后七天，就和堂哥结婚。"

"为什么？"

"谁都无法知道她和堂哥在面对她垂危的丈夫时经历了什么，但我能想象，那是一场被道德、良心、惊悸、恐惧点燃的大火，是一场由感情和理性发动的战争。在这场火灾里、在这场战争中，他们非常想输，他们早就告饶。可是很不幸，他们胜利的结局已提早被确定。因为无论怎样，先死的都一定不是他们。于是他们在灵魂里厮打，浴血奋战。他们用犁铧铁压他，用绳子绑他。当有一天战争结束，他们变了，道德什么都不是了，他们变成另一个他们。《冷山》电影里有一句台词：发生了一场战争，原来重要的东西已经不再重要了。"

"你的意思是，他俩一开始就真心相爱？"

"当然，这有什么疑问吗？"我不解地看着张申。

"我不这么看，"张申说，"姜立修只是怀疑而已，姜立生穿着裤衩站在他的屋里，说明不了什么，是他的死，把两个人推到了一起。他们七天以后就结婚，就是想向世界证明他们在道德上的无辜。"

我不同意张申的看法，我说我敢确定不是这样。在遇到姜立修之前，她是一个无家可归的女人。她从来没回过娘家，证明她的父母已经不在。她或许真的做过妓女，生下了个私生子。为了生计，她或许真的跟了好几个男人。可是在遇到姜立修之后，一切都不一样了。姜立修没有沾过女人，对她死心塌地。他承诺在乡下有房子，会给她一个安定的家，她于是毅然跟到农村。可来到后才发现，这是一个谎言，姜立修一无所有！如果不是堂哥有情有义，把他们招到家里，他们连落脚的地方都没有。深受虚伪的伤害，她对老实诚实的堂哥深有好感。她见过世面，堂哥不一定是她理想的男人。可在她经历了尘世漂泊之后，他是她此刻最理想的男人了。天长日久，自然就擦出情感火花。

听我这么说，张申没跟我争。我们的耳畔正有叽叽喳喳的声音传来。向东边看去，只见房屋后边，二嫂和几个村里女人领着研究生们，正影影绰绰晃在小道上。

“那个百草枯呀，村里人没谁理她，她也没有脸见人。”这时，我突然拽住张申，直直地盯着他的脸：“你不觉得，二嫂和二嫂所代表的村庄，才更像百草枯吗？”

“怎么讲？”张申用目光发问。

“这个女人都这么可怜了，她们还不肯放过，你听听。”

二嫂的声音越来越大，越来越清晰：“她呀，从来没听说她回过本溪娘家，就囚在这个屋子里。”

她从来没有回过娘家，为什么就不能给她一个心灵的家？

在与二嫂们会合的路上，我在心里一遍遍发问。可是和二嫂走近，她好奇地瞪着我说：“怎么样，看见了吗？那张脸魅人吧，好看！一杀一个准儿！说起来人家遭这些难，也值，人家是百草枯！值！”

我目瞪口呆。

可怜的也许不是百草枯，而是二嫂。

姜立生

后来很长一段时间，二嫂和她身边的女人，都没有从我眼前消失。只要还在乡村的大地上，只要还在屯街的路口院外，她们像阳光留在我身后的影子，一直悄悄跟随着我。她们统统穿着大红大绿的衣裳，烫着刺刺呛呛的头发，她们说话有粗钝有尖细，却不管粗细，都有着极强的穿透力。她们生在乡村，嫁在乡村。她们听从命运摆布，含辛茹苦，从不敢有非分之想。她们说话永远正直正确，也正因为她们含辛茹苦，不敢有非分之想，才使她们成为乡村的良心，铁铸的同盟。她们要么聚在谁家炕头，要么聚在谁家院子，要么随便什么田间、路口、河套，别人和别人家的错误既是她们评说的焦点，也是她们从中获得过日子力量的源头。她们坚定、坚硬、坚不可摧。虽然偶尔也能从言语中流露出内心深处的苦楚，灵魂深处的纠结，但你绝不要指望她们会向自己的内心低头。她们最知道她们面对的日子多么绵长，什么才是她们最有力的武器。

那天上午，见我看完百草枯的家就不再说话，三个女人站在二嫂家院子里，把姜立修从外面回来，如何看见姜立生穿着裤衩的细节又重复了好几遍。她们还因此生发出想象，说他和百草枯当时肯定干过那事了，百草枯当时肯定没穿衣裳，要不男人怎么能那么伤心？好像我对他们的耻辱行为稍有怀疑，都不甘心，弄得我走也不是，不走也不是。

事实上，那一天我和张申从二嫂家出来，离开研究生们的团队独自行动，正来自二嫂们的提醒。二嫂们在提到姜立生穿着裤衩的细节时，连带说出一个信息，说他在曹崴子乡靴子沟给一个城里人装修别墅，这让我萌生了见一见他的念头。他不在家，就有可能接近他。那家别墅我去过，就在歇马山庄东边，路很好走。当我把这个想法说给张申，他有些犹豫说："可他不是目标人的直系亲属，咱俩以什么身份见他？"我说："我们不做自杀调查，就说去看别墅，你也不能拿摄像机。"

虽然有可能拍不到任何镜头，但受某种莫名力量的驱使，还没到中午，张申就决定跟我离开。我们编了个理由，说回翁古城拿录像带。这是善意的谎言，主要是怕慕红太善解人意，非要陪我们，耽误了正常工作。其实无论怎样也还是耽误，司机要把我们送到石岭乡招待所，把我们放到张申的车上。

靴子沟离石岭，也就二十公里的路程，翁古城到岫岩的201国道直达两端。在石岭一个小饭店吃了便饭，不到半小时，我们的车就在通往靴子沟的岔道口转弯。这个路口，也是通往旅游景点歇马山庄的路口，是进翁古城名山歇马山后坡景观的必经之路。歇马山后坡，有一个两亿多年孕育风化的花岗岩石蛋林山谷，2004年被一个家乡人发现并开发成国家级森林公园。山谷外建有一个宾馆，用了我小说《歇马山庄》的名字，叫歇马山庄。它几年来声名鹊起，不但给通往景点沟外的靴子沟带来财富，也拥有了相当的知名度。画家、摄影家频频光顾，鲁迅美术学院的学生每年都来写生，我的一个朋友还在这里建了画家村。离翁古城城区只有二十公里，风景却这边独好。春天之前，我从来不知道，在靴子沟山谷人家的缝隙里，还藏着一个没有人家的陀螺形山谷，山谷中间，还有一块平整而开阔的土地。两个做水产生意的外地人，在这里投资种植蓝莓，注册盛琼蓝莓庄园。他们是哥们儿，一开始是合伙经营，施工过程中不知为什么产生了矛盾，最后不得不分道扬镳。其中的一个，成了这个庄园的主人。据说这个主人才三十几岁，做农业的激情不等蓝莓见果就已经消逝。春天里，滨城朋友下乡买地，翁古城的朋友把他和我带到这片隐蔽的山谷，让他看是否有兴趣兑下这个庄园。那时，我也不曾想到，有一天，我会为一个自杀者的故事来到这里。

来到这里，这里却并不欢迎我们。看到有一辆车开进来，一个脸膛很红的小伙赶紧从园门口的平房里跑出来，手拿对讲机，凶着脸冲车里比画。一看就知道是户主雇来的保安，狗仗人势。打开车窗，只听他大声吵吵："这里不能停车，一会儿货车进来。"张申只有把车倒回入口一个斜坡处。

我俩步行到庄园门口，才真正知道，没有树华的国家项目做掩护，和人访谈有多困难。我们说我们是来看地的，黑脸小伙根本不让进。我们改口说要找一个名叫姜立生的装修工人，他又问找他干什么，审视的目光像我俩是窃取情报的密探。最后，张申不得不像小伙子一样狗仗人势，亮出他的记者证："我们是滨城电视台记者，要来采访一下乡村民工的生活。"

为了不卑不亢，张申面无表情神色傲慢。他的这个样子我曾经最讨厌了，这是电视记者惯有的姿态，做身份的奴隶还自以为是。然而此时此刻，我不但不讨厌，还觉得他机智无比，他接着说："是张广大市长让我们来的，机器在车上。"

黑脸小伙一听是电视台来的，又提到市长，眼里的凶光立即淡下去。但他坚决不让我们进园，只拿对讲机喊了一嗓子，就扔下我们不管了，让我们站在庄园门口守株待兔。

这是一片很大的园子，细瘦低矮的蓝莓树有枝无叶。蓝莓，属矮脚野生灌木浆果，因为花青素含量高，具有强心、抗癌、软化血管之功效，被誉为圣果。几年前我对这个圣果还闻所未闻，可有一天突然听说，家乡翁古城已经在搞国际蓝莓节了，翁古城已经成了辽南最大的蓝莓基地了。速度，你总是在漫不经心中感受到发展的速度。可是你站在园子门口,远远看着蓝天底下,十几个人猫腰干活，却感受不到任何速度。事实上与时间赛跑的人正是这些雇工们，他们把土地流转给外地人，也就成了外地人追赶时间的基础力量。只是我有些奇怪，二嫂说姜立生在这里搞装修，这大片的蓝莓园，只在门口有四间小平房，哪有什么可以装修？然而就在这时，我听到身后有喊声。转过身，发现黑脸小伙正冲我们招手。

远远地跟着小伙，贴着蓝莓园外护栏边一个岔道往前走，过一座小桥，再转一个S形的弯，不出五分钟，我们就来到一个更加隐蔽的地界。说更加隐蔽，是说这是站在蓝莓园门口根本看不到的地方。而拐过最后那个弯再往里走五十米，就会惊讶得倒抽冷气：这里居然隐藏着一幢豪华别墅!

这是我迄今为止，在翁古城看到的最有欧洲风格的别墅了。它举架高，结构宏伟，没有花里胡哨的颜色，一灰到底，却古朴典雅，含蓄凝重。因为这里没有人家，它和四周的山谷融入一体，一派地地道道的异域风光。只是不知道别墅和蓝莓园是不是同一个主人，如果是，那么是重新移了主，还是仍在年轻主人掌握之中？

看着眼前的别墅，我突然想起曾经旁听过的一个人大代表座谈会。在那次会上，代表们对沟域经济和现代生态农业的发展深有忧虑，认为乡村土地从农民手中流转到大户名下，改变了农民身份，改变了乡村面貌，可如果引导不好，用不了多久，乡村就变成了富人的后花园。将来有那么一天，农民们突然醒悟，想要回到自己的土地，却发现一切都不可逆转，他们的情感将面临一次巨大的陷落……

见我走神儿，张申在旁边碰了我一下。在我们的主人公就要到来之前，他想让我有所准备。这足见他是多么紧张。于是我收回思绪，向院子里看去。院子东边、西边，栈桥下的小溪边，到处都是干活的民工，磨石头的，砍木架的，刨地的。我们的目光在一簇簇民工身边流转，等待着他们当中的某一个立即放下手中活路。正聚精会神时，身后隆隆隆有车开来，不得不切断目光向后看。这是一辆大货车，大概就是刚才黑脸小伙说的那辆车，于是朝路边躲避。车刚在栈桥边上停稳，就见一个剪着小平头的男人从车后斗跳下来，四目相对那一刻，我心里猛地一惊，就是他。

之所以断定是他，是说他的目光太独特了。忧郁中有惊悸在跳动，而一瞬间又回归了无所畏惧的空无。我说："你就是姜立生？"

他脸上肌肉抽搐一下，看看我，又看看身后的张申，没说是，也没说不是。

"我们是电视台的，想采访几个民工，了解一下你们的生活。一小时给四十块钱误工费。"张申在后边说。

他没吱声，掏出手机，打开看一条短信，似乎那上边写着他的决定。确实，没一会儿，等大货车彻底熄火，他冲车斗上跳下来的两个民工说："你们先卸货，我一会儿就回来。"

领着他，一路朝我们车的方向走去时，我有一种奇怪的错觉，觉得我们在演一场戏。我们和现实，有了一层审美的关系。这不是说，在我们内心的戏剧之外，还得演另一场戏；而是说在我们之外，有一个不邀自来的观众，他躲在另一个世界，瞪着一双痛苦的眼睛。——不知为什么，在见到姜立生时，姜立修竟尾随着他来到我的眼前。

我们的舞台就在车里，我和张申坐在前座，姜立生坐在后座。

我和张申全身后转时，正好和他面对面。他小眼睛高鼻梁，腮上长着黑乎乎的胡楂儿。和我们的主角一下子挨这么近，陡增了亲切感的同时，还有些不适应，仿佛我们跨越了不该跨越的界限。我们的开场白语无伦次，一会儿说电视台要我们采访，一会儿又说国家和政府要我们采访，慕红的调子已经种进了我们的脑子里。倒是姜立生的回答果断干脆，他说："我们老板待民工非常好，从不拖欠工资，一日两餐都有肉，每周都有一天假。"经他启发，我恍然大悟，原来他是保安派来给老板歌功颂德的。他的短信，是保安汇报给老板之后的命令，眼下从上到下都在关注农民工。

戏剧总有序幕，就像歌曲总有前奏。接着姜立生的话，我说："你们包工头确实干得不错，要不我们也不能来采访，他名字是哪几个字呵？"

姜立生停顿片刻，用右手蹭一下鼻子说："杨柱。"

我说："对对，杨柱。"这么附和着，本是为了把一出戏演好。可是话刚出口，我觉得这个名字很熟悉，好像在什么时候听过，就是最近。扫一眼张申，一个灵感划过，我猛然想起，他是我们采访过的那个大仙的女婿。于是我说："他是翁古城张炉乡人对吗？"

姜立生迅速应声："对，是。"

张申手中的摄像机抖了一下，似乎有些兴奋。今天能让他拍到镜头，本来就兴奋。

"他家在滨城，怎么能揽到这深沟里的活儿？"

姜立生突然敏感起来，脸上肌肉抽搐一下，看着张申的摄像机，不说话。

张申立即放下机器，漫不经心说："没事儿，不录也行，我们随便聊聊。"

"这别墅，是老板给他舅哥一个朋友装的，他舅哥是滨城财政局邢局长，早先在城建局规划处当过处长。”

原来，徐大仙女婿是攀上了高枝，难怪。

我们的戏出了戏中戏。我和张申既兴奋，又措手不及。戏中戏给了我们诱惑，我们一瞬间失去了方向。

然而，任何事情都有它蹊跷的一面，正因为迷失方向，误入歧途，我说了实话，才为我们后来的话题打开缺口。我说：“我了解他，他发迹后，把家里的老婆和孩子扔了，老婆两年前自杀了。”

说到自杀，姜立生脸上的肌肉再一次抽搐，小眼睛也突然被某种惊悸的东西笼罩。但很快，他就镇定下来，一字一板地说：“他有他的难处，他对她真有感情。”

就是这句话，给我带来了契机。我说：“不管怎样，他都不该把老婆孩子扔了不管。他和你不一样，你是为了帮助弟弟弟媳才和弟媳产生了感情，这很不一样。”

连我自己都不知道，我怎么会这么巧妙地进入戏剧的中心地带。

姜立生完全蒙了。想象一下，我不但知道他老板的隐私，还知道他的隐私，不但知道，还理解他的做法。

姜立生小眼睛飞快眨巴着，脸上的肌肉不再抽搐，但一阵煞白之后，瞬间又充血一样红了。他什么都没说，一边扭头看着窗外，一边手推车门，做出就要下车的举动。

张申立即伸手拽住他：“哥们儿，我们是跟滨城大学下乡采访自杀家属的记者，我们在你家的屯子知道了你的遭遇，非常同情。就想来见见你，怕你不见，就编了个理由。”

“我们同情姜立修，更同情你。你是无辜的，可你承受了那么多，你很了不起。”

为了留住我们的主角，我紧跟张申，语气柔和又真诚。

像一块冰掉进火盆，像一片雪飘进温泉，姜立生已经无从脱身了。他一只手把住车门把手，脸用力仰起，靠到车背上，长时间地喘息着。好像正爬着一座山，那座山又陡又高。许久以后，他爬上来了，自言自语说：“别提了，那是造孽。”

“在姜立修喝药之前，你其实和你弟媳什么都没发生。姜立修喝了药，才把你俩逼到了一起的，对吗？”张申始终不忘他的问题。

姜立生仰着脸，滑动一下喉结，之后长吁一口气说：“不，不是，我们什么都发生了。她住到我西屋那一天，我就开始想她了。我想她都想疯了，坚持到一百七十八天，太长了，我都要崩溃了。”

“这可以理解，你第一个老婆结婚就有病，第二个老婆信邪教不给你正常生活。”

“不！”姜立生蓦地直起脖子，目光对准我，头慢慢摇着，摇够了，他又一字一板地说：“就是她们都好好的，我也会爱上她，我和她就是有电，没办法。”

发现我的判断完全正确，深受鼓舞，直奔我的主题：“我不能想象，把姜立修抬回你家那些天，你和她是怎么过的。熬过了那样的时刻，你们太了不起了……”

这时，只见姜立生脸涨得通红。惊悸和恐惧在目光里一闪，变成了两只手，不安地推动着他的喉结，使它上下不住地滑动。突然，喉结像一个走在半道突然断电的滑轮，一刹那不动了。随之，他低下头，捂住嘴，呜呜地哭了起来。

我和张申静静地看着他。跟树华的研究生们走过几天，我们知道，让他哭出来，内心的情感得到宣泄，就是一种心理干预。他哭够了，抬起头，对我们说：“那都是造孽呀，我是个罪人，我是天下最大的罪人。”

“不能这么说，爱本身是神圣的，只是你们没有把握好。”

“这世界上，不是所有人都有权尝到好滋味。我天生是个苦命的人，尝到了好滋味，老天就要惩罚我。”说到这里，他停下来，再次仰起头，任泪水在脸上雨水似的滚动。许久许久之后，他有气无力地说：“姜立修要是骂我、打我，我都还好受。他喝了药，打不动了，可他也不骂。从医院回家头几天，他扯着我的手，一遍遍说，哥我错怪了你，你和小环根本没有事，我错怪了，我坏了你的名声……我、我真想拿刀杀了自个儿啊！”

我入了戏，我的心开始绞疼。

“我想在他面前惩罚自个儿，打自个耳光儿，给他下跪。可是我不敢，那就证明我和小环真的有事儿，那就等于惩罚的是他而不是我。小环看他那个样子，扑在他身上一场又一场哭，给他下跪，说你千万不能死，你不死我们好好过日子。小环那是真话，姜立修喝药后，她都没正眼看过我一眼，我知道她确实喜欢我，可是她也疼他。”

……

“最后几天，他胃里烧得慌，疼得咬嘴唇咬舌头，满嘴都是血。他说哥啊你快叫我死吧，你去求求队长想想办法，赶紧让我死，我太遭罪了。我脑袋撞墙，问我自己该怎么办，可我想不出办法。小环实在不忍心姜立修遭罪，也来求我，我才找了书记……压上犁铧铁，他一点点平静了，不说疼了。可是他的腿和胳膊动不动就甩起来，一甩，小环就吓得嗷嗷直叫。不得已，我又把他绑上。我知道我这么做，是罪上加罪。可我已经是罪人，为了小环，再加多少罪我都认了……可是，把他绑上，小环滚在地上哭得死去活来，直吵吵要我给打开。我听她的，就去打开，可刚刚打开，姜立修竟然忽的一声坐了起来，吓得小环昏死了过去，啃她的脚后跟才把她啃回来……小环活过来，看姜立修又躺下，她再也不反对我绑他了。就是那天晚上七点，他咽了气……”

……

“我最难过的是，要是有钱，他不至于死，死也不至于死在家里。他在翁古城住院俺去看他，他都能下地走了，大夫说住上一个月院就可以回家了。可是我把家里所有钱都拿出去了，他哥借的钱也花光了，没钱住下去，才把他拉回来的……”

“有了这场经历，你们的罪恶感在翻来覆去的折腾中慢慢消除了，你们觉得再也没有罪了。所以姜立修死后第七天，你们就宣布结婚，是这样吗？”我问。

姜立生眯起小眼睛，空洞地朝一个地方看了看，再一次摇了摇头，一字一句说：“不，不是。有罪的感觉一直都在，他死后，我们再也没到一起过。在早那种通电的感觉，一点儿都没有了。真是奇怪，一点儿都没有了，好像我们就从来都没好过。只剩下罪过。七天就宣布结婚，是我的想法。当时她想带孩子走，可是孩子大了，懂事了，坚决不走。说妈我长这么大也没有一个真正的家，好不容易有了个家，我不想走。我就商量小环，说为了孩子，我们就结婚吧，我们不结婚，孩子不会真觉得有个家。她哭了一场，就答应了。现在，我们结婚两年了，她为我做饭，我干活挣钱。我们是一家人，可是我们从来没到过一块儿，我觉得这一辈子都不能了。”

发生了一场战争，原来重要的东西变得不再重要了。

只是我以为，那原来重要的东西是道德，是名声，竟想不到，它是神圣无比的爱情。

发生了一场战争，道德没有倒下去，爱情却灰飞烟灭。

你年轻彪悍，
我如果和你谈论战争，
你会向我大抛莎士比亚，

朗诵“共赴战场，
亲爱的朋友”，
但你从未亲临战阵，
未试过把挚友的头拥入怀里，
看着他吸着最后一口气，
凝望着你，
向你求助。

这段话来自于美国电影《心灵捕手》。我知道，这世界不存在真正的感同身受和设身处地。可是我还是不愿意接受这样的结局，毕竟，爱是支撑人活下去最强大的力量。

在沉默中，我看到我们的戏也要走向结局。可我并不甘心，过了很久，我问：“小环是哪里人？她为什么从来不回娘家？”

姜立生眨巴一下眼睛，空洞的目光扫向窗外：“不知道，我从不问她，她也从来不说。她过去都经历了什么，我一点儿都不知道。也不想知道。”

“我们可以通过你去见一见她吗？就今天晚上。”

“不可以，坚决不可以，她不会见任何人。”

我们的戏终于款款落幕，没有任何语言。张申先把手伸向姜立生，我也把手伸过去，之后我们三只手握在一起。只是在掏出一百块钱递给他，他用力拒绝时，张申说了句话：“不是给你的，给你老板，我们不是新闻记者，占用了你时间，误了他的工。”

车门洞开的一瞬间，他的身影消失了，消失在清澈透明的日光里。张申的车也慢慢启动、调头，在寂静的山谷缓缓爬行。可是，随着他的消失，起伏的山谷一个个向眼前走来，另一个人的身影随之而来了。他躺在末日的漆黑里，瞪着一双痛苦的眼睛……他其实一直都在，他是我们这出戏的观众。可是他真的听见了姜立生的诉说吗？他听见了，是高兴，还是不高兴？他用一死，毁坏了一桩罪恶的感情，他满意了吗？

在起伏的山谷中，张申把车上音乐声放大，这是一段佛教音乐，王菲主唱："观自在菩萨，行深般若波罗蜜多时，照见五蕴皆空，度一切苦厄……"

那天，我和张申从靴子沟出来，没有直接回石岭乡。他拉我去了趟翁古城，在一家婚纱摄影店买了一箱录像带，又领我洗了个澡。直到夜幕降临，才离开翁古城城区，往石岭方向开去。我俩一下午几乎无话，到哪儿去，干什么，都由着张申，他也没想跟我商量。我们好像被一个巨大的痛苦裹挟着，不想就任何现实问题展开讨论。在快到石岭乡政府的一个路边，我让他把车停下来。他什么也不问，就停了下来，跟我一起下车，在夜色中静静地站着。

夜已经漆黑一片了。大地深沉，天空高远，星光把大地和天空分开，就像把现实和梦想分开。就在那漆黑一片的夜色里，有一个村庄，它闪着萤火虫般微弱的灯火，在黑暗中播撒着诉说不清的温暖。天上虽有星辰，可是它遥远而冷寂，不似这大地上的灯光亲切、温馨。奔着这微弱的亲切，一些在追逐梦想时受到创伤的人们，悄悄地来了，就像某些初出茅庐的年轻人奔着理想悄悄地去。可是村庄孤零零镶嵌在荒野里、洼谷中，它会释放多少温暖，来保护我们的受伤者，比如被二嫂们说成百草枯的小环？

我在夜色中要求下车，是心里装着一个让人不能释怀的小环。可是夜色深沉，一丝微寒的秋风扑面而来，我看到了小环凄冷的眼睛……

第柒日

7

杨柱

美丽的草原我的家

杨　柱

你永远不知道前方到底有什么，大到你的一辈子，小到你的一天。我和张申，本已经在翁古城洗了澡，买了录像带和一些纸巾，准备了一直待到采访结束的所有东西。可是晚上六点，张申接到单位领导电话，要他第二天早上八点，到市外办照相，办理出境采访护照。我不得不陪他连夜赶回。

远离灾难现场，回到我们正常的生活当中，这曾经是我在乡下采访两天之后就生出的念想。有好几个夜晚我都跟张申说："哪一天采访结束就好了！"长时间浸泡在沉重的心情里，有朝一日远离灾难便成了梦想。可是沿着黄海大道一路南下，痛苦的案例被一程程甩远，我们却并没觉得有多么轻松。不但如此，车在滨城后盐高速公路出口出来，我居然无意中生出一个念头，明天张申照相结束，我们去采访一个人：杨柱。把这念头说出来，张申立即表示赞成。

说是无意，其实还是那些与灾难连带的根须深扎在我们心中，一旦条件成熟，就想去把它拔起来，抖动它身上的泥土。那连带的根须在我们这里，不过是一个简单的人物关系——杨柱是滨城财政局邢局长的妹夫。至于他的公司在哪，电话是多少，在不在滨城，全不知道。好在张申在电视台工作，通过新闻部的联系网络有可能搞到。事实也确实如此，上午九点，我刚刚从睡梦中醒来，张申就打来电话说："准备准备，我现在就回家接你。"

张申搞到的情报是这样的，邢局长是副局长，他的妹夫杨柱是滨城隧道工程公司老总，此刻正带人修地铁。一个月前媒体曝出来的滨城五七路地段地铁塌方，就是他承揽的工程。

张申把这样的情报说出来，我万分感慨。城市和乡村就是不一样，一网下到几百万人当中，一条大鱼轻而易举就浮出了水面。当然这得感谢杨柱的舅哥，他从名不见经传的小人物，混到了几百人之一的地区官员，又是财政局这要害部门，要找他只需几个电话。大鱼浮出水面，能不能上钩还是未知。张申在拉我往五七路去的路上，又打了好几个电话，他让新闻部有影响力的同事搭桥引线。那边的同事叽叽歪歪说："地铁塌方，记者都把杨总缠昏了，才消停没几天，你又来添乱。"张申苦苦哀求说："我找他的事儿跟地铁毫无关系，我纪录片的事你又不是不知道，根本不在国内播出，你就帮帮嘛。"低三下四再三哀求，才让我们去五七路铁路边一个粉红色小楼找他。

关于滨城的地铁，也有好多说法。据说多年前国家地质队来人勘探过，认为这里属滨海丘陵区，地质结构主要以次软岩和软岩为主，俗称千层饼，一层泥，一层盐，一层岩石，不宜修地下铁路。可是2008年美国雷曼公司破产，引起全球经济危机，中国出台四万亿救市政策。为了得到这笔救市资金，全国两百多个城市都在申请大项目，修地下铁路成了申请项目的重头戏。滨城迎头猛进，立即组织专家论证。在论证中，看法分两派：一派坚持认定地质队曾经勘探的结果，认为滨城如修地铁，容易引起海水倒灌，后患无穷；另一派认为，任何事物都需要探索，地铁也是一样，如果能通过科技攻关，在并不很合适的地质条件下修成地铁，既为全国其他城市提供了范例，也改善了滨城交通拥堵的现状。和环黄、渤海的滨海路一样，这些说法是否准确，我无法考证。我能知道的是，地铁确实修了，已经塌方三次。其中一次，就在我们的主人公杨柱的施工路段。

杨柱是毛发很重皮肤粗糙那种男人，眉毛粗黑，络腮胡子一直到下颏，嘴唇厚阔，脸膛黑红，有一种男人才有的彪悍、憨厚。当然这彪悍和憨厚是经过修剪了的，胡须整整齐齐，发际和鬓角中规中矩，不经意间，还透着某种后天培养出来的儒雅。和所有成功者一样，从他身上，看不到与他身后那个贫寒乡村任何联系。虽然没有西装革履，但他乌亮的头发，皮肤上刚刚沐浴过似的清晰的毛孔，都让你不能相信他就是我们要找的那个杨柱。也许把修道铺路的人想得太脏了，也许他身后的故事不允许你有美好的联想，推门进屋，我和张申都愣在那里。

“我们、我们找杨柱总经理。”

为了确认没有找错，我说出了全称。直到他点头，我们才敢大胆往里走。

接待过太多的记者，他显得轻车熟路。握手，让座，让工作人员给我们倒茶。在他的大气坦然面前，我和张申反倒紧张拘束。他当然坦然，他不知道我们是谁，不知道我们手里掌握着他还是乡村小人物时的卑劣行径。我们当然拘束，我们找到堂堂隧道公司老总，是要揭人过去的伤疤。东一句西一句，谈一会儿地铁事件，谈一会儿南方媒体在这事件中的不正确引导，说话当中，偶尔流露出的翁古城口音，使他那虚浮在表面的儒雅露出破绽。不是说翁古城口音就不儒雅，而是对我这样的翁古城人而言，听到乡音就等于揭开了面纱。当然这有一个好处,这使他那憨厚的气质接了地气,有了根源。东拉西扯十几分钟，到不得不亮出我们的底牌时，张申把目光转向我——把攻关的事儿让给我，是张申觉得我比他柔和。重要的一点，是他没带摄像机，今天他来，纯是为了陪我。

时机已到，我正了正身子，抿了一口茶，在把目光对准杨柱之前，嘴角先堆出笑。我说："杨总，为了不多占用您的时间，我们只有直奔主题。"

杨柱浓眉下的眼仁微微一亮，点头说："姜龙主任说你们不是为塌方的事来的，只要不为塌方的事，想知道什么，你们尽可以直说。"

"最近，"我似乎有少许的紧张，"我们跟医科大学心理学研究生下乡搞了一个访谈，是国家资助的一项科研课题，专门走访那些自杀死亡者的亲属。在走访中我们了解到，你的前妻在2009年自杀，你把他们母子抛弃多年。不管是村里人，还是你的前岳父岳母，都说你为人很好，对你的工人有情有义。我们有些不解，不明白你这样一个从农村走出来的成功者，怎么能做出这样有违良心的事。我们觉得，这里边肯定有原因，找你，就是想知道一下原因。你有理由拒绝，没关系。"

我直来直去，是想以退求进。我们这么唐突地闯到一个素不相识的人面前，确实想不出更好的办法。

我预想杨柱的表情是会有变化的。由憨憨地微笑，到严肃阴冷，到最后抽冷子站起来，怒不可遏地说，对不起，我没有时间。因为这个话题和他的预期差距太远了。最关键的一点，他进城打拼这么些年，那个拖在后边长长的尾巴，可能早就被他埋到路基下，忘得一干二净了。然而，他憨憨的微笑渐渐不在了，随之而来的，并不是严肃、阴冷，而是短暂的犹豫之后一个长长的电话——他用手机拨通了一个电话，讲的都是有关地铁工程监理的事，好像在和朋友辟一个谣言。在等待鱼上钩的时间里，我目不转睛，不敢看张申也不敢东张西望，这么做，并不是怕稍有动作会把鱼吓跑，而是希望对方从我的目光中看到真诚的期待。毕竟，他不是鱼。

实际上，他也是借打电话的机会想下一步的对策。一个聪明又有理性的人，绝不会因冲动把事情搞坏。可是，他放下电话后亮出他的对策，却把我和张申吓了一跳。“你们找错了人，我不是那个杨柱。我只结过一次婚，没有前妻。”

这是只有在电视里才能见到的场面。那些善于吊人胃口的编剧总愿把剧中人物写到极端无情，以使故事充满张力。面对这个仿佛虚构似的人物，我和张申目瞪口呆。这时，杨柱的电话响了。在他打电话的过程中，我告诉自己：面对一个聪明又有理性的人，在关键的时候，必须把事情搞坏！你把臭鸡蛋打碎，让它臭不可闻，主人自然得设法收拾，而在他收拾中找到缺口，这是我们唯一的选择。于是在他放下电话时，我站了起来，语气很重地说：“杨柱先生，我们高看了你。我们不相信我们访到的一切，不相信会有那么一个绝情的伤天害理的人，才来找你。我们不过是想证明我们访到的东西是不真实的，看来我们错了。你，让我们失望了。”我想说：像你这样的人，做得再大，攀得再高，都是个小人、侏儒！可是我忍住了。

这时，张申也站起来，接我的话说：“杨总，我们俩是两口子，都是翁古城人。我是电视台记者，她不是，她是作家。今天没有录像又没有记录，我们不过是想向我们自己证明点什么。你不配合，就已经证明了一切，我们也就没有什么好说的了。”

话说到这份上，我有些猝不及防。如果杨柱不接招，这意味着我们只有离开。这是我意想不到的局面，想不到我们在这么短的时间里，就把事情搞到绝境上去。我们和他是老乡，总该说点老乡的话题。我俩愣愣地看着他，他也面目僵硬地看着我们。可是，我们眼看着臭鸡蛋被打碎了，已经臭不可闻了，主人却并没有收拾现场的意思。门就要被我们带上那一刻，杨柱在屋里大声说：“刘工你好，在工地等我，我马上就去。”

下楼坐到车里，我埋怨张申：“你不该说我是作家，知道我是作家他还敢说什么，一旦把他写进书里怎么办？”张申说：“你三句话不来就说‘把人家看错了’，我那么说还不是给你打圆场？”我说：“你那哪是打圆场？你分明是拿起石头砸自个儿脚。你说‘你不配合就证明了一切’，这话什么意思，不是把自己扫地出门吗？你至少得说我不这么看，我们都是男人，我知道男人有不得已的时候。”张申说：“还不是你把话说偏了，我就跟着一溜二五偏下去了。”我们这么你一句我一句争着，张申居然忘了发动车。争够了不再吱声，抬起头，突然发现，一个人站到了车窗前边。定睛一看，是杨柱。

张申下车，我也下车。站到地面那一瞬，我的心慌跳了两下，似乎有些兴奋。一面一个站到车门旁边，我俩谁也没动。这时只见杨柱朝我走来，他的表情很复杂，有一丝歉意，有一丝喜悦。“孙老师，”他说，眉毛上扬了一下，“我早就知道你，也看过你的作品，你是名人。我曾经找过你，想不到现在你来找我。你找我，是我的荣幸，要是不生我的气，我们中午一起坐坐，我约好一个工程师有点事，一个半小时后，我们在五四路上的‘天天渔港’见，203房间。”

看来不是我的阴谋得逞，而是张申有关我是作家的提法起了作用。我说：“好的，我们等你。”

一个半小时时间，我和张申就近逛了一下沃尔玛超市，买了一些洗衣洗发的日用品。十点半，来到天天渔港203房间。虽然提前了四十分钟，可是偌大的果盘已经放在餐桌中央了。在等待杨柱的时候，我俩猜测他能给我们讲些什么，他早就找我，一定是在最痛苦时无人倾诉。张申说：“我猜呀，那邢局长妹妹肯定是个残疾，要不怎么能嫁个农村人？杨柱为了揽工程，给人家溜须。人家硬塞给他个妹妹，他不敢说家里有老婆，一推就就结了婚。你想想，人家是城里人，包二奶怎么可能包到城建局工程处处长妹妹？”我说：

“我猜呀，局长妹妹是个开放有个性的现代青年。二十五年前是什么年代？正是改革开放初期。她才不会管什么城里人乡下人，敢说话敢办事，肯于大手大脚花钱，是现代青年眼里最有魅力的人。要我看那杨柱一定是个大气又敢作敢为的人。也许，杨柱为了拉城建局工程处处长的关系，先从他妹妹入手。也许，他们是自个儿相识在城市的舞厅。你想想，那时刚刚时兴跳舞，他把性病传给乡下老婆，就应该是这个时期。他是在跟过几个女人之后才遇到工程处处长妹妹的，但不管怎样，两人确实好上了。通过妹妹和哥哥的关系，事儿也办了，钱也赚了，想甩手，自然你就甩不掉了。或许，尝到甜头，他从来就没想过甩手，就像姜立生。经历了一场战争，原来重要的东西不再重要了一样，沾上了金钱和权力，一个奢侈、尊贵的人生向他打开，原来不重要的东西变得越来越重要了。让一个见到光明的瞎子再回到黑暗，那是万万不能的。”张申说：“我想他肯定经历过挣扎。把老婆扔了倒不算什么，他想儿子，他要求把儿子接到城市，可是新妻坚决不接受乡下孩子进城。他痛苦万分时就想起了家乡出来的作家。”我说：“不，他肯定从来没跟新妻说过乡下儿子的事。他是个从底下往上爬的小人物，一开始他刻意赚钱，追求成功，脑瓜皮充血，还想不到孩子。是在小有成功，在城里站稳脚跟以后，才良心发现。可那时，他的儿子已经胡作非为，变成不可造就的废才了。痛苦，是这个时候才有的，想起作家，就是这个时候。”

那一天，在“天天渔港”，我和张申像牵了两根线头的织衣者，用对话兴致盎然地编织。在编织中，不管走到哪里，都能回过头来，回到杨柱想见作家这个主题上。事实证明，这是我们在等待中最关心的问题，如果他没有说谎，那么这意味着他确实被痛苦纠缠过，确实想过找人倾诉。他被痛苦纠缠过，他想找人倾诉，这对于我们，可太重要了！这至少可以证明，在一个女人因被抛弃而痛苦时，那个抛弃她的人过得并不开心！如果像昨天访到的姜立生那样，他因自责而丧失了对幸福生活的感受，那么我们可以看到，这世界至少还有些许的公平。

然而，任你多么有想象力、创造力，你都不能想象出、创造出这样的场景：杨柱十一点半到场，不是他一个人，而是五个人。他们一个个从门口走入，就像来赴一个欢快的酒宴，彼此是多年不见的老朋友。因为他们个儿顶个儿满脸喜悦，笑容可掬。杨柱一个个向我介绍，王荣达、李钢、吕永奇、刘小磊，他们都是翁古城人，都是在滨城干出些名堂的翁古城人，有干塑钢生意的，有干水产生意的，有做物业管理的，还有做汽车车体广告的。杨柱说，这些人都是他的铁哥们儿，他们在一起时经常议论起作家大姐，就把他们都找来了。

原本是一个人，却变成了五个人，结构发生变化，气场自然就发生变化。这个场，是我们常见的那种带有应酬色彩的彼此相识续接友情的场，更是那种一旦打开局面就热气腾腾无法收拾的场。因为我们都是翁古城人，翁古城人在翁古城之外的任何地方聚会，都能营造出一个亲切友好热气腾腾的氛围。这样一来，杨柱的过去和我们上午刚刚揭开一条缝隙的和杨柱有关的往事，一瞬间就被覆盖了、掩埋了。它们被一股热咕隆咚的气氛死死压在下边，再也看不见踪影了。这个杨柱，他实在是太狡猾了，既不得罪你，又不让你达到目的。

不让你达到目的，但一定要让你舒服。我是大姐，张申就变成了大姐夫，大姐和大姐夫一定要坐最重要的座位，一定要给大姐和大姐夫点最硬的菜。硬菜硬到哪儿？饭店能做到哪儿，咱就硬到哪儿！翡翠龙鲍，平贝鱼翅，活吃龙虾。一定要让大姐大姐夫喝最好的红酒，澳洲干红或者罗马尼亚干红。文化人讲究，一定来一壶好茶，一品龙井或者极品大红袍。姐夫不抽烟，但也要点上一支咱自带的

“南京”。他们争相忙着，看样子只要让他们花钱，狠狠花钱，他们就舒服了。可是我和张申一点儿都不舒服。我们不舒服，不光因为这么没有限度的奢侈浪费，我们不愿意眼看着我们的目的流失在杯盏之间。尤其，我们心里有一个临死前让爸爸给买一个豆浆机的可怜女人。

可是，我们已是被劫持的人质，只有坐以待毙。

烟点上，酒斟上，做塑钢生意的王荣达就带头歌颂杨柱，叫他杨柱大哥。他说：“大哥能把大姐大姐夫请来，太有能量了。大哥绝对是好人，既重哥们义气，又讲原则规矩。能把地铁工程揽到手，可不是一般的主，大姐姐夫你们不知道，竞争可是太激烈了。”

做水产生意的李钢这时赶紧接话：“大姐呀，杨大哥绝对够你写一笔的。咱翁古城人一向低调，不重视宣传，可咱杨大哥到了该宣传的时候了。市里明年想推他当省人大代表，你要能在报纸上宣传宣传，对咱翁古城是件好事儿，对咱哥们儿也是件好事儿，对大姐大姐夫也绝对不会是坏事儿。”

这时坐在张申旁边的杨柱有些坐不住，赶紧打岔：“别跟大姐说这些，咱翁古城人的品质就是只干不说。咱干好了，当不当人大代表，都无所谓。”

做物业管理的吕永奇又把岔话茬接回来：“可不是无所谓，一层世界一层天。咱翁古城人不能老是往后缩着，不能老玩倔脾气。这世道你得打知名度，你老倔脾气，不行！你得让大姐宣传宣传，大哥绝对值得作家大姐宣传。”

话到这里，刘小磊再说什么，我已经听不清了。我的脑袋突然涨大，右耳开始耳鸣——每当被嘈乱和复杂的信息包围，我的右耳就会产生跟脉搏跳动一个频率的耳鸣。

他们说得没错，翁古城人确实有地域性格，认死理、倔强、不出头儿。这话翻成另一种语言，就是讲原则、守本分、为人低调。或许他们长期低调，太压抑了，终于遇到一个能舞文弄墨的作家，扬扬声威的想法突然就来了。可是别忘了，我也是翁古城人，我也有我的原则，我也想守住我的本分。

在信息的重重包围中，我看到了这样一个现实，我们的目的被掩埋了，杨柱的目的浮现出来。他在瞬间组织了酒局，是想让我来写他，宣传他。也就是说，他说早就想见我，跟他甩了老婆孩子这档子事儿没有任何关系。就像他组织了一个酒局，跟我们的目的没有任何关系一样。他是老早就想找我当他的枪手，今天，我们终于自投罗网。

只要看到利益，就可以忘掉一切，只要看到机会，就可以不顾一切，这实在让我震惊。这充分证明，他扔了老婆孩子毫不奇怪。他的价值观就是猎取，继续猎取，这可一点儿都不像翁古城人。

看到了杨柱的目的，我有些反胃。我不是不理解在商场上拼杀的人，他们想成功，必须身手敏捷，他们想做好做大，必须抓住一切机会。做好做大，不一定就是利欲熏心。上天赋予一些人使命感，这些人不得不为自己的使命做出选择。可杨柱不同，就在刚才，在他的办公室，他否定自己是杨柱，也没有前妻，他至少得为他的否定做出解释……

我闭紧了自己的嘴巴，绝不再说一句话。我不吱声，张申就只有冲上去。男人就是男人，一旦端起酒杯就热情高涨。他其实不是个喜欢酒局的人，但见到老乡，心里又装着目的，还是不一样。他开车，只能以茶代酒，可在热烈气氛烘托下，也跟着呼呼号号，一杯一杯逼杨柱干。杨柱大概以为张申的态度代表了我的态度，同意写他，真就一杯一杯往嗓眼儿里灌。几轮酒下去，他就现了原形，不但儒雅不在了，清爽也不在了，下颏的胡须上淌着红酒，乌黑的头发乱了纹路，并一遍遍重复说："他们都是我的铁哥们儿，我叫他们躺着他们不敢坐着，你信不信姐夫？"张申说："信，我绝对信。"他说："你猜为什么？我大舅哥在早在城建局工程处，他们在滨城发家，都靠我这层关系，我这人，绝对讲哥们儿义气。"

我眯缝着眼睛，把杨柱在目光中推远，想象他二十几年前是个什么样子。可是想不出来，因为眼前的形象太抢眼了。喝了酒愈发红起来的脸膛像抹了鸡血，从厚嘴唇里吐出来的热气像揭开了蒸笼。最关键的一点，他每喝一口酒，都叫我一声大姐，厚眼皮裹着的眼仁火苗似的一蹿一蹿，仿佛不让我就范绝不罢休。

那一天，在那样一种目的明确的喧闹中，我知道我们的目的肯定完蛋了。因此我始终打不起精神，中间不断上厕所，在厕所里一待就是三五分钟，希望通过我的离席使饭局早早结束。然而他们喝高了，对我的去留毫不在意。偶尔想起来，把我揪到座位上，坐一会儿，他们又忘了，只是一味地进攻张申。能看出来，他们确实很压抑，王荣达一遍遍说："姐夫你不知道，没有杨大哥，就咱翁古城人这倔德行，根本干不起来。咱不会打溜须，人家送礼送钻石，一个不丁点的小盒，咱送土特产，一送一大堆，把人家门口都堵满了。后来咱知道送小东西好，咱们改了，可是怎么样？人家又喜欢土特产，而人家送的土特产，是精装的，每条鱼都洗好了切好了。咱们永远跟不上趟，还死倔！要是没有杨大哥给咱们蹚路，咱真就不行。"刘小磊说："姐夫你们干电视的，别人都高看你，别人给你送礼。做生意没人高看你，到哪儿你都是孙子，咱翁古城人哪受得了这个？！进城第三年，我坚决不想干了，想回去，是大哥把我留住了，没有大哥，咱真就没有这一天……"

诉说压抑，不过是为了抬举杨柱，可正是这些话，使杨柱有些伤感。忘了是第四次还是第五次上厕所回来，杨柱搂住张申脖子，哈着嘴里的酒气说:“姐夫啊,你以为我容易吗,我把老婆孩子扔了容易吗?不容易!都说无毒不丈夫,可是你毒毒看,看你好受不好受?”

我目不转睛地看着杨柱,一种说不出的喜悦袭上心来,原来我们还有转机,原来我们的转机隐藏在他们为某种目的不断呼号下肚的酒精里。可以说,对酒我从无好感。可那一瞬,我对酒充满了感激之情。它实在太奇妙了,能拨开重重喧嚣,能冲毁层层防线,把一个人最心底的秘密揭示出来。

“姐夫啊,不是所有人都能像我杨柱这么毒,你信不信?!为了前途,为了这些小哥们儿,我杨柱可以付出一切。你信不信?!”

张申说:“信,我当然信,一看你就是有男人气量的人。”

“等找机会,让姐夫,还有大姐,上我家、小磊家看看,上我们这几个小哥们儿家看看。”见我终于坐下来专心看着他,他把目光转向了我,“看看我们的家,那是宫殿。我杨柱做梦都想不到自己会有那么好的家,我做到了,我快刀斩乱麻做到了!你想好,就必须一刀切断,那是必须的。”

“你是跟老婆离婚的吗?”我佯装忘了早上的接触,顺他的话往上爬。

这时坐我身边的刘小磊说:“大姐,没有,乡下老婆根本不能同意,她……”

话刚说到一半,杨柱就接上说:“她要是坚决不同意,我和他小嫂子就得完蛋。我和他小嫂子完蛋了,不光是我,这些小哥们儿就一块儿完蛋了。你问问小磊,他生意亏损想回去,我没让回去那会儿,我正想跟他小嫂子分手。可他小嫂子那时已经怀孕五个月,要是提出分手,我的生意完蛋了,小磊刚谈好的生意也完蛋了。一狠心,去他妈的,快刀斩乱麻算了,反正我和乡下老婆也没感情。”

为朋友利益放弃自己的利益,这说法我信,翁古城人认死理讲情义。可是一个人在为自己终身大事做选择前，会考虑到别人的生意，却打死我都不会相信。

“赖不着别人，你天生就是个冷血动物。”我故意刺激他说。

杨柱伸出空酒杯，冲刘小磊要酒，满上后，一口喝下去。之后站起来，来到我面前，吐着酒气说：“大姐，我确实冷血，我说过，无毒不丈夫。我毒，荣达、李钢他们都做不到，可要说不想儿子，那是假的，胡扯！他小嫂子是给我生了两个儿子，可起初那些年，乡下儿子那张脸天天晃在眼前，一看到儿子的脸，就犯心绞疼，一疼，就好多天打不起精神。怎么办？有一年我回去一趟，想把儿子领出来，可他妈坚决不让领。他妈死倔，没办法，我就只有叫自个儿忙起来。你要问我事业怎么做这么大，固定资产几个亿，就是我白天晚上琢磨事儿，跑事儿，忙事儿。想叫自个儿不想儿子，就得叫自个儿忙起来，一忙起来，就什么都忘了。”

看来他确实经历过挣扎，可是把狠毒当成优点说，我还是第一次听到。

见我无法再问出话来，他又把脸转向张申，喷着热咕隆咚的酒气说：“姐夫啊，你和大姐自由恋爱的吗？我和他小嫂子可是自由恋爱，那个滋味呀，恨不能把天上的星星摘给她。你要不自由恋爱，就白活了一回，到现在我还爱她爱得生疼。”

“你爱她还不是因为她有一个对你有用的哥哥！”被他刺激，我终于又有了话。

谁知听我这么说，他噌一声站起来，指着王荣达道：“叫他说说，我是不是图她哥有本事？！我们俩在电车上认识的，我踩了她脚指头。那时我还是个给人掏下水道的小工，浑身烂臭。可是你猜怎么样？她一直跟到我干活的工地，非说我把她魂勾走了。”

王荣达立即跟上：“可不是么？那会儿小嫂子和大哥都疯了，到处钻树林子，不几天就弄出孩子，要不是人家哥哥疼妹子，也不能让小嫂子跟大哥。”

“要不是我和她就是有感情，也当不了毒丈夫。我要是没经历过，也不知道那是什么滋味。没办法，你就觉得只要是对她好，什么事你都想干。没办法。”

“你对农村老婆没感情，为什么还回家找她，说要带她走？得了性病，不带了，你为什么还要打她？”

“大姐，”杨柱似乎比刚才清醒了些，皱了下眉头，“到现在，我最后悔的事就是那一回。我回去一趟，是想给她点钱，可她说她不要钱，只要人。就说咱翁古城人倔性、固执，她是倔到头儿啦！她只要人，坚决不要钱，把我给她的钱全扔到院子里……她只要人，就提出非分要求。起初那些年回去，每回她都说不要钱只要人，都提出过非分要求，我觉得她可怜，也都随了她。可这一回，她得了性病！她都得了性病还向我提出要求，不是想祸祸我吗？我是一气之下把她推倒在门槛上的。你在外面都有了男人，为什么还要缠缠我？大姐，我守天说话，我这辈子除老婆之外，是沾过几个女人，男人嘛，谁也免不了。可我确实从来没得过性病，我对天起誓。”

杨柱敞开了内心，展露了秘密，我们的目的达到了。可是当他说到这里，我宁愿我什么都没听见。我甚至痛恨自己为什么要来找他，为什么一找就找到了他。我们找到他，他不承认自己是杨柱也就算了，为什么听说我是作家，又萌生了让我宣传他的念头？可以肯定地说，如果不是这个念头作祟，他绝不可能要求再见一面，要不是我们又见了一面，他那些哥们儿喽啰大肆吹捧他歌颂他，他也绝不能喝多喝醉，绝不可能说出他最心底的秘密。他和城里女人一见钟情，这我相信。一开始，他还有良知，是为他的哥们儿才下了狠心，当然也因为他了解他老婆的倔强固执，只要人不要钱。他是怕离不了婚，才狠心甩了她，这我也能接受。我唯一不能接受的是，他向我证明了他乡下女人得了性病，确实不是和他，而是和别的男人。我不能接受这样的结果，并不是说这意味着女人的自杀，是咎由自取，而是说，杨柱让我看到，一个留在乡村的孤独女子，在远离丈夫，一个人孤苦打发日子的时光里，身体承受了怎样的痛苦和磨难。她不甘心痛苦，向自己的道德发起了挑战，最后，却被自己的不道德深深伤害。

一个女人十几年二十几年看不见男人，难道就不可以有一次越轨、一次背叛？如果真有老天，它为什么不能宽恕她、原谅她，给她一个清白的、完好无损的身体？

就像一个赶路的人走到一片荒野，就像一个找水的人走到一片沙漠，我对眼前的结果瞠目结舌。然而，酒局在进行，酒话在继续，这并不是结果。最后的结果，发生在我主动要求解散之后，我说："谢谢杨总，我们还有事，今天就这样吧。"

杨柱一听就急了，站起来，再次走到我的身边，拽住我的手说："大姐，今儿个我看明白了，你根本就没瞧起老弟，你没瞧起我杨柱。你可以不写我，咱翁古城人，不是头削尖往上钻那种人，要是想钻，别说省人大代表，全国人大代表我也当上了。我舅哥是谁？可我从不为这样的事儿来求他。你可以不写我好，但你绝不能写我坏，我不坏。孔淑梅自杀和我没有关系，要是和我有关系，她早自杀了，也不能等到去年。她沾了男人，得了性病，和我没有关系。"

我甩开他的手，直直地看着他，一字一顿地说："杨总，我不写你，不是我不想写，是你不配。就算你说的都是真的，那么没有你的抛弃，她也得不了性病。还号称翁古城人，翁古城人该有翁古城人的老实本分，你既不老实，又不本分。我们就到此为止吧。"说罢，我一扭头就钻出屋子，任王荣达他们在后边怎么喊，也绝不回头。

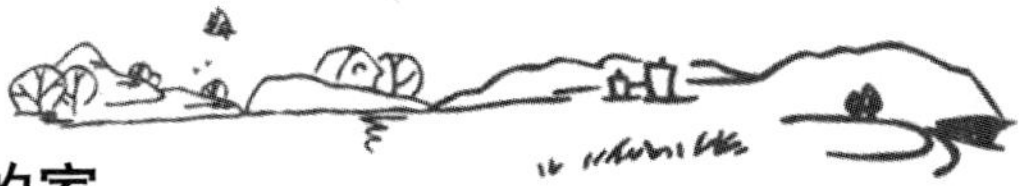

美丽的草原我的家

为了不至于再见到他们，我没有在楼下等车，而是来到车来人往的马路上给张申打电话。十几分钟后，张申在五四路车站接到我，对我大不满意，认为我不该那么任性，不该说伤和气的话，都是家乡人，犯不上。他说这些，我没反驳。也许我真的大可不必那么动气，毕竟我们初次见面，他们又对作家大姐充满敬意。可是张申后边的话，却让我大大恼火。他居然说杨柱这个人挺好的，很真诚，敢说实话。我受伤正因为他说了实话，是他的实话伤害了我。“你们男人自己沾过几个女人都算正常，女人沾过男人就大逆不道，这是什么逻辑？我看你们都一路货色！”

其实，我这么说，并不是不了解男人的逻辑，只是想发发火出出气而已。我出气，不仅仅是为那个躺在九泉之下的不幸女人，而是为天下所有女人。其实，张申对杨柱的评价并不为过，只是他不是女人，没有女人的敏感。见我真的生气，张申一路默默地开车，没再说什么。

实际上，那个秋天之后的冬天，我和杨柱已经成为朋友。他通过张申单位新闻部主任姜龙要到张申电话，晚上九点多把电话打过来，和我谈了很久。他说那天过后，内心很不平静。他多年来一直逃避儿子、逃避乡下的事，觉得那些事已经不存在了，是我捅了他的马蜂窝，让他不管多么忙，心里都在闹腾，几天来工作老出事儿。他说他准备入冬地铁隧道第一期完工之后，到乡下去找儿子。他要把他接到城里，给他安排工作，只是不知道如果儿子不接受他，他该怎么办。被他感动，我向他推荐了树华，让他咨询专家该如何向儿子伸出双手。2012年春节前夕，他把我和树华约到一起，高兴地告诉我们，按树华的指点，他以一个陌生人身份，已经把二十五岁儿子安排到刘小磊的公司。什么时候父子相认，要等儿子适应了城市，扎下了脚跟，拥有了安稳的生活之后。树华的解释是：让一个人释放爱，得先让他感受到爱。

这是一次意外的收获，如果不是我跟杨柱动气，就不可能有这个结局。

实际上，在采访杨柱这一天，我心情一直不好。先是生杨柱气，后又生张申气，再后来，还生了一段找不到实际对象的气。所谓找不到实际对象，是说张申在五四路车站接上我，并没马上回翁古城，而是拉我去了一趟高新园区，去找那个曾写过“回乡A计划”的云南大学毕业生耿小云的工作单位。张申这么做，绝非有意哄我。我因采访不愉快，他不想再惹麻烦，是他开车拐错了弯，走错了路。他拐到星海广场，看到前方路牌上“高新园区”四个字，猛然想起了耿小云。他想起耿小云，也并没告诉我。一路往西开去时，我还以为是想走滨城到翁古城新修的东联路，车都到高新园区门口了，他才问我：“你能记住云南大学生耿小云的单位叫什么吗？”

我愣怔一下，才明白了他的想法。明白了他的想法，才知道一段时间来的乡村采访对我们的影响有多大，我们已经难以放下这些死去的生命。

我打开背在包里的笔记本，一页页翻开，终于查到“桑洛克”三个字。可是我们在园区四通八达的道路上转了半天，也没有看到桑洛克公司这样的牌匾，最后不得不来到高新园区管委会。在管委会企管办，我们撞到了一个穿超短皮裙的年轻女孩，她用一口山东腔告诉我们，这家公司只有二十来个人，在芝麻街公寓A座十七层。

“只有二十来人，看来耿小云当年的工作舞台并不是很大。她的总经理助理，也并不是一个多么耀眼的头衔。”从管委会旋转门出来，我跟张申说。

可张申不这么认为，他说：“一个大学生，能在三年时间混上这样一个头衔已经不错了。”

芝麻街公寓A座，在管委会后身西北部，大约半公里的距离。它是一座三十几层高的写字楼，跟B座的商品房连在一起。2009年商品房竣工，商家宣传将来地铁修过来，交通如何方便，我们还动过到这里买房出租的念头，过来看过好多回了。然而两年不见，这里已经高楼林立，它原来前后左右开阔的空地上，到处都是脚手架、大吊车，已经是一个繁忙的工地了。高新园区号称要打造拥有八十到一百万人的高新科技城，工地繁忙可以想见。仅是绕过它们找到芝麻街A座，我们用了半个多小时。来到十七层，转一个拐角，就看到“桑洛克”三个字，虽然楼道里很暗，但走近看，它的全名还是能够看清：滨城国际桑洛克医疗器械经销公司。站在一个敞着屋门的包厢外面——我一向把这样鸟笼一样的方格子办公室叫作包厢，敲了两下，没有请进的邀请，再敲两下，一个穿着白大褂的年轻男子走过来问：“你们找哪位？”

“我、我们，”我差点说出我找耿小云，停顿了一下，才缓过神来说，“我们是医科大学心理学系搞自杀调查的，”这么说，又觉得有冒充之嫌，马上改口，“我们是跟随他们调查的记者，你们的员工耿小云两年前自杀，想来了解一下情况。”

不知是发现我们身份可疑，还是不愿意透露有关耿小云的消息，年轻男子立即摇头:“对不起，我们业务很忙，没有时间接待。”说完，就顺手把敞开的门关上了。

我和张申被关在门外，公寓楼楼道里惯有的暗淡光影静静地打在我俩脸上，像是嘲讽。但我们并不死心，往前走两步，又去敲隔壁房间的门。这回很好,里边发出清脆的邀请。我们小心翼翼推开门，只见一个三十岁左右的长发女子在灯光下迎过来。这一回，总结刚才经验，不再啰嗦，我开门见山：““两年前你们公司有一个叫耿小云的女孩自杀，能跟我们说说她的情况吗？”

长发女子想了想，坚定地摇摇头：“对不起，我们这里没有叫耿小云的女孩，你们可能找错了。”

“没有啊，就是桑洛克，高新园区的桑洛克。绝对没错，你们的办公室主任在吗？”我想起慕红说耿小云曾跟她的办公室主任谈过恋爱。

长发女子咧了咧嘴角，闪出一缕带有讥讽的眼神打量着我，说：“真有意思，我是这个公司老员工，我能不知道吗？根本就没有耿小云这个女孩。”

无奈地从第二个屋子出来，想再去敲第三个屋门。可抬头一看，门牌上写着“远洋地产财务处”，不得不赶紧调头。

从芝麻街大楼出来，我和张申都很沮丧。张申沮丧，是觉得动了来采访的念头很愚蠢，是自取其辱。我们没有正当身份，又没有朋友介绍，人家怎么可能接待你？我沮丧，和念头无关。我不觉得这念头有什么不好，它至少让我看到这样的现实：一个大学生不明真相消失了，单位的人却不肯承认她曾经的存在。我沮丧，是在那写字楼里，我窥到了一样东西。它隐藏在大楼过道里、办公区域的包厢里，它看上去是开放，却是无处不在的封闭，它看上去明亮无比，实际上却暗淡阴冷。它不是别的，就是拥挤在一起却要背靠背的椅子，就是大白天却不得不打开的灯光。在这样窗口很小空间狭窄的写字楼里工作，耿小云能适应吗？她是一个从野地里长出来的孩子，又在云南那样的高原地带读书，她接受过明晃晃大太阳的照耀！她和她的恋人共同制订了“回乡A计划”，是不是共同感受了环境的压抑，一点点长出了飞出去的翅膀呢？

多年来我一直不接受城市，不接受暗淡的光线。高楼里鸟笼一样的拥挤，心就像连阴雨天霉烂的土豆，疯长出过一排排黑灰色的毛。

坐到车上，我已疲倦不堪，相信张申也一样。沮丧对人是有消耗的，就像痛苦不快对人的消耗。为了打起精神，离开高新园区，张申把车里音乐放到很大音量。这一次唱歌的不是王菲，而是降央卓玛。那是我最喜欢听的旋律，在对故乡的怀念中，它散发着遥远的忧伤、近在眼前的疼痛：

美丽的草原我的家，
风吹绿草遍地花，
彩蝶纷飞百鸟儿唱，
一弯碧水映晚霞。
……

第捌日

8

天就在头上

以马内利

天就在头上

和第一天一样，我和张申一早五点就从家里出发。只是这一次，不是相约在张炉，而是在石岭。我们也没有准时到达，而是晚了半小时。石岭比张炉远，张申忘了把时间让出来。慕红他们没有在石岭招待所等我们，今天是在石岭的最后一天，他们着急把两个村子访完，一早就下到村子里了。

面包车回头来接我们，已经是九点多钟，一程劈开乡道向野地里的村庄走去，我有一种奇特的感觉，就像一个走丢的孩子又回到家乡。眼前的一切太亲切了太温馨了，割得光光净净、已经裸露了土黄色田埂的大田，在深秋的风中叶子萧萧飘落、已经透出光秃秃树枝的山林，还有一个个蜷伏在山林间分散又聚集的人家。我的小家在滨城，我在滨城已经住了近二十年，可那里从未让我有亲切温馨的感觉。当然我知道，有这种感觉，是我的心走野了，几天来在空旷辽阔的田野里走，就像一只放飞的鸟。这只鸟只要还在田间、沟谷，这只鸟只要不飞进灾难的家庭，不聆听痛苦的声音，它就满心欢喜。

遗憾的是，我这只鸟不是一只无忧无虑的鸟。我是一个靠写字为生的作家，我穿山过野，一路下乡而来，是要采集痛苦，是要在灾难的枝头摘取沉重的果实。车在一个杨树林围就的人家门口停下来，灾难的枝头，已经有肥硕的蚊蝇在向我们发出召唤。

实际上，最先招呼我们的是钱薇。慕红向沟里的人家去了，她让我们今天跟随钱薇。在一个院墙外的草堆边，钱薇正在访谈一个五十多岁的男人。他脸色铁青，骨瘦如柴，身材佝偻，所剩不多的头发，像缺水的韭菜似的贴在头皮上。他人看上去很虚弱，说话声调却又粗又高，像是在和钱薇吵架：“你说你好这么干吗？俺就是造了什么孽你也不能这么和俺过不去呀！”

细心听才听出来，他确实在吵架。可他吵架的对象不是钱薇，不是哪个人，而是老天！他认为老天太欺负人啦，太拿他刘国胜不当人啦。“好心帮人家干活，帮人拆房子，可房梁掉下来能把脊梁骨砸断了，你说好人哪有好报?！老天这不是专门欺负老实人吗?！老天这么干，也太不讲究啦！”

说吵架不是冲哪个人，实际上他还是把老天当成了人。因为他一边吵，一边用手指指着头上的天空，好像老天就在他眼前，正眼睁睁地看着他。

见我们走到跟前，钱薇插空儿向他介绍，说我们是滨城电视台记者，录像只做资料，不播出，不要在意。他铁青的脸向上一扬，吵吵道：“录就录，播俺也不怕，就让大伙看看他老天多不长眼。他把俺这么一个老实人弄成这熊样儿，还有什么不可以说的?！”

为了让我们了解更多的情况，钱薇补充道：“大叔女儿去年自杀了，才十五岁。”

痛苦的蚊蝇开始向我们抖动翅膀，一股从半空刮起的风扑面而来。跟着这股风，我温情的目光飘落在刘国胜的眼睛里，希望以此表示慰问，张申也打开了摄像机，希望捕捉到这股风的风眼。这时，男人把目光从我的眼中移出去，对准张申镜头，大声说：“孩子为什么自杀？还不是没有妈妈！她妈为什么老早就走了？还不是俺帮人家干活砸伤脊椎骨，她上了火吗……”

“你是怎么砸伤的？”张申问。

“俺是个闲不住的人，叫俺累俺不怕，就怕闲着。腊月在大东港打工回来，不愿在家闲着，就去帮西屯老宋家拆房子。他那是老房子，房梁是石条，不怎么那石条就掉下来，一下就把俺砸倒了，脊椎骨砸断了。你说你是帮人家的，还能叫人家包医药费吗？咱能做那种不是人的事儿吗?！住了二十天院，把家里攒的八千块钱花个精光，兄弟借的两万也花光了。抬回家慢慢养着，一个月零两天，老婆就得了脑溢血。”

灾难真就是一群蚊蝇，总是在气息不畅的地方聚堆。我低下头，去踢脚下的一块泥土。

“老婆眼看就要不行了，俺从炕上爬起来，雇个马车上乡上跑贷款，把家里的三间房子押上。俺晌午去，傍黑才把五千块钱贷款跑回来。可等俺进院，老婆咽气一个多钟头了，浑身都凉透了。”说到这，男人顿了一下，咽了下口水，之后又把手抬起来，指着他头上的天空，大声吵吵道，“你说老天你、你这是干什么？你怎么就不能让俺老婆等等俺，叫俺跟她说句话呀！”

说到这里，刘国胜仰脖望向天空，半天说不出话来。喉结在脖子上一动一动，是在吞咽泪水。

“妈妈突然去世，女儿打击一定非常大，她太想妈妈了。她喝药，不一定都是冲奶奶那二十块钱。”钱薇在复述她已经知道的情节。

刘国胜慢慢收回仰起的头，看着远处，铁青的脸在日光下，泛着刀片一样锐利的光。“闺女可不打击大？能不大吗？长这么大没离开过妈，日子再苦再穷，她是和妈在一块儿，有妈才有家。俺上外面打工，有她妈俺就放心。哐嚓一声妈没了，俺又不能干活，你说孩子能好受吗？倒是把她奶奶从翁古城找回来了，可奶奶是奶奶，妈是妈，不一样。”

说到这里，刘国胜声音突然压低了，并且回头朝院子里看了看，跟着他的目光，我也朝院子里看了看。这时，我发现一个老人的脸在堂屋晃动，隔着距离看，就像一片抖在半空的瓜叶。

“她奶奶一直跟老三过，老三家在翁古城。要不是因为俺，她奶奶是掉到福坑里的老太太，从福坑挪到穷窝，都是为了俺。她三个儿子，就俺生了一个闺女，奶奶亲孙女也惯孙女，不就是她太惯她，老给她钱，她才使性子嘛。那天俺没在家，俺脊椎骨不行，不能干重活，朋友帮俺在金州找了个打更的活儿。她奶奶说那天早上，她跟奶奶要二十块钱，上学没有车费，她学校搬到长岭乡了，山道骑不了自行车，来回都得坐车。奶奶头天给过她钱，就说没有钱，结果她一赌气，就喝了百草枯，喝完就后悔了，到处找阿托品吃。百草枯多厉害呀，俺在金州接到电话，腿都软了……你说老天，你这是为什么，为什么连一个闺女都不给俺留，为什么呀？”

要不是刘国胜被石条砸伤，老婆就不会得脑溢血突然去世；要不是没有妈妈，奶奶就不会一味宠惯孩子，孩子也不会跟奶奶致气，这个完整的家庭结构就不会坍塌。这个逻辑链条，刘国胜清清楚楚，他只是不清楚，老天为什么要这么做。那个致命的石条，为什么要砸到他的脊柱上？他是去帮人干活的。如果真有老天，它为什么要这么安排？它如果就是挡不过那致命的石条，那么它至少也得挡挡后来发生的一切。

被灾难的蚊蝇包围，我也和刘国胜一样，向老天发出追问：“为什么？！”我追问，是我看过一则有关上帝的故事。说一个人走在大街上，突然被一块从头上掉下来的石头打中，他信上帝，在心里不断地追问上帝，你为什么要对我这么不公，在大街上也能遇到石头？上帝没吱声，可当他爬起来，回过头，他看到了这样一幕：上帝正用巨大的身躯挡住他身后更多更大的石头。刘国胜深信老天，老天为什么不为他挡住后边的石头呢？

谁知，把我带进追问的漩涡，刘国胜却一甩手从中脱身。他扑哧一声坐到草堆上，手捋着贴在头皮上的几根头发，泄气地说："叫老天看着办吧，看它还想怎么折腾。俺也想开了，不指望老天了，指望它还不如吹吹笛子。俺现在天天闲下来就吹笛子，也吹不成个调调。可俺天天对着天吹，俺想让它听听，你折腾俺，俺还真就不服。俺现在拿国家低保，心里还真就不服，俺这么个最不怕干活出力的人拿国家低保，丢人！俺吹笛子就是想告诉老天，有一天，俺肯定还能干活，肯定能摘掉低保户的帽子，你信不信？"

虽然他的变化让我感到有些突兀，可我的眼前顿时豁亮一片。几天的采访，我还是第一次遇到这样的人，在与上天的较劲中，生出一种固执、执着的生活信念，生出一种顽强活下去的力量，就像我们爬山时常能见到的从石板缝隙里钻出来的松树。然而，我、钱薇、张申，我们静静地站在那儿，茫然地对着远处的天空。突然的一声号哭，就像点燃的炮仗一样爆炸开来："闺女呀，爸太想你了呀，你托梦让爸爸看看你行吗？爸爸去给你烧过纸，送过钱，你告诉爸爸，你收到了吗？你有钱坐车了吗？你在那里还念书吗？你见没见到妈妈呀？你妈妈花钱仔细，可不能和她使性子呀，你妈妈苦命，你可千万别惹妈妈生气啊……"

因为猝不及防，我们全都蒙了，钱薇赶紧蹲下去抚他的后背。可是刚抚两下，他就又站起来，向杨树后边的墙根扑去，趴在墙上呜呜地哭了起来。

我不知道那一天，刘国胜不哭，钱薇不哭，一直坐在堂屋灶炕的老太太会不会走出来。在我蹲下来去抚刘国胜后背时，只听后边有凄切的声音在说："儿子你别哭哇，妈知道你不好受，妈也不好受。

可来了客，咱不能叫来客跟咱不好受，咱得叫人来家里坐坐，咱不哭行吗，儿子？”

转身站起，就见一个满头白发的老太太站在身后。她劝儿子不哭，自己却有两汪混浊的老泪涌出眼眶。

这是一个眉眼和善、皮肤白净的老人。如果不是她叫刘国胜儿子，你不会相信她是刘国胜的母亲。她宽脸宽额头，虽然脸皮很干，人很瘦，可她身架大，和刘国胜很不一样。在我上前握她手时，滚动在地面上的哭声弱了下去，看来她的话真起了作用。老人握住我的手，使劲觑着眼睛看我。看够了，又拽着我的手，趺趺撞撞往钱薇方向走，边走边说：“闺女咱不哭，咱到家里坐坐，来这么长时间，还没喝口水。”

钱薇揉了揉红肿的眼睛，不好意思地苦笑了一下，冲走过来的老人说：“没事儿大奶，我十一岁没有妈妈，今天有点想妈妈。”

老人好像并没听清钱薇说什么，只一味说：“家去坐坐，家去喝点水。”

我听清了，心里一酸，伸手摸了摸钱薇那张已经晒得黑不溜秋的脸。

其实，即使老人不出来，钱薇也要进到屋里访她。她是目标人刘小乐的直系亲属，又亲历了孙女的死亡。在往院子里走的时候，老人自言自语似的说：“嗨，都是俺不好，俺要是给她二十块钱，哪能有这一天？儿动不动就哭一场，俺这心呐……”

儿子疼的是闺女，母亲疼的是儿子，不连着骨头，不通着血管，谁都不疼。我们穿过堂屋，坐到东屋炕沿上，听老人娓娓道来，才知道她疼的，绝不仅是儿子，也绝不仅是孙女，还有一次又一次漫长无边的良心谴责。“儿子从来没埋怨过俺，可俺知道他有话说不出，要是俺那天早上把二十块钱给她，哪至于……俺是跳到黄河也洗不清啊！”

洗不清，确实难以洗清。老人说，媳妇走后，她都不知道该怎么对孙女好了，一个十五岁的孩子突然没了妈妈，怎么说都太惨了。她自己三十岁那年妈妈得痨病走了，领孩子上妈妈坟地哭过十多年，直到三个儿子长大结婚，才一点点放下。为了叫孙女不想妈，她豁出了老命，只要孩子放学回来，早早就把饭做好；只要孙女要钱，说什么也要给。她在翁古城三儿子家住楼，已经好多年不烧大锅做饭了。她的另两个儿子都是考大学走的，一个分在翁古城地区医院，一个分在翁古城林业局，月月给她钱。她把两个儿子给的钱贴到大儿子家里，剩下的都给了孙女。孙女念初中，学杂费和车费总有一些花销。可后来她发现，孙女经常买一些不该买的东西，什么眉笔口红，香水儿花露水儿。妈妈死那年秋天，光运动鞋就买了两双，喝药头一天，已经跟奶奶要了二十块钱了，没说干什么，奶奶也没问。第二天早上又要，说买车票没有钱，奶奶想，头天都给你了，怎么还要？就说不能给。谁知从来不会骂人的孙女居然骂奶奶，骂她老不死。她一气之下拿起电话，说你要再骂，就给你爸爸打电话。结果，孙女害怕了，跑到西屋摸到一瓶百草枯喝了一小口，喝完就后悔，过来找奶奶要阿托品，说她喝了药。奶奶当时就给孙女跪下了，说小祖宗奶奶求求你，你可千万别有个三长两短啊。结果，半小时不到，就闭上了眼。后来乡医院来了大夫，说她喝那么少的药还死得这么快，就因为她吃阿托品时喝了水，水加快了毒药的溶解。

“俺想想就过不来，你说多少钱都给了，怎么就不能再给二十块？她骂俺老不死，骂就骂呗，俺给她爸打电话干什么呢？孩子寻思自个儿妈那么年轻都死了，这个奶奶七十多了还不死，骂老不死，不是想妈嘛，你说俺怎么就……”

老人一边说着，一边抹着眼泪，深井一样的眼眶仿佛藏了一个泪泉，哗哗地不断流涌。“俺孙女死前握着俺的手说，奶奶俺错了，俺不该骂你。俺要钱，就是想攒着买一个手机，同学都有手机。你说闺女啊，俺当奶奶这个心……”

钱薇忍不住，扑到老人怀里抱住她，再一次恸哭起来。边哭边说：“奶奶啊，你是天下最好的奶奶了，可不能想不开。我母亲去世，我奶奶只在我们家待了三天就去镇上大姑家住了，从未给过我一分钱，也没给我做过一顿饭。”

“不是啊闺女，俺不是没有钱。俺有个存折，那上边有五千多块钱，是俺攒了十几年的压腰钱，都是城里两个儿子给的，俺寻思等孙女考上大学再给她。她没有妈，爸又有病，俺就这么一个心思，你说俺怎么就想不到给孙女买个手机呢？你说妈妈要是活着，爸爸要是没有病还能出去干活，孩子犯得上向奶奶要钱嘛！孙女死了，俺留钱还有什么用啊……”

像有一根针从心窝里刺出，疼痛已经在最深处泛起。我疼得深，是感到眼前的老人痛得深。从她的讲述中，可以看到她是一个善良厚道，有着丰富内心世界的老人。一个人，你有多丰富的内心世界，你对痛苦的体会就有多深。

“不哇，奶奶，你不能这么想，你是世界上最好的奶奶。你不能责怪自己呀！”钱薇依然重复着刚才的话。

见钱薇哭得越来越厉害，老人努力控制住自己，从晾衣竿上扯下一条毛巾塞到钱薇怀里，抽泣着说：“看看俺，叫你们上屋里喝口水，这水也没倒，就讲起难心的事儿。”

说着，就往炕沿边委，被我截住。“不，不用，我们不渴，我们进来，就是想听你说说难心事儿，我们想听。”

老人看看泪流满面的我，看看抖着肩膀的钱薇，眼眶里的泪再一次淌出来。“存折上的钱，俺从来没告诉她爸，孙女临死前说的那个话，俺也从来没告诉她爸。俺不是怕他埋怨俺，是怕他心疼难过。他要强，要不是有病，哪至于叫孩子跟奶奶要钱……可那话憋在俺心里，就是钻到苞米棒里的虫子，没有一天不咬俺。俺这心，哪有一天不疼啊……”

我抚着老人后背，在心里说：我知道，你疼，我知道。

“他从没埋怨过俺，想闺女实在抗不住了，就号号嚎嚎哭一场。听他哭，比听他埋怨还难受。他哭，俺也哭。他哭，在明面；俺哭，在背面。俺从来不让他看到俺哭，多大的孩子都是孩子，多大的孩子都得有妈，有妈才有家。俺是他妈，俺得撑起这个家呀！俺把眼睛哭坏了，做饭干活不得劲，不是打盘子就是打碗，这倒也好，顿顿吃饭，俺看不清儿子那张难看的脸啦。可闺女呀，俺眼睛看不清，耳朵能听清啊。俺这老不死的耳朵一点都不聋，他半夜腰疼叫唤，他在大街上吹笛子，俺都能听见。女愁哭男愁唱，他一愁了就在大街上吹，吹得俺这个心呀……

“恁不知道，俺儿那个病，他兄弟领他上大城市看了，叫什么脊髓炎，根本治不好，只能一天天加重。他半夜疼得嗷嗷叫，叫得俺宿宿睡不着，疼得俺呀，不是人受的滋味。要是老天想折腾俺，为什么不叫俺得病，叫俺疼呢？人世间最苦的事是白发人送黑发人，可睡不着觉时俺想，要是俺走在他前边，谁给他做饭端水呀……”

听到这里，我再也不忍心听下去了。一个老人终日听儿子痛苦的叫声，太悲惨太揪心了。关键在于，她承受得太多了，她在一天天老去，却还要支撑一个家。她养育了三个儿子，有两个儿子从穷山沟里考上大学，她本该有个幸福的晚年，却在晚年里，遭遇如此的噩运。儿女是从母亲身上掉下来的肉，有一个过不好，母亲就过不好。她过不好晚年，本已经相当倒霉了，却还要承受悔恨的折磨……她原本没有一点错，老天硬是把一个错死死摁到她身上，让她怎么都无法逃脱……

老天，你这是为了什么，你为什么要这么干?!

又回到最初的问题上，我本能地从炕沿边挪开，企图离老人远一点。仿佛离她远了，也就离老人的噩运远了，离老人噩运远了，老人的噩运也就不存在了。可我自欺欺人地转过身，跨过堂屋和里屋中间的门槛，一个声音突然灌进耳朵。它不是来自屋里，而是来自屋外，它不是说话声，却比说话声震撼人心。那不是别的，是笛声！它断断续续，不成曲调，却有着独特的旋律;它忽高忽低，高时，像人在号叫，低时，像风在哭泣；它掠过院落，匍匐在院墙上、猪圈边，你却觉得它在向着苍天，是在向苍天呐喊，问老天你为什么这么无情；它抑扬顿挫，自成节拍，像是呐喊。可当你循着声音的出处，来到门口，看到吹笛人弯曲的腰身，你又觉得它什么都不是。它不过是一个受难者让自己必须活下去的一口气，一声从大地深处升腾起来的喘息。

在钱薇访谈的过程中，我一直被包围在这笛声里。我在长满参天杨树的院墙边往返，与它时远时近，若即若离。有一个时刻，我想走近刘国胜，从他手中要过笛子，感受一下他的喘息，可某种念头抑制了我。我担心放下笛子,不再仰望上苍,他会再一次号啕大哭，让痛苦的蚊蝇振翅高飞。

然而，发现我站在草垛边，他突然停止吹奏，从草堆上吃力地站起，一步一停向我走来。走到院墙边，他用弯曲的后背倚着一棵杨树，瞪着一双布满血丝的眼睛看着我：“大妹子，你是记者，想问你个问题。”

我苦笑一下，用目光鼓励他：“什么问题，问吧。”

“你说，到底有没有老天？”

我看着他困惑的目光，没有马上回答。这个问题并不难，你认为它有，它就有，你认为没有，它就没有。而我一直以为，在我们的身体之外，在我们的现实世界之外，确实有个物体在冥冥之中左右着我们。他无处不在，长着一双锐利的眼睛，导演着因与果的关系，主持着公平和正义，所谓人在做，天在看。可是一些天来采访自杀案例，看到那么多无辜的人遭受命运暗算，因与果在他们命运中发生断裂，我的想法开始游移，我已经不确定自己到底怎么想了。许久，我说："你说呢？"

他用手里的笛子在墙上敲了两下，之后目光转向远方："我觉得没有，根本没有！俺今年五十一岁，从俺懂事儿到现在，从没坏过谁。骂人是骂过，可乡下人说话骂人是口头语，不是本心。俺就爱下苦力，不像两个兄弟爱念书。可在山野这么些年，山上的长虫、獾子、大老黄，俺从没动过一指。那年俺手烧伤，说獾子油好使，俺寻思好几个晚上，还是没敢去动。不是俺心善，是胆小，俺怕丧天理。一小只要下雨打雷，俺爹就说谁要丧天理打雷就劈死谁。俺觉得有天，是真听说有人遭雷劈。可是现在，俺不信有天了，要是有天，它不会这么狠毒，它不会让俺遭这么多的难。"

佛说人有轮回，你这一世承受苦难，也许是上一世的孽债。或者大上一世的孽债，所谓因果，并不是一世的因果，报应，也不是一世的报应。我想这么说，可是还是憋住了。

"俺天天坐在地里看天，怎么也看不明白。咱刘家店人这几年不少都信了主，信了上帝，一些有病有灾的人，一到礼拜五都到教堂去祷告，也有人来劝俺信。你说俺信老天信了这么些年，它都没保佑俺，上帝就能保佑？天就在头上，白天晚上，你都能看见，上帝在哪儿，你根本看不见。"

"不管是信天，还是信上帝，不是你信了，它就一定保证你不会遇到苦难。而是你信了，在遇到苦难时，它会让你有对付苦难的力量，会让你觉得未来还有希望。”

我说出自己的理解，他沉默下来，不知是没有听懂，还是不同意我的看法。

我也沉默下来。在一个偏僻的乡间讨论信仰问题，这让我难以想象。看着屯街前方流线一样的山脊，看着在一阵秋风中簌簌而下的落叶，我心里有一种异样的感觉。苦难让我们上了一个台阶，走上一座高原，它离现实很远，离看不见摸不着的东西很近。它看不见摸不着，却是一个结结实实的存在，就在我们每个人眼前。

大约一分钟过去，我突然想起什么，说：“教堂在哪儿，离这里多远？”

刘国胜用拿笛子的手往前指了指，说：“就在那个冈梁后边，不到二里地。俺妈每个星期五都跟大伙去，俺一直没去。俺现在什么都不信，就信手里这根笛子。吹出调调，俺脊梁骨从上到下就通了气。俺什么都不信，就信它了。”

原来在刘国胜眼里，老天是一个毫不讲理的坏孩子，上帝是一个看不清面目的陌生人。其实信自己也没什么错，只要让信念驻扎心中，只要你相信自己能行。可是我却说：“你能带我们去一下教堂吗？我们想去看看。”

我这么说，是我真的想去看看。几天前我们错过了一次机会，不管刘国胜对自己的信念有多坚定，我都希望他试着去看一看上帝的真面目。没准儿，上帝正等待帮助他。最关键的一点是，他用笛子吹出心中所有悲伤，这悲伤却通过笛声落到了母亲的心上。

刘国胜却说：“不用我领，今天就是星期五，今儿下晌，村里就有好多人去，刘秉善开他家农用小三轮儿。”

见他这么说，我便也没再说什么。可是，不知是我也想去看看的想法动摇了他，让他不得不再从吹响的笛子中感受到他想要的东西，还是仅仅想让我从笛子的曲调中感受到他感受的东西，那天上午，在刘国胜家门口的杨树林小道边，没隔几秒钟，他就把手里的笛子横到唇边，再次吹起来。它断断续续，不成曲调，却有着独特的旋律；它忽高忽低，高时，像人在呼叫，低时，像风在哭泣；它掠过山野，匍匐在大地上、屯街边，你却觉得它是在向着苍天示威，跟它说俺不需要你，没有你，俺一定行；它抑扬顿挫，自成节拍，可当你跟着它的节拍一程程走下去，你觉得它什么都不是，只是一个父亲唱给女儿的歌：

回来吧
我的孩子
爸爸在这里等你
……

远方的天空中，正有一只燕子翩翩飞来……

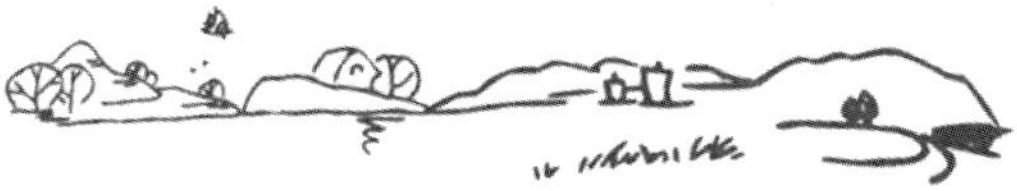

以马内利

因为对教堂感兴趣，也因为心里打着一个小算盘，我和张申再次咬道。访谈结束，我们就打电话和慕红商量，要求留在屯子里，下午和屯里人一起去教堂。我们知道慕红不会反对，只是让车在百忙之中再跑一趟接我们有些不好意思。慕红那边不但大开绿灯，还允诺道："要是我们采访结束，我们也去。"

要留在屯子里，就只有在刘国胜家吃饭，我们把这个想法告诉他，他弯曲的腰背直了又直："太好啦，大记者不嫌弃可是太好啦。"这还是我们下乡以来第一次在被访者家吃饭。其实这个念头早就有过，我们和研究生们议论过好多次了。把花在饭店或者小卖店的钱交给被访者，就吃他家的地瓜土豆，既方便了我们，也资助了他们，一百块钱以上的数字，对哪个灾难家庭，都不是小数。之所以从未提出过，是发现每次访谈，都把主人带到一个痛苦的深渊，从这深渊往吃饭这日常的情绪里走，需要时间。当然，重要的是做饭需要时间，在被访者家里等待吃饭，不如把时间用在奔往下一个被访者的途中。现在，我们不怕浪费时间，我和张申跟采访队伍时间久了，脸皮厚了，得寸进尺了。关键是随着时间的推移，我们越来越知道自己要什么了。

后来才知道，刘国胜之所以高兴我们留下来吃饭，都因为他的妈妈在城里待过，做饭干净，不会丢他的面子。这个老人和我们见到的乡村老人确实不一样，她干活又快又干净，手里始终握着一块抹布，走哪儿擦哪儿。虽然眼神不好，洗菜烧火都是靠手来摸索，可她熟悉锅碗瓢盆的位置，干起来特别麻利。这边地瓜土豆刚洗进锅里，生上火，那边一盆蒸菜的油盐酱醋就已经煨好。而把柴火挑旺之后的二十分钟里，堂屋的地扫干净了，桌子也拿到炕上了。

和老人儿子一同坐到饭桌前，我觉得又回到了过去的年代，她就是我少年时期为一家人忙碌的母亲。只因为身后有一个痛苦的深渊，蒸菜和地瓜吃到嘴里，你没法体会到少年时狼吞虎咽的香甜。

吃饭时老人告诉我们，她是半年前才在刘秉善老婆劝导下上的教堂。儿子得了骨癌，医院说已经是晚期，从来什么都不信的妈妈就信了基督，信了上帝。每星期五下午，和儿子，和村里人一起上教堂，去向神祷告，现在已经有七个月了。骨癌的儿子还活着，虽然他的病没见好转，可自从上了教堂，他的精神好多了。“现在，星期五上教堂是俺的盼头。在早是星期天，咱这地方星期天学生放假，老娘们儿要上街赶集，就又改到星期五。一到这天早上，俺就觉得心里开了道缝儿，有了盼头。”

刘秉善是一个性格爽朗、说话高音大嗓的人，发现开到门口的车已经坐满，我和张申要求他把车开慢点，我们跟着步行。可他说什么也不让，非逼我们上去挤一挤，呜嗷嗷道：“介可不行。”他把“这”说成“介”，“你们介脚板子没磨出来，还不得走出水泡！”

这是一个农用半载车，我数了一下，我和张申不算，上边整整拉了十二个人，两男，十女。如果不是身临其境，你怎么都不相信会有这样一支队伍，他们挤在一辆车上，七言八语拉着家常。他们奔的是教堂，说的却都是灶炕里那点事儿。他们身上散发着油烟味和粪土味，眉宇间却凝结着各不相同的心事，只要沉默下来，他们就止不住叹气。想一想就会知道,他们不是亲人有病,就是日子有难,或是家庭关系不和心有烦恼。他们满心的不快,可穿行在星期五的乡道上,却像赶集,像参加盛大节日。他们个儿顶个儿都梳洗打扮过,脸是湿漉漉的,头发是整齐的,衣裳是干净的,就连刘秉善病入膏肓的儿子也打扮得干干净净,蛋黄色T恤虽已褪旧,可印在上边的"翁古城国际蓝莓节"几个字特别醒目,一看就是刚刚洗过。拿到纪念服的人大都是请来的嘉宾,它怎么就到了刘秉善儿子身上不得而知。反正印有"国际蓝莓节"几个字的衣服穿在他的身上,别有一番意味,仿佛这偏僻的乡村一点儿都不偏僻,仿佛这寂寞的乡村人天天生活在热闹的节日中。

这确实是一个热闹的节日。翻过一个山坡,在一条宽阔的大马路上停车,来自四面八方的人水一样汇合到一起。教堂背山面水,所谓水,就是道边的一条从山谷里流下来的溪水,上面修了一个木桥。教堂宽阔高大,就像建在每个村部的小楼,和所有乡村建筑都风格不同。橘黄色墙壁,红色屋顶,屋顶又是多棱多角。只不过建在村部的小楼是滨城市政府拨款,眼前的教堂是信徒自筹资金。过木桥往里边走时,刘秉善告诉我,这是两年前才翻建的教堂,花了近十万元。这些钱,信徒奉献一部分,上级教会支持一部分。至于上级教会在哪里,在哪儿弄的钱,他也不清楚。

拥在人群当中,我有一种说不出的感动。既为在这空寂宁静的山谷里突然涌动的人潮,又为刘秉善用极平淡的口吻说出的"奉献"。这个在媒体上耳熟能详的词在此时此刻出现,就像在干涸贫瘠的土地上看到一派葱茏绿意,心不由得就微微一震。

在往教堂里走时,刘秉善用目光引着我和张申,仿佛我们坐了他的车,他就有了某种义务。不但如此,他还一边向熟人介绍,介是滨城电视台的记者,一边告诉张申,他必须领他见见介里的"领袖”，没有“领袖”批准，录像怕是不可以的。和说到“奉献”这个词一样，“领袖”这个词从刘秉善嘴里说出来也相当平淡，但同是平淡，带给我的感受却不一样。“奉献”，倾向于个体，是指每个人；“领袖”，也是指个体，但他是指每个人加到整体之后产生的个体。于是在椅子与椅子之间的过道里，我和张申两个个体在刘秉善引领下，开始了寻找“领袖”之旅。他其实就在台上一角，和一个穿戴严整的中年男人在说着什么，刘秉善老远就指着他，大声说：“在那儿，就是他，就是站在牧师边上那个人。”

我没再往前跟，因为我这个个体被另一个词震动了：牧师。这个只有在西方电影里才看到听到的词，这么平淡地出现在中国乡村，你觉得眼前的一切突然变得不再真实了。尤其当我驻足往前看，看到“以马内利”四个大字，更有一种虚妄的飘浮感，它刻在四个一般大小的木板上，高高悬挂在教堂前边巨大的墙壁上。我虽不是基督徒，但我知道它的意思：神与我同在。我站在那里，细细打量这个在中国汉字中没有任何意义的词组，心想它是什么时候，经过了怎样的路线，到达这片偏僻的乡村世界；信徒们又是在什么样的情况下，把它们背后的意义融入自己的血液……这么想着，突然有人拽我的衣袖，转身一看，是张申。他紧紧揪住我的衣服，让我跟他从里往外走。在摩肩接踵的过道里，我曾萌生不祥的预感，认为一定是完了，“领袖”发话不让我们加入了，可是走到最后一排横着的过道里，刚刚站定，张申就打开他的录像，一节节向后回放。当一个镜头停止下来，并一点点放大，我一下子愣住了，我看到了一个熟悉的面孔——姜立生，那个经历过一场灵魂搏斗，最终丧失了所有美好感情的男人。他的旁边，站着一个皮肤黝黑直发垂肩的女人。我的心怦怦跳了两下，像装进了一只兔子。我心跳，不是紧张，而是激动，是那个已经被一大堆不幸故事埋没了的故事在心底涌出。

二嫂说百草枯每个礼拜都穿新衣裳，坐男人摩托车出去一回，原来他们不是赶集，而是来了这里……

我看张申一眼，他于是向左前方指了指。随他的手指看去，他们的背影显现出来：男人穿暗条T恤上衣，小平头露着浅白的头皮，女的穿一件深绿色毛衣，披肩发一直垂到椅背下边。他们挺直腰杆坐在椅子上的样子，就像在等待一场神圣的约会。这一刻，我明白，为什么五天前，我和张申分明看到这座教堂，却怎么都走不近。原来神确有他的旨意，他是想让我们了解更多人活着的真相。

这更多的人，既有刘国胜母亲，又有刘秉善，还有刘秉善的儿子和老婆；既有姜立生，又有貌似他老婆、实则已经是另一个人了的百草枯；还有那些穿着节日盛装的女人男人们……这时，随着一声钟响，一个人走上讲台，就是那个穿戴严整的牧师。他面朝大家，对着麦克大声高呼："弟兄姊妹，主内平安，阿门！"

全场的人立即起立，众声合唱："阿门！"

牧师说："一个人从信教那天起，就要做好精神准备。你将遇到各种环境、各种患难，有了环境有了患难，说明主对你有爱。如果你从信主那天开始，平平淡淡，就证明主给你的恩典也是很小，一个人只有在环境里面，在患难里面，才能磨炼信心。主把大爱藏在了患难里。"

众生祷告："主啊，我们今天带着我们的需要来到你的面前，恳求你来担当我们一切的过犯，你来担当我们一切的重担……我们带着你的应许来到你的面前，来卸下我们一切的重担。我们来到你面前的时候，恳求你来赦免我们一切的过犯。因为我们知道，我们在言语上，我们在行为上，我们在心思意念上，常常得罪你……"

牧师说："人人都有软弱，无论你是谁。你当年大有能力，最后还有软弱的那一天……一个小孩子刚刚降生的时候，他没有绝望，他不知道来到世上干什么……以往的岁月我们不知道人活在世上要干什么，为此我们活在世上好苦好累。现在我们知道，主把大爱藏在患难里。”

众生祷告：“主今天我们来到你的面前，你更知道每位弟兄姊妹需要你。既然你天降丝雨，使这干旱的大地得到饱足，你更知道我们每位弟兄姊妹里面心灵的饥饿。因为我们知道，人的饥饿不是因为没有饼，人的干渴不是因为没有水，而是我们里面没有你的话语，我们里面没有你的灵，里面没有你的内助，我们才感觉到饥渴。为此我们原意把我们的心给你，我们恳求你跟我们合而为一……”

牧师的话语和众信徒的祷告，我并不能全部听清。以上的文字，是事后张申按录音整理的。可是我不用全部听清，单是“大爱”、“患难”、“内助”这几个字眼在这朗朗的祷告中出现，就足以让我感动。我感动，不是这几个字本身的内涵，而是拥有如此内涵的词经过了这些痛苦的生灵之口。他们朗朗地念出来，也许真的懂了，发自内心；也许并不全懂，只是随声附和，可是这有什么关系吗?！在这肃穆的氛围里，投入这众声合而为一的虔诚合唱，难道不足以使孤独的心灵找到依附，患难的痛苦得到慰藉吗?！

当然，最重要的一点，是我心里装着姜立生和百草枯的故事，装着刘国胜、刘国胜母亲和刘秉善儿子的故事。我站在后边，看到了他们挺直的脖颈，虔诚的身影。他们一动不动的样子告诉我，他们懂了，他们懂得患难里原来包藏着爱，他们知道了是人都有过犯，他们懂得人人都有软弱的时候，都要面对死亡。他们一次又一次地来，就是懂得要活下去，必须通过心灵的努力得到内助，要和爱，和比爱更强大的东西合而为一……

这个下午，和众信徒一样，我没离开教堂一步。我和他们一起站立，倾听他们虔诚的祷告和祷告中喜悦的哭泣。后来，有一个环节，是牧师把在场所有重病在身的信徒的名字念出来，让大家一起为他们祷告：“我们相信今天凡是来在你面前的每一个你所爱的儿女，必因着主你自己的大爱使他们在你的里面，饱享你的恩典。主我们相信你既然拣选了我们，你必然拣选我们到底。你既然爱了我们，必然爱我们到底。我们特别愿把有病的弟兄姊妹交托在你的手中，愿你开启他们的眼睛。”

一时间，哭泣的合声如潮水涌动。我虽然没有看到大家的面相，可我知道，这是一场喜悦的哭泣。原因很简单，他们是上帝的儿女，他们是上帝从芸芸众生中拣选出来的儿女。

我也泪流满面。我其实早就止不住泪水了，这泪水不是痛苦，不是悲伤，是感动，或者说是感激。可又不仅仅是感激，我好像在倾听中看到自己的过犯，感受了自己的患难，开启了自己的渴望……我甚至想回过头告诉刘国胜，来吧，不要在乎是老天还是上帝，你只需要站在这里，和大家在一起。

第玖日

9

面向大海

游人和渔夫

白天不懂夜的黑

面向大海

这是一个让所有人都松了口气的日子，石岭乡的采访终于结束。石岭乡山好水好，空气清新环境优美，可是几天来在山道上颠簸，在大山的夹缝里穿行，大家还是觉得有些疲劳。尤其招待所木板床的坚硬和被褥的单薄，不但不能使疲劳得到缓解，反而使腰板脱节，再加上北部山区早早就守候在门口的严霜，早起推开屋门，冷飕飕的风一下子就扑个满怀，研究生们没带棉衣，站在饭堂里又搓手又跺脚。当然最关键的一点，是这里不能洗澡，大家已经五六天没有洗澡了。

然而，天公好像并不愿意大家离开，收拾好行装，准备上车，才发现天降大雾。一早没见到阳光，以为是起得过早，谁知浓雾笼罩大地，前方道路的能见度只有三十米。这是我们下乡以来遇到的第一个看不见阳光的天气，也是张申学会开车以来遇到的第一个大雾天气。跟在慕红他们面包车后边，张申屏息敛气，仿佛稍有不慎，就能“亲吻”到前车屁股。可是，任何事物都有它辩证的一面，阳光没有跳跃着为我们送行，大雾却让我们看到了难得一见的美景。在途经英那河水库的路边，雾把两边的水罩成小小的一个环形，水在环形中闪着波光，你觉得掉进了一个玻璃罩子。人的审美是个奇特的现象，由狭小的世界一下子走进阔大的世界，你会震撼，会有感官的刺激和愉悦。可你从一个阔大的世界突然掉进一个狭小的世界，也同样会震撼，同样会有感官的刺激和愉悦。就像在植物园里看到那些万紫千红的鲜花，你会惊叹它像假花，而在装饰品商店看到那些造型精美色彩绚烂的假花，你会惊叹它像真花。突然地，人和车掉到玻璃罩子里，车轮的滚动使玻璃罩慢慢后退，你觉得你在一层透明物保护下，进入了海底世界。天上地下，浩渺一片。由于一直在山间采访，在生与死的患难故事中寻找希望，面对眼前景象，我突然有些兴奋。我想，是不是我们每个人的头上、身外，都有那层透明物？它们像雾霭，丝丝缕缕游动，可它们总能给游走在混沌世界里的我们带来保护……

事实证明，我一直没有从昨天的经历中走出来。那座乡间教堂，那些在教堂里齐声祷告的人们，一直晃在我的脑子里。昨晚回来，我让张申回放录像镜头，又重温了那个庄重肃穆的现场。在那现场里，我看到了姜立生、百草枯、刘国胜母亲、刘秉善，和其他那些虔诚的信徒。当我重温他们以泪洗面的祷告，觉得他们并没有深陷苦难深渊，而是站在了人生的高处。

在一个L形拐弯处，张申又开始咬道。他把车停下来，说："太好了，我要拍几个镜头。"他拿出摄像机，下了车，我也下了车，站在了雾里。这时，我发现我们不动了，某种物体在动。下了车，那动的物体就不是玻璃罩子，而是薄薄的雾纱。它们害怕张申的摄像机似的，悄悄地、慢慢地一程程后退。随着它的后退，狭小的世界在一程程扩大。这时，我们的前方有树隐隐地从雾霭中显现，有山脊从隐隐的雾霭中显现，天地一点点地，有了现实的模样。其实，刚才所经历的一切都是现实的，只是树和山脊的出现让稍纵即逝的景象变成了幻觉，而幻觉消失，山和树有了清晰的现实的模样。那层刚才还在的透明物，一下子被刺破，不知不觉就消逝了。正惶惶不安的刹那，你看到的是一团明晃晃的光晕。它躲在雾霭后边，使雾纱越来越薄。与薄纱后边的光晕静静对视，几分钟后，就有一个吊炉饼一样的东西钻出来："你看，你快看。"

虽然罩在世界外边的那层透明物不见了，可是一轮红日在水库东边的山脊上冉冉升起，不由得让你欢呼跳跃："太好了，太美了！"

有雾也好，没雾更好；就像罩在狭小的玻璃罩子里也好，打碎这层罩子更好；就像假的比真的好，真的比假的更好，这奇妙的审美现象将我置于奇妙的现实中。那个早上从石岭乡的撤退似梦亦幻，真假难辨。就像多日前我迷失在转角楼水库下游的村庄，不知道那番经历的真假一样。

事实上，身边的现实很快就让我们清醒过来。车在发动，玻璃窗前边的能见度已经有几公里，路旁的山脊、田野和村庄已经如画般站立在天光之下。就在张申车不断加速追赶慕红他们的车时，前方路边，树华和她的研究生们，已经停在那里等待我们了。

咬道使我们再次耽误了大家时间。可是树华见到我们并没批评，她误以为是张申没在大雾天开过车。"辛苦了申哥，"她习惯叫张申为"申哥"，"我也害怕雾天开车，老觉得走在棉花地里。"

昨天一天没和慕红在一起，晚上见面，慕红只说树华已联系好我们的下一站，并没告诉我们树华今天来。在不知情中见了面，我格外惊喜。树华是一个有着男人帅气的女人，头发黑直柔顺，服饰总在逾越与固守间彰显风格的独特。可分别一周又一次见面，树华清爽帅气中又多了一分洋气，而和洋气面对，我略略感到不适应。我知道这都是我们在乡村待得太久的缘故，走街串屯已经使我们每个人都灰头土脸不说，受访的村庄和人们已用大红大绿浸染了我们的眼睛。拥抱过后才知道，树华是半夜才决定来翁古城的。她正接待日本的心理治疗师永田先生，他在中国推广他们合作研究的成果

“爱的疗法”。原来说讲完课要树华陪他上旅顺看日俄战争纪念馆，可他夜里又改变了主意，去开发区会见朋友去了。树华说她急死了，早就想下来了。一来她愿意和大家一起实地采访，二来她惦记那个“回乡A计划”的自杀者耿小云的父母。她的一缕头发还被慕红埋在双塔寺旁边的山谷里，她想带慕红去处理好那缕头发，到耿小云家搞个祭拜仪式，为这对不幸的父母做一次现场心理干预，真正让他们从灾难中解脱出来，让损失不再更多。

树华师从国内杰出的预防医学和健康心理学专家姜潮教授，作为亚洲第一个赴美学习心理解剖方法的学者，在美国自杀研究中心罗切斯特大学医学院进修一年，师从世界著名的老年精神病学专家和自杀研究学者Yeats Conwell博士和美籍华人社会学家张杰博士。她研修弗洛伊德的精神分析和荣格的心理分析，对玄学和传统文化深有造诣。是不是心理学家和哲学家最后都会成为玄学家我不知道，反正作为临床心理学家和农村自杀研究和预防者，树华最超人的地方是她在参悟别人时，也参与了自己的生命和人性。可以说，她的心理学意识和思想，不是从学者、老师或书本里简单搬来，而是在理解前人思想精髓的基础上，针对现实，又有她自己独特的见地、创新和体验。她认为耿小云的“头发在哪儿，人就在哪儿”这句话，作为一个暗示和催眠语，已深深种在她父母的脑子里。他们天天夜里哭泣，想孩子，都因为耿小云的灵魂和咒语还在父母的心里萦绕着，还在他们身边周旋着。只有让耿小云的“头发”入土，让耿小云的父母真正认识到女儿的死亡和生命的完结这个事实，他们才能真正得以解脱并开始新的生活。

我虽不懂玄学，也不清楚什么是精神动力学，但我支持树华的做法。一个生命体的诞生和死亡有着难以说清的秘密。不过，我和张申都没有选择跟她去，原因很简单，我们想在有限的时间里采到更多新的故事。后来我才知道，树华还自己出资，为耿小云等所有她访谈和研究过的自杀亡灵到道观里举办过一场“超度”仪式。

由于时间紧迫，我们很快就分手了，一路向着东北，一路向着西南。向东北意味向着山区，由低及高；向西南意味向着大海，由高及低。我们一路面向大海开去，由跌宕起伏走向平淡平坦，视野越来越开阔，竟然有些不适应，就像我们看久了大红大绿不适应树华的清雅洋气一样。

大杨乡就在翁古城市区西边，和张炉、青堆子一样，属沿海乡镇，也是翁古城最重要的乡镇之一。说它重要，是说规划的五个工业园区，就有一个在它境内，叫静脉工业园区。而这个乡镇，就因为有这个工业园区，领导级别高于普通乡镇，是副市级。就像全国所有开发区都比一般市区高一级一样。这是体现了上级对特殊发展区域的重视程度，还是借重视扩大干部指数，没人知道。所谓静脉，是针对国家这个肌体而言，火车、轮船、汽车、冰箱、彩电和一些工业制品，是国家这个强大肌体的动脉，可是这动脉的运转必定造成大量的工业垃圾，将这些工业垃圾废旧物资收回再利用，如同静脉使血液回流。面向东北和东北亚回收废旧物资，处理加工重新造血，是一个既有利于国家，又能使地方经济快速发展的新兴产业。至于回收废旧物资为什么还无污染，也没人知道，反正无污染是它得以落地生根的必要条件。如今，那里已经成为一个大的建筑工地，被占用土地的村庄已经消失，昔日的农民已经成了拔地而起的高楼里的居民。由乡村变为城市，是乡下人做梦都在盼望的事情，也是政府顺应百姓心愿，推动乡村城市化的最大动力所在。可是眼见着自己祖祖辈辈生活的土地被平了占了，建了高楼，农民的感受却很复杂。下乡采风我了解到，他们上了高楼，没了土地上的艰辛劳作，同时也没了土地上的收入。他们上了高楼，生活环境变了，可农民的身份依然没变。上楼的农民，除了免三年供暖费，发三年肉食补贴，将来政府给每人六平方米公建，享受不到任何城市居民待遇。并且那个将来，根本没有时间边界。政府在动迁时说，静脉园区发展起来，企业汇聚，将有二十万外来人口入住，这里将是一个新崛起的小城。可是人们看到的是，高楼建起了，农民部分迁移了，招商企业却一直上不来，园区建建停停，至今也没个正经模样。它虽受2008年以来影响全球的经济危机大环境制约，受四年两任市长的频繁更迭影响，亦步亦趋停滞不前，可工业园区指挥部的牌子高高悬挂在一幢独楼上，未来城已经是一轮升在半空的月亮，影影绰绰看得见，却一直也摸不着。

跟随自杀研究课题组的调查和访谈，我们也看到了这轮月亮。沿着滨海路往光华村大洼小队走时，光华村妇女主任字正腔圆向我们描述。她是刚毕业的高中生，说话发音非常讲究。因为我们的目标人属于园区迁移那个村庄，她故意让车经过指挥部门口，仿佛向所有外来人宣传园区的未来，是她妇女主任义不容辞的职责。听完她的话，我的心情却很纠结，我们刚从北部山区过来，那里偏僻寂寞，贫穷得让人喘不过气，却山好水好，看不到任何破坏；这里热火朝天，人们为未来画的月亮又大又圆，土地却再也不是平整的土地，村庄也不再是安详的村庄。大型推土机把地下的红土挖掘出来，让你觉得不是造血，而是往外放血。任何一种建立都必然经历着破坏，不破不立。可你身处破坏之中，怎么都无法超然物外。当我们离开园区指挥部，看到一些搭建在一块坡地上的简易房。妇女主任说："受刚刚冒头的房地产调控政策影响，新楼盘资金受挫，第二批动迁农民还住在简易房里。"

要改变，必须付出代价，这似乎是别无选择的选择。然而我却心有疑虑，翁古城建一百万人城市，这里建二十万人小城。就在大杨乡西边，还有个郑家岛经济区，它划进了一个半乡镇，却是滨城副市级建制，也在填海造田招商引资，也要无中生有一座城市。我在网上查到这样一组数字，全国共有大中小城市六百六十一座，其中有六百五十五座计划走向世界，一百八十三座城市正在规划建设“国际化大都市”。我就不知道，都在扩大、发展，我们的外来人口到底从哪里来？如果他们一时间来不了，我们上楼的农民，什么时候能改变他们的身份？

这么胡思乱想着，眼前田野上出现了一个孤零零的现代化小区。此时此刻，看到小区，心里有种怪怪的感觉。好像它们不是提前获利的幸运者，而是被土地抛弃的可怜人。因为高楼在平坦的大地上高高耸立，不像古老的村庄依洼处而居，原野上初冬的寒风呼啸而起，你觉得那大楼里寒冷无比。

事实上，我觉得他们冷，是我自己冷。大雾消尽，风骤然刮起，大风在一马平川的海边田野上肆虐，在高高耸立的楼群间窜动，没有添加衣服的我一下子就哆嗦起来。我冷，小区的人似乎并不冷。一个穿着一件薄衫的老人，居然在小区外边的空地上打着手机来回走动，他胳膊袖撸着，手高高擎在耳边，他沉浸在正讲述的事情中，对我们的到来无动于衷，一点儿也没有北部山区人对外来车辆的敏感。事实上，这一天，因为树华提前联系了大杨乡政府的面包车在半路接站，张申的车没机会停到乡政府。跟在面包车后边进入小区，很是兴师动众。

楼房、目不斜视的老人、手机，这样的情景，在北部山区根本看不到。不管怎么说，被开发的园区就是不一样，他们看惯了车来人往，见多了世面。当然这并不意味这里的人们就没有痛苦和绝望，我们正是奔着一个绝望的女人而来。

在下车往小区走的短短的途中，妇女主任告诉我们，目标人是一个七十八岁的老太太，她半年前喝药自杀，因为和她同岁的老伴老了还不正经，搬到楼房后，跟隔壁一个比他小二十岁的女人好上了。

刚来第一天，慕红曾跟我们讲过一个没有访上的故事。一个七十五岁的老头，强奸一个十五岁女孩造成怀孕，无颜见村里人上吊自杀，并逼得一家老小在他死后背井离乡。一个老人，七十八岁了还能拈花惹草，我和张申的兴致一下子就调动起来了。情感故事，似乎总能够吊起人们胃口。关键是我们想知道沿海的开放是不是表现在各个方面，比如当他们的土地被流转出去，不再是地道的脸朝黄土背朝天的农民时，他们早先认为见不得人的感情是否也获得了某种流转、解放？

下车进院之前，张申重新装上一盒录像带，并拿眼角瞄了我一下，仿佛已预感到会有重大收获。可我们走进小区，并没马上找到老人，院子里倒是有几个女人，她们正在小区中央一口大锅上烧水渍酸菜。人上了楼，生活习惯一时半会儿却不能上楼。大白菜渍到缸里就是一冬的蔬菜，这是乡下人亘古不变的节目。能在楼与楼之间的小区见到冒着青烟和蒸气的大锅，张申两眼冒光，在大锅四周寻找各个角度。在此期间，妇女主任冲女人们字正腔圆地问："老杨头在吗，能不能帮着找到他？"女人们愣一下，争先恐后说："刚才还见到他，是不是回家了？"求一个年轻女人上家里找，几分钟后她跑回来，说家里没有人。

失望一会儿，妇女主任突然想起一个人的电话，拨通他，要到老杨头电话。可是，当妇女主任拨通老杨头电话，一种直觉已经让我把目光转向了小区门口的远处。那里，一个撸着衣袖的老人正打着电话向我们走来。

此老人就是彼老人，我不由得心里一震，开始想入非非。他是个晚节不保的花心老人，那么刚才，他在和谁通话，是不是和那个小他二十岁的女人？这么想，我本能地开始注意老人。他笑着朝我们走过来，步履谈不上矫健，却也不像一般老人那样蹒跚，他目光不算明亮，却也不像一般老人那样混浊。他一脸的皱褶，但那褶子中间有一种说不清的韵味，尤其在他眯着眼睛笑的时候。风流男人自有风流男人的表情，尤其在女人面前。可当年轻的妇女主任介绍我们是为他老伴的事来的，他往后退了退，把我们领到一边，说了一句让我们大感意外的话："是谁叫你们来，是不是俺家杨萍？"

妇女主任迟疑了一下，回他道："大叔，我还没看见杨萍，人家是医科大学的研究生，专门走访近年来自杀死亡者的家属。"

这时，钱薇开始插话："我们来看看您，看您过得怎么样。"

褶子里的笑容流失在眼角和嘴角，就像消失在沙滩上的溪流。"去找俺家杨萍好啦，她想怎么讲就怎么讲，俺什么也不想讲。"说罢，衣袖一撸，转身离去，把我们晾在身后。

大家相互对视了一下，转向老人背影。

年轻的妇女主任赌气道："找杨萍就找杨萍。"

这时，只听身后渍菜的一个女人小声说："小徐主任，他真的有事儿，他不怕讲，他闺女帮她妈去堵的被窝。"

因为不想在这里见到第二个二嫂，因为不想让第二个二嫂中伤处在舆论漩涡中的老人，我一边示意张申不要拍，一边建议钱薇赶紧离开。在钱薇拉着妇女主任胳膊往外走时，身后的女人故意大声说："老不知好歹，老婆子死了，一个七都不去烧，好赖在一块儿过了五十多年！"

我们谁也没有回头，直到上了车。可是好奇心并没就此消退，上车之后，我又下车。愣是把妇女主任拉到我们的车上，说："小徐主任，快给我们讲讲这个老头。"车开出小区大约五十米，小徐主任才字正腔圆地说:“我也只是听说，老杨头我倒是见过，但从没问过，这样的事不能问。都是咱大杨人瞎传传，说静脉园区成全了老杨头，却害死了老杨太太。为什么这么说？老杨头和那个小他二十岁的女的住在一个楼道一个楼层，对面屋。早先老杨头就是个有女人缘的人，屯里总有女人对他好，老伴为女人的事也和他吵过，但生了两个儿子一个闺女，过了一辈子，也没发生什么大事儿。咱海边和山里不一样，屯街上一家挨着一家，家家都有避不过的眼睛，看见了什么勾当，不用隔夜，屯子里家家就会知道。谁知咱园区动迁上楼，人进了楼道谁也看不见谁，老杨头就和一个叫柳春香的女人真的有了事儿。你说他都七十八岁了，谁能信？他们有了事儿，除了他老伴，也没有谁知道，柳春香男人在滨城当民工。可他老伴有察觉，老伴防了他一辈子，能没有察觉吗？她察觉了，没和老伴吵。这老太太也是成了精，越活越狡猾，她只跟闺女杨萍讲。杨萍结婚后在咱乡政府后边小河沿，三天两头回家看妈，听妈一说，就火了。杨萍是咱乡上有名的专业户，现在叫企业家，生意做得很成功，年年都上乡政府表彰大会，去年还当了人大代表。闺女在外面那么风光，哪能容老妈受委屈？据说杨萍一直帮她妈看着老爹。有一天，她回娘家闪了一下，坐了一会儿就走了，她爹出来送她。她开车溜出小区，十几分钟过去，抹身又回来了。回到家里一看老爹不在家，就去敲对面屋的门，里边反锁着坚决不开，她就用钥匙往锁眼儿里插，女人吓得不得不穿衣裳下来开。门开了，杨萍二话不说就冲进屋里，结果，她老爹正盖被佝偻在人家床上。她妈知道这事，第三天就自杀了。”

故事讲完了，我的好奇心得到满足。可是不知为什么，我却觉得受到伤害。我受到伤害，不是因为老杨头伤害了老太太，而是杨萍伤害了老杨头。她和她妈看了老爹一辈子，她爹一辈子都在寻找越轨的机会，终于找到了，却断送在闺女正确正直的道德目光下。

“要是老太太不自杀，这事儿也没有人知道，”见我不吱声，小徐主任接着说，“早先在屯子里，一吵吵满大街都知道了。现在上了楼，除了本楼层，没人知道，据说杨萍那天也没吵吵，只在屋里扇了柳春香两个耳光。老太太一死，可就不行了，杨萍不光要打电话告诉柳春香男人，还要柳春香上坟地去给她妈磕头赔礼。两个兄弟压着没让她打电话，头不磕坚决不行，你不知道闹得那个大呀！咱政府的人都出动了。你都想不到，闺女要尖，这老杨头更要尖，说死也不让柳春香上坟地，横在闺女跟前，说你要叫她去，俺就去死。杨萍不妥协，说你死就死，你对不起俺妈，死也没人拦你。可你猜老杨头怎么样？哈哈大笑起来，改口说，俺才不死呐，俺凭什么死？俺体格棒棒的，还没活够呐。气得闺女呀！据说老太太死了，杨萍一回也没家去看他。老杨头也倔，不光不去给老伴上坟烧七，还天天腰板挺得倍儿直，像没做丢人事儿一样。”

听到这里，我也挺了挺腰板，吁出一口气。我终于看到一个敢于捍卫自己情感的人，而这个人，是一个七十八岁的老人，是一个乡下老人！于是我问：“小徐主任，你觉得老杨头丢人吗？”

问出这句愚蠢的话，小徐主任惊讶地回了下头，笑着说：“可不丢人嘛！咱乡里谁不讲，你不是年轻小伙儿，都七十八岁了，你还花心。你有花心，扔个眼神，动个手脚，也就算了，你还……你把老太太气死了，还一点不反省。咱马上就见到杨萍了，你听听她说，她一提这事儿就气得没法儿。她心疼她妈，觉得她妈太可怜了。”

很显然，小徐主任认为爱情只是年轻人的权利，这可以理解，她才只有二十岁。可我的想法是，即使是错误，老爹已经把错误犯下了，做闺女的也不应该那么过分。如今一切都在变，只有婚姻里的感情不许变，这本身就是不人性的。作为一个现代人，一个成功的企业家、人大代表，她应该懂得这一点……这么想着，前边的面包车已经在一个胡同口停下来了。

这是一个和我见过的所有乡村院子都不一样的院子。说不一样，并不是说它有多么豪华阔绰，房屋的建筑风格有多么独特。说起来，它不但不豪华不阔绰，反倒显得陈旧、逼仄。青砖灰瓦，小门小窗，只不过院子里铺了水泥，只不过它的东边是一座比人头还高的石墙，西边有一趟平顶厢房。可恰恰因为石墙太高大太隆重，厢房的窗子太密集，院子才显得格外拘谨，房子才显得格外矮小。一进院子，就能闻到一股强烈的洗衣粉味，而院子上空，从屋檐到门口，拉满了线绳，线绳上边，挂满了天蓝色学生服。进院，向后屋里走去，屋里屋外，堆满了脏兮兮的运动鞋。被新奇的环境吸引，我一时忘了杨萍，直问小徐主任："怎么这么多学生服和运动鞋？"还不等她回答，就见屋里迎出一个戴胶皮手套的女人。她认识小徐主任，尖着嗓子说："哎妈呀，杨萍刚走，你就来了。你赶紧给她打电话，看她走哪儿了。"

小徐主任打完电话，把头转向我，手往高墙东一指说："那边是第七高中，有三个乡的学生，住宿生学习紧，没时间洗衣裳刷鞋，就花钱送到这边。你说杨萍多长脑瓜，人家大买卖小买卖都做，一边做着农药生意，一边还开洗衣房。这是她租的房，房主跟儿子进了城，她就租下来开洗衣房。从九十年代就开，别看她赚农民钱，赚学生钱，老百姓都买她账。为什么？买卖想得好，大伙需要她。"

如果不是亲眼所见，我怎么都不会相信还有这样一种生意——专门给高中生洗衣服刷鞋。我们的乡村高中生，居然连洗衣刷鞋的时间都没有。我们的乡村高中生，居然没有了洗衣刷鞋的权利。见我表现出震惊，戴胶皮手套的女人还指着厢房道："花钱洗衣服算什么？你看看，人家有条件的妈妈，在这租房陪孩子呢！"

顺女人的手指转向厢房一侧，只见两个女人从南边的木门门口走出来。小徐主任马上问道："你们是郑家岛还是光明山的？"

一个戴金耳环的女人说："我是光明山的，她是郑家岛的。"

"都高中生了还用陪？"我问。

金耳环女人笑了笑，柔声细语说："闺女挑食，不爱吃学校饭，来给她做点好吃的。"

这个理由不错。如今都一个孩子，如果有条件，当然不能眼看着孩子吃不下饭。可这时，戴胶皮手套的女人接话："什么呀，还不好意思说。不就是怕闺女早恋嘛！她们是来看管闺女的，就怕闺女谈对象耽误了学习。"

这个理由也不错，要是谈了对象，影响了学习，望子成龙的指望可就没戏了。

"有多少像你们这样家庭条件好的？"张申问。

站在金耳环女人旁边的女人说："什么家庭条件？都是省吃俭用。俺去年养猪赔了，还有两千块钱饥荒呢。怎么办？就这么一个孩子。"

拉饥荒也要陪孩子，我突然想起刘国胜的女儿。她没有母亲，是不是特别羡慕这些有母亲陪在身边的孩子呢？她奶奶说她一个秋天就买了两双运动鞋，是不是为了频繁地换洗呢？她跟奶奶要钱买手机，是不是情窦初开，恋上了青春男孩儿，渴望用手机跟对方联络呢？

想到那个让奶奶半路背上黑锅的十五岁女孩，我突然有些走神。独生子女，他们有多少成长的烦恼在等待着啊！我们每个人都经历过成长的烦恼，可我们没有高考的压力，没有暴露在光天化日之下母爱的对比，没有手机的诱惑……

正站在那儿发呆，大门口突然有声音扎进来："妈呀，徐春娇你怎么领人到这里拍？要拍拍史丹利公司，也不能拍这里呀。”

醒过神来，我知道这就是杨萍，她可能经常上电视，误以为张申是来宣传她。

这是个精神头十足，但生活并不美满的女人。她的脸上长满了妊娠斑，眼窝和鼻窝，像渗了泥浆一样有一层清除不掉的黄。她个子不高，又粗又胖，头发高高地盘在头顶，耳朵上挂了个大大的耳环。她从上到下，所有打扮都是女人的打扮，长风衣、短裙、美体裤、高跟鞋，可她看上去更像个男人。因为她的嘴唇眉骨棱角分明，说话声音瓮声瓮气。她热气腾腾地看着我们，一边抱怨小徐主任不该把我们领到这里，一边往屋里让我们。

小徐主任是个聪明女孩，发现情绪上走了岔道，并没马上提她母亲自杀的事。像歌曲的前奏，先引她讲些别的。比如农药的销售、洗衣房的竞争。最后，才指着钱薇他们说：“杨萍，他们是滨城医科大学心理学研究生，专门走访非正常死亡人家直系亲属，就领到你这里来了。”

就像在豆浆里点了卤水，杨萍眼神里的热情在一点点淡去，一种混沌的东西涌进来。她敏感地看了眼张申，搓着粗短的手指说：“提那事儿干什么？老的不像老的，把儿女的脸都丢光了。”

张申从进门起就一直兴奋地忙活，挂满半空的校服和摆满地面的运动鞋为他的背景增添了新鲜的一笔。那时主人不在，无需顾忌。现在，主人对他的机器很警觉，他立即把机器放了下来。

“我们是国家的一个科研项目，下来看看自杀死亡者的亲属。看过得怎么样，身体、心理上，有没有什么不好的影响。”慕红不在，这个任务就落到钱薇身上，她没有提到四十块钱误工费，显然知道在这里，误工费已经没有意义。

说到影响，杨萍目光突然放亮，瓮声瓮气说：“怎么能没有影响？

俺上人大开会，好多人都来问，把俺脸都丢光了。”

分明问的是身心，她却理解成舆论，看来这是她这个光荣的人大代表人生中最不光荣的事情。

“你还恨你的父亲？”我问。

她突然提高了嗓门，瓮声变成了锣声：“叫谁谁不恨！他多伤老太太心，咱说出来不怕笑话，他和老太太多少年都没那个事儿了，你说他能钻到人家被窝里！都老成什么样儿啦，还发这个贱，叫我当闺女的说什么好！他年轻时就花心，老太太气得硬哭，要不是我和他对着干，老太太早叫他气死了。”

我敢保证，如果不是她和老爹对着干，如果不是她用确凿的事实向老妈证明，她妈肯定不会自杀。但我没说，我不能让她对母亲的死后悔。

可是我不说，她却自己说。她自己说，却绝不是后悔，而是得意，像做对了一件多么了不起的事。“他欺骗得了老太太，欺骗不了我，我是干什么的！我把他抓着，从邻居家拽回来，叫他给老太太下跪，他老老实实就跪下了。老太太和他闹了一辈子他都不承认，这回他终于认了。你说我要不是逼他在老太太面前跪下，老太太死也闭不上眼呀！”

到此为止，我已经对这个愚蠢的杨萍忍无可忍了，就像那天在社会主义新农村遇到周长波。我说：“你理解得不对，你父亲确实错了，但你要不去证实，不把证实的结果告诉你的母亲，你母亲绝不会自杀。是信了，才让她绝望。”

小徐主任看了我一下，好像既觉得我说得对，又觉得我不该说。于是她赶紧打圆场：“我理解杨萍，是太气愤了，气大发了就考虑不了那么多了。”

杨萍耸了耸盘在头上的发髻，正要说什么，手里电话响了。瓮声瓮气说了一通电话，停下来，居然忘了刚才的话题，愣怔了好一会儿才回过神来。当她回过神来，目光一下子就对准了我，斗架公鸡一样气愤地说："姐，我这人简单，我没工夫想那么多。大伙都说我不该告诉老太太，你说她受了一辈子气，一辈子也没抓着个现形，老爷子一辈子都骂她胡咧咧小心眼儿。你不抓个现形，不叫他当老太太面认个错，公平吗?！让老爷子当老太太面认一回错，就是想让他知道老太太没有错，你不能再欺负她，我这人办事是简单，但我讲理。"

我想说，对于感情而言，最不该讲的，就是理。情，永远大于理。在她父母的关系里边,最大的情不是别的,是她母亲爱她的父亲，她小心眼和他计较，只表明她对丈夫太在乎太有感情。她父亲花心，爱拈花惹草，是他生命力过于旺盛，并不表明他对妻子真的没有感情。我还想说，对于感情而言，最不能简单。简单，就意味着粗暴。你把老爷子抓了现形，简单地证明了正确和错误，等于毁了母亲的希望。母亲一生小心眼、计较，其实对丈夫的感情一直寄予希望，并不表明她真的想知道丈夫对她没有感情。感情上的事，从来都不是一加一等于二。女人不愿意被欺骗，可智慧的女人往往有意识被欺骗,因为她知道男人天生就偏动物性,女人天生就偏精神性。然而，我什么也没说，不是怕说了她也听不懂，而是根本就没有说的机会。她话音刚落，手机又响了，瓮声瓮气讲了一大通化肥的事。转过身就告诉我们，她有客户在公司等她，必须马上离开。

临走时，她挨个握了握手，并对着我和小徐主任说："我这人，和我处长就知道了，办事一就是一,二就是二，简单，不想那么多，也没工夫想那么多。我说错了什么,大伙也白挑理,你们在这儿等着，别走。晌午，我请大伙吃饭。到咱大杨地界，我不做东也说不过去。"

看着她风风火火的背影，我不禁想起一个朋友的话。她说她有一个女友，七十多岁了，却像四十岁一样年轻，见面时问她："你这么年轻，有什么诀窍吗？"她说："没什么诀窍，我就是忙，忙让我忘了老。""忙让我忘了老"，这话听后很受震动。一个人太热爱静处，耽于思索，沉浸在细小事物中，思索也许就渐渐躯体化了，内省的波纹也许就变成了脸上的皱纹。杨萍显然既不属于前者，也不属于后者。她确实忙，她不为自己做的事后悔，不去追究事情背后复杂的原因。可她并不年轻，脸上气象并不滋润。走到院子，站在刺鼻的洗衣粉味里，我问小徐主任："杨萍的丈夫是干什么的？"

小徐主任刚要回答，戴皮手套一直在洗衣机上忙活着的女人接过去："姐夫呀，给她当副总，管车队。"

小徐主任赶紧牵住我的手，暗示不要多问。到我们上车时，她才回过头来说："杨萍活得不省心。她丈夫比她小七岁，是开大货的，他背着她和公司一个出纳员好，拉出纳员上滨城，杨萍知道了，把出纳员开了，从此就天天把丈夫弄在身边给自个儿开车，管死死的。丈夫要出去喝酒，坚决不让。可男人也不是管就能管得住的，现在大伙都传，说他又和他小姨子好上了，就戴皮手套那女的，她是他家洗衣房的雇工。说来你都不信，杨萍不让丈夫喝酒，自己出去喝酒，你说一喝就是两三个钟头，丈夫心还不长草？咱乡妇女主任提醒她好几回了，叫她带丈夫一块儿喝酒，你猜她怎么说？'我可不能带他，他小抠，我给领导和客户花钱他不高兴，还不砸了我的买卖？再说啦，就两三个小时，他也干不了什么事儿。'大伙就说，她老爹刚离她的眼儿就上了人家床，别说两三个小时！这个杨萍呀，真是的，看上去精明得不得了，其实挺傻的。"

"这么说，她回家抓父亲，是她自己受过感情伤害？她替母亲出气，实际上是替自己出气？"发现这个小徐主任挺爱讲话，我随口说出自己看法。

可她并不同意我的看法。“不是，咱可不好背后议论人，大伙都说她是有俩钱儿烧的，人一有了钱就霸道，爱管闲事儿。她在她家说一不二，什么事儿都管，其实她妈后来都不怎么在乎她爹的事儿了，就是她霸道！她两个兄弟家里的事她也管，动不动就去跟兄弟媳妇发火。家里人听她的，不和她争，不就是图她能甩两个钱儿嘛。还就老杨头有骨气，老婆子出殡那天，杨萍逼柳春香上坟地磕头，他一急眼说：‘从今个儿起，俺和你杨萍断绝关系，俺不是你爹，你也不是俺闺女。’别看老杨头事儿做得丢人，他的骨气大伙还是佩服。”

小徐主任这么说，我再没有接话。刚进入这个故事，我就同情这个老人。他被女儿抓了现形，在女儿的逼迫下给老伴下跪，在女儿的逼迫下闹得满城风雨。他一而再三听从女儿摆布，我愿意给他一万个理由，可最不愿给的理由，就是钱。一个女人用发达的气势统治身边的丈夫还情有可原，她企图用发达的气势统治自己的父母，在亲人间横行霸道，是最可耻的。这就等于你拿了块饼子，把所有人都当成了狗。没准儿，老人七十八岁了，还要出轨一次，就是为了向他女儿的霸道发起进攻呢。

可是，我错了。不但如此，那天中午，我们还证实了另一点——在一块饼子面前，我们每个人都变成了狗。因为当我们一上午都没访上，不得不先在大杨乡政府招待所待下来等待午饭，我们再次和杨萍见了面。她真就在一个饭店订了包间，大鱼大虾大飞蟹上了满桌。多日来清汤寡水的我们，见到一桌海鲜，喜悦之情溢于言表。关键在于，大肆饕餮一顿之后，再看杨萍，就觉得她人变得好看了，顺眼了；瓮声瓮气的说话声不但不像男人，还有了独特的美感了，就像在剧场里看话剧。

那天中午，在一间酒吧，我真觉得像在看一场话剧，杨萍是这场剧的主角。她头上的发结乱颤，腮上的妊娠斑被红光覆盖。她一会儿是一个幸福的母亲，看着大家繁忙的吃相，脸上露出喜滋滋的微笑；一会儿又是一个淘气的小女孩，喝了一些啤酒之后，非逼小徐主任和研究生们唱歌；一会儿又是一只狡猾的狐狸，一遍遍有电话找她，都说自己在翁古城。而喝酒时，她动不动就把酒杯对准张申，说姐夫等你再来我单独招待你，一听就知道是看重他记者身份。但不管怎样，你都能全盘接受，哪怕她后来喝多了，一个劲地重申她“简单”的人生观……

也许，她性格中，原本就有可爱的一面；也许，对一个忙忙碌碌的生意人，最享受的事情，就是用钱在酒桌上调动大家的快乐。但我看到，人确实是个复杂的动物，某些时候，情愿被利益摆布，或者说，被利益摆布，不是动物性，就是人性。我是想，杨萍能那么长时间回家说一不二，管着她的父亲，是不是正因为她父亲给了她这样的机会呢？就像我们的吃相给了杨萍喜滋滋的机会……

我不知道。我能知道的，是我喝多了，胃一阵阵难受。

游人和渔夫

不知是沿海的故事太复杂，影响了心情，还是真就酒精过敏，这天下午，挤在面包车上往宏光村去，我一直有些晕乎乎难受，好像酒精长了无数只手脚，在我的身体里抓挠蠕动。其实，我并没喝多少酒，也就两杯，为了解口渴。当车在宏光村村委会停下来，我已经等不及，赶紧下车往院子边上跑。和所有晕车人一样，面对呕吐物，我对刚刚结束的酒宴充满厌恶，对自己刚才饕餮的吃相充满厌恶，与这厌恶搭上的，还有杨萍那飘飘忽忽的形象，仿佛她是导致我醉酒的罪魁祸首。当然，这种厌恶的最大好处是，当彻底清理了自己，再度上车，不但晕乎乎的感觉没有了，上午从各个角度拼接的不完整的故事，也在我这里消失了。面对新的目标人，我又有了新的激情。

其实，之所以对新的目标人又有了激情，都因为我们下午深入的村庄不在海边，而在山里。大杨和青堆子张炉一样，它一面守海，一面守山，高速公路在中间一分为二。只不过它的山不是石岭的山，很矮，一个个土冈而已。但不管高矮，因为它不在海边，没有像静脉园区那样被开发被挖掘，看上去顺眼又顺心。说起来有些奇怪，我们渴望乡村改变，可是它真的在变，在感情上又不接受，不舒服。变革，就是包含着阵痛，就像当代人的整容手术。当一上午都和正在整容的人在一起，目睹了手术现场，再看到正常人，哪怕他丑陋不堪，你也觉得舒心欢畅了。在宏光村小曲屯下车，面对一个河谷上的村庄，我甚至想唱想跳，仿佛再一次回到了故乡。

为了把上午浪费的时间补回，钱薇、吕岳成、居颖像前几天那样，分头行动，当然这得建立在乡妇女主任工作做到家的基础上。大概树华听说上午访了两个都半途而废，通过电话又加大了力度。我们走一个村庄就放下一个，到最后在小曲屯下车，只剩下我、张申和居颖。

迎接我们的小曲屯妇女队长，是个身材苗条的高个儿女人。她在屯街上和我们打了招呼，没让我们进屯，而是大步流星走到我们对面。握了手后，领我们往屯外走，直走到一块没有收割的苞米地边，又上了一条堤坝。这是我少年时就见过的堤坝，修它的时间是大兴水利的上世纪七十年代，左右两条，当时称水渠。如今不叫水渠，是因为秋天它已干涸见底，只剩赤裸裸两条土坝。顺右面的土坝往南走，脚不时踩到坝边枯黄的蒿草，那种唰唰唰的声音在脚下回荡，别提心里有多恣肆。在野地里访谈，是我和张申都愿意的事情。他的镜头可以在天空大地上来回摇动，我的心可以在蓝天白云下舒展驰骋。在经历了一些天的访谈之后，我们已变得越来越理性，越来越不想被深重的灾难裹挟进去。

可事实证明，这只是一厢情愿。

被访者是一个六十五岁的女人，名叫于桂珍。妇女队长一边站在土坝上一声声喊她二嫂时，一边把她的基本情况介绍给我们。喊她二嫂，还以为她是和前一个二嫂一样的泼辣女人，可她从苞米地里钻出来才知道，此二嫂绝非彼二嫂。她目光慈祥，表情温和，跨过坝基一个草沟往堤坝上爬时，说话的声音像小猫叫，又细又弱："不好意思大妹子，让你们上地里来找。"

由于在感觉上不符合我对二嫂的定义，在堤坝坐下来的好长一段时间，我都觉得不对，仿佛我们找错了人，或者说她不该是一个受难者。但确实，她经受了苦难——她的丈夫两年前喝百草枯自杀了。或许乡妇女主任早就通过妇女队长把工作做下来，居颖说想了解一下她目前的健康状况，她毫无迟疑地说："还行，就是有糖尿病。俺家耿春江走那年得的，一着急上火就浑身没劲儿。"

在我们接触过的被访者中，得糖尿病的太多了。这个被现代医学诊断出来的现代疾病，就像现代科技开发出的电脑电视，在乡村飞速普及。

"他怎么走的,是有病吗？"不知是她看上去更像一个贤妻良母，不像为了感情，还是我们一路采访到的因病自杀的案例太多，居颖开口就这么问。

"没有，临走前一天他和邻居打了一仗，气得后背疼。当天坐车上翁古城医院查，没检查出什么病。第二天夜里，就喝了药，还是和邻居打仗气的。"

"为什么和邻居打仗？"居颖问。

"那是个泼妇，打四邻。"妇女队长在一旁替她回答。

于桂珍并不满足这样的回答，眼睛瞅着远方，慢条斯理说："不是供儿子念书需要钱，在门口地里建了个草莓大棚嘛，下果时不小心踩了她家一垄地，她就骂俺咒俺，说叫俺穷掉底儿，穷了这辈儿穷那辈儿。咱家不富，可咱家在早也不是个穷家，不就儿子上法国念二加二拉了十万元饥荒嘛！耿春江背了十万饥荒，你说他听了能不上火吗？"

这是我们访谈中遇到的第二个有关大学生的故事，只不过前一个在国内，这一个在国外。前一个自杀的是大学生，后一个自杀的是大学生的父亲。但不管是谁，听了都让人匪夷所思，为什么？儿子把脚印一路从乡村踩到国外，铺展了那么宏伟美好的希望，一句邻居的骂就能毁掉一切？

“他走前什么话也没留下？”我问。

于桂珍摇了摇头，依然慢条斯理说：“那天下小雨，外面风很大。他从翁古城回来说冷，叫俺给炒两个菜，烫壶酒喝喝。他嘴馋，爱吃鱼腥，好喝酒。可这两年有饥荒，手里紧，不到年节，他滴酒不沾。冷不丁提出喝酒，俺就有点奇怪，但也没太往心里去。家里什么都没有，俺就用缸里的咸肉炒了一个芹菜一个茄子，那时正是六月，芹菜茄子是应季菜。他黏酒，一小口一小口，吱嘎吱嘎慢慢腾腾，一喝就是个把钟头。个把钟头喝完，放下酒杯，倒头就睡，好像那觉就站在旁边等他。可那天没有，那天他放下酒杯，把电视遥控器要过去，说今天你就白和我争了，就让我看一回《星光大道》吧。他年轻时是放映员，爱好文艺，最爱看《星光大道》，不像我，爱看电视剧。每回，都是他让着我。他从头到尾把《星光大道》看完了，穿鞋下地，说今晚我上前边睡啦。俺家是老房子，窄巴，那几年在大门口两边盖了四间厦子，他不爱看电视剧，就天天上前边睡。那天，他刚走，儿子就从法国打来电话。儿子想家，两个礼拜往家打一回电话，都是在礼拜六夜里十点。俺家电话是连着的，前后屋都有，是俺大伯哥帮着装的。一来电话，俺俩都能接上，一接上就争着讲话。可那天儿子打电话来，那边一点动静也没有。儿子问爸爸哪去了，俺说他喝酒了，可能睡觉了。儿子说妈，我怎么觉得不对，爸爸从来没不接电话，你去看看。儿子一说，俺头皮一下子就炸开了，不好的预感直往脑后钻。往前屋走，俺脚跟发飘腿发软，推开屋门，耿春江真就躺在前屋地上了。俺吓得一下子就昏倒了……

“儿子那边电话老响，俺不知什么时候醒过来，爬过去接了电话。儿子在那边喊了声爸爸，再就没有声了……俺当时发蒙，根本不知道找人。一个钟头以后，俺大伯哥从翁古城赶过来，是儿子打的电话。可等他们过来，什么都晚了，耿春江身子都硬了。”

于桂珍一开始并不悲伤，一直仰脸看着远方，好像在讲远方别人的故事。可是讲着讲着，讲到儿子在电话里喊爸爸的时候，泪花挂上了睫毛，目光收回到眼前的苞米地里。她有一对孩子般毛茸茸的睫毛，扑闪扑闪眨巴时，勾画出一对黑幽幽的大葡萄。这是我下乡以来看到的最可爱的一双眼睛，这也是区别于二嫂那一类女人最明显的地方。一旦你发现了她可爱的眼睛，那里边黑幽幽的痛苦就击碎了葡萄一样弥漫开来。

“孩子命苦，大老远送出去，爸爸死，都不能回来见一面。没有钱，有钱也来不及。孩子连着好几天夜里都来电话，在电话里哭着喊爸爸。帮忙出殡的人没有一个不哭的。”

居颖哭了，我也哭了，只有妇女队长不哭。她不但不哭，还大声说：“还不都怨大哥。他要不逼国庆出国，能有这码事？你说又不是你儿子，你管那么些事干什么?！是，你给拿了十万块钱，可那也是借的，二哥那么要强，能不还吗？要是没有十万块钱饥荒，二哥也不能弄大棚；要是没有十万块钱饥荒，那个泼妇骂，二哥也不能在乎。你家在早日子什么成色，不比她强多啦呀！”

这是一个心直口快的妇女队长，她的话不光把我们从悲苦中拉了出来，还挑明了耿春江的死因。她认为耿春江自杀，和邻居打仗没有太大关系，就是十万块钱饥荒的压力。而这十万块钱饥荒，并不是耿春江情愿背的，他有一个替他管事儿的大哥。于是我说：“他大哥是干什么的，为什么他逼孩子出国？”

我的话本是冲着妇女队长。既然她了解内情，掌握许多有价值的信息，那么不妨让她说说。我知道这影响了居颖的问卷，但没有办法。可奇怪的是，当我把注意力转到死者的大哥身上，妇女队长突然敏感起来，伸了伸舌头，目光转向于桂珍，压低声音道：“你叫二嫂讲吧，咱是外姓人，白说错了叫人挑理。”

于桂珍眼皮眨巴一下，抹了一下睫毛上的泪花，叹口气道：“不挑理，挑什么理？本来就是那么回事。孩子出国，耿春江根本不同意，他是个懒人，觉得孩子能念个大学，不干庄稼地里的活，就行啦，不一定非要抻腰筋出去。人怎么活都是一辈子，不能太和自个儿过不去。可他大哥不行，他大哥在翁古城当领导，见过世面，非说耿春江不要强，眼光短浅。两人在酒桌上争起来。他大哥说，供孩子的钱他花，不用耿春江。耿春江说，儿子是自个儿的，说什么也不能叫别人花。大哥就说国庆是老耿家的后人，他也有份儿，他奋斗到市里，给老耿家争了光，得有接班人，不能半途而废。实在争不出个结果，耿春江就把事儿推到儿子身上，说那就叫国庆定吧，国庆说出去就出去。孩子小，哪个不想往外飞？一听有人给他拿钱，坚决要出去，说拉下的饥荒将来他来还。耿春江不让孩子出去，不是不要强，是他知道自个儿身板儿，他懒，不想太拖累别人。孩子走了，他天天叹气。”

我明白了，这是两种活法的碰撞。当哥哥的关注的是家族的荣誉，希望家族里能出个有出息的后代；当弟弟的关注的是个人内心，希望自己能悠闲地活着，不承担过多的责任和义务。我曾写过一部长篇小说《吉宽的马车》，在那里我塑造了一个懒汉形象。这个懒汉形象的塑造，是受梭罗《瓦尔登湖》里一句话的启发。他说，懒惰，是一笔财富。依我的理解，只有那些懒惰的人，只有那些能在世界的一隅停下脚步、静静倾听的人，才能真正感受到天地自然的变化，才能真正懂得万物生长的律动。那变化和律动，自成一个美妙的世界。可是，严酷的现实告诉我们，在这个飞速发展的时代，没有哪个角落能逃脱得了变革风暴的席卷。小说中的吉宽爱上了从城里回乡办嫁妆的女孩许妹娜，再也赶不了乡村的马车。现实中的耿春江，儿子考上大学，有了二加二出国的机会，他再也过不了就小鱼小虾喝酒的舒坦日子。即使他坚定，自来就看清人生本质，悟得人生要义，不被时尚风潮席卷，却还有比他更坚定和执着的、大哥。

可是，这个大哥难道就不懂得生活的本质，没有悟到人生的要义吗？他靠自己努力奋斗出去，人活得越来越有模样。有一天，他发现自己老了，前方没有多少生长空间，于是把自己的空间移植、延续到侄子那里，到下一代的空间里去感受充足的阳光、新鲜的空气。这难道不是不断追求人生意义的人最聪明的选择吗？

是的，人生好比抛物线，不管你飞多高，最终都要落到地面。可你不能因为反正还要落到地面，就不让自己飞起来。要是一辈子只过着一种维度的生活，没有变化，那人生还有什么意思？！德国作家伯尔在他的《懒惰哲学趣话》里向我们讲述过这样一个故事：一个游人在欧洲某个港口给一条渔船拍照，见一个衣衫寒碜的渔夫正躺在船里打盹，便问他，你为什么不出海？渔夫说我早上已经出过一次海了。游人说，要是你今天出海两次、三次，你就可以捕到更多的鱼；要是你不只是今天，而且明天、后天每个好天气都出去捕两三次，不出一年，你就可能买一辆摩托，两年可再买条船，三四年说不定你就有了渔轮，有了船和渔轮，你可以坐直升机寻找鱼群，有朝一日，你就可以盖一座熏鱼厂、罐头厂，你可以不用通过中间商直接把鱼虾运往巴黎，然后……渔夫问，然后怎么样？游人说，然后，你就可以逍遥自在地坐在这里的港口，在太阳下打盹，还可以眺览美丽的大海。渔夫说，我现在就这么做了，我正悠然自得地在太阳下打盹，只是您的拍照声把我打搅了。这个故事，歌颂的是渔夫，认为他很早就看到了人生的本质。可是一直以来，我都觉得，转了一圈回来晒太阳，和原地踏步晒太阳，是不能同日而语的。

奋斗打拼的人，看到了别人看不到的风景。

然而，此时此刻想到这个故事，我开始犹豫。因为于桂珍接着说："俺大伯哥心是好心，回回来家都说十万块钱他不要了，耿春江也没说什么。可俺知道耿春江心里怎么想，他觉得他是堂堂男子汉，不能叫人瞧不起！他那么懒，还要起早贪黑弄大棚，就是怕人瞧不起。他和邻居打仗，生邻居气，不就是邻居瞧不起他，说他穷掉底儿了吗！"我想，是看更多的风景，还是天天看一种风景，这是每个人自己的权利，谁也无法代替别人的感受。耿春江的哥哥，无论如何都不会知道，一个年轻时当过放映员，优哉游哉穿行大街小巷的人，一个动辄就坐在炕头吱吱嘎嘎喝小酒，品海鲜和酒香的人，有一天没有了这一切，活着的动力来自哪里。他是翁古城人，他不接受哥哥十万块钱，是翁古城人的性格。翁古城人的典型性格是永远固执于未必有利于自己的原则，就像翁南那个被丈夫抛弃的女人，她等待丈夫，居然只要人，不要钱。

那个下午，采访至此，我对这个叫耿春江的男人已经充满同情了。不仅是同情，更是敬佩。我在想，如果那个我们曾经访过的周长波的母亲，是想以死来唤醒儿子的麻木和懦弱，那么耿春江，是不是想以自己的死来告诉大哥，人不可以剥夺别人的权利，哪怕是善意的？因此，我向于桂珍提出来，能不能带我们到她家去一趟，去看看耿春江的照片。

实际上，我提出到家里去，也因为堤坝上有些冷。一早在海边刮起的风虽然到山里有些弱了，可长时间坐在野地，只穿一件小夹克的居颖都有些哆嗦了。于桂珍是个善解人意的女人，她抖了抖紫色毛衣衣领，向地里看了看，之后答应说："行，看看就看看。"

从堤坝往回走的路上，居颖和于桂珍在前，我和妇女队长在后。居颖抓住一切时间进行她的问卷，我则不失时机向妇女队长询问有关耿春江的信息。在她所传达的信息里，耿春江是一个死要面子的男人，自己又懒又馋，可他哥过年过节让司机送些鱼虾，他还冲大哥发火，打电话不让人送。他哥生气，好几年都不送了，气得于桂珍直哭，说你都馋成那样儿，何苦！他嘴上说怎么活着都一样，可儿子上了法国，在那里往家打电话，他接电话激动得腿都颤颤。他自个儿上外边讲，泼妇曲淑花就拿话气他，说你拉一堆饥荒，穷掉底儿了，有什么好颤颤的？你颤颤在自个儿家颤颤，不能踩别人家地呀。屯里人听了，没有不替他窝火的。而那个曲淑花，之所以对他那么大的恨,都因为她年轻时追过他。那时他当放映员,人长得帅，十里八村大姑娘都瞅瞅他。曲淑花性格泼辣，泼打泼上，一看电影就往放映机跟前挤，耿春江爱面子，每回都帮她腾地方，她就觉得耿春江是对她好。后来他和念过书又漂亮的于桂珍好上了，曲淑花受不了了，在电影场上大闹，非说耿春江和她动过手，弄得耿春江一时名声很臭。当时正赶上县里转正一批放映员的节骨眼儿，他没上去。巧的是，住在小房身的曲淑花，后来竟然嫁到小曲屯，成了耿春江邻居。他家城里有个有权有势的哥，他家还有一个爱念书的儿，样样她都眼红嫉妒。为一垄地打仗，就是想撒一撒多年积攒的那股气儿……

看来，耿春江的死，绝非想象的那么简单。如果妇女队长的表达客观真实，那么耿春江的死因，就不仅因为大哥强迫他背上债务。这只是埋在地下的一堆炸药，没有引子，炸药就是一堆废土。是曲淑花,引爆了这堆炸药。而看起来是曲淑花引爆了炸药,真正的火种，还在耿春江身上。他那么馋，却绝不吃哥哥送的礼；他拒绝儿子出国，可一旦出了国，接儿子从国外打来的电话，居然会激动得腿都打颤……没有任何人会对美好的事物无动于衷，只要他还是个正常人！可是，每个人，命运中都有自己的限制。那个一直守着小船打鱼的人，并非没有卖小船换大船的梦想，只是命运在他的道路上，有可能设置了种种难以逾越的障碍。比如出发那个季节的天气、当时的家境以及后来每个到来的日子的际遇。就像耿春江早早就区别于一般农民的放映员生涯，在这生涯中与泼妇女人曲淑花的不幸相遇。就像一奶同胞的大哥的一路走好，而一路走好的大哥对家族荣誉感和责任感的追求，还有那两束因爱生恨的目光的一直追随……如果一个人一直想突破限制又怎么都在限制之中，那么他一定会扭曲变形，一定会身心俱疲。最后，他不得不把自己报废在交困中。

在耿春江家门口，妇女队长领我看了那个草莓大棚。耿春江死后，它租给了别人。因为是秋天，里边一地干枯的草莓秧。妇女队长让我看，主要是看大棚外引起纠纷的那垄地，还有地主人曲淑花的家。她家就在耿春江家东边，一墙之隔，是从墙外伸到耿家房后的一个很深的院子，从院子往外望，这垄地上的行动一定清清楚楚。乡村的舞台说大非常大，大到无限；说小非常小，小到一个大棚、一垄地。这涉及到人的心灵世界。有一句广告语说得非常好：心有多大，舞台就有多大。心如果被困在种种限制里，舞台又能大到哪里去呢？

因为户门前盖上了房子，耿春江家的院子非常小，不足五米长。跨过五米走进后屋，你觉得像进了一个深不见底的窑洞，阳光全被前边的房子挡住了。我不知道耿春江盖房时出于什么心理，他家前边的房子居然比后边的高，或许这正是在限制里挣扎的写照，可这绝对破坏了房子和院子的气象。我不懂风水，但我知道阳光灿烂的地方必然有利于万物生长。没有阳光，屋子倒是干净利落。我们进门时，于桂珍已经把一堆照片摆到炕上，耿春江的、儿子的，还有以耿春江父母为中心的全家福。我想象过耿春江是一个帅气的人，可想不到他能帅成这个样子，用翁古城话说，帅得不像样儿。那张还是放映员时代的照片，活脱就是一个风华正茂的达式常，长瓜脸、宽额头、方下巴，额上的头发密实乌黑，目光专注而执着，嘴角上有一泓刚毅的纹线。而另外一张彩色照片，日期是2006年，于桂珍说是儿子考上北京外国语大学那年，他去滨城送他时照的，背景是滨城火车站。这时的他，头发稀了，下巴尖了，目光有些懈怠，嘴角上那泓刚毅的纹线被愁苦的下划线取代，和站在旁边的儿子形成很大反差。儿子也瘦高个儿，长瓜脸，也有一头密实的黑发，可他嘴角绽开的是明媚俊朗的微笑，眸子里闪烁着的是明快清澈的光。尤其站在法国卢浮宫外的那张照片，长围脖搭在肩上，细瘦的制服收住腰身，有一种异域青年才有的英气。虽然这英气里多少有那么点女人味儿，可一点儿都看不出他卑微的出身。当然，对比最强烈的还是在卢浮宫前的另一张照片，那是侄子和大爷的合影——在翁古城，侄子称父亲的哥哥为大爷，而不是大伯。那个在翁古城某局当着局长的大爷，一定是借公出的机会来看侄子。他中等个子，西装革履但遮不住身体的发福，在橘黄色领带衬托下，粗壮的腰身格外膨胀，以至使脸上的笑都有了膨胀的气象，似乎侄子的今天足可以让他看到家族的明天。耿家的家族，从照片上只能追溯到耿春江的父母，那是一张彩色的全家福，日期是2008年，耿春江的儿子出国之前。一对老人坐在中间，旁边是两个儿子、两个儿媳、还有两个闺女，周围是下一辈的孙子、孙女、外孙女。在这张照片中，耿春江的父母笑容可掬、幸福满满。他们当然幸福，他们不知道潜藏在他们前方的灾难，只知道家族的未来大有希望：他们一对乡下老人的孙子居然能出国留学。现在，即使耿春江不在了，这个家族的希望依然在。可是我在想，老人的幸福还在吗？如果幸福不在了，那么家族未来好与不好，意义又在哪里呢？我禁不住问于桂珍："你公婆还健在吗？他们住在哪里？"

把话问出去，分明希望得到这样的回答：他们在儿子出事前就幸福地走了。在有了一路有关死亡的采访之后，我不希望再看到白发人送黑发人的痛苦。可是于桂珍却说："在，他们在翁古城大哥家里。耿春江出事，对俩老人打击很大，病了一个多月。可是刚刚活过来，国庆又回来了。国庆回来两天，俺公公就得了脑溢血，半身瘫痪。"

于桂珍这么说，我还以为国庆听说两个老人有病，回来看过，爷爷奶奶见到没有父亲的孙子受到刺激。细问才知道，并不是这样。"国庆回来对他爷奶打击最大，可是没办法，他就是不念了，说什么也不念了。他说要不是他出国，他爸就不能死，他爸为他出国死了，他在国外一天也待不下去。他大爷气疯了，怎么说都不行。到底自个儿跑深圳找了个工作上班去了。"

家族血脉的延伸居然比儿子的命更重要，这让我很是意外，这让我想起我的公公。孙子每次从大学回家，他都问考试成绩，只要说考得挺好，在系里是前几名，将来念研究生肯定没问题，他就哼着小调高兴去了。至于孙子在学校能不能吃饱，学习累不累，他一概不问。仿佛只要远景在,近处的一切都不重要。也许,后代的远景，真的就是老人们的近景，在他们越来越逼仄有限的生活中，他们的精神需要无限伸展出去。可是一个在中国乡村里长大的孩子，背负父亲因承受不住自己读书压力而自杀的罪恶感，在遥远的国外，他承受了什么，他们知道吗?

一辈儿不管两辈儿事，这是乡村最通行的伦理法则。爷爷不管孙子具体在做什么，却要管孙子是不是把他们希望做的进行到底。然而一般的情况下，孙子只会顾及父母的感受，不会顾忌爷爷奶奶的感受，这也是乡村伦理中严峻的现实。在我们就要离开耿家屋子时，于桂珍告诉我们，在耿家，只有她，最高兴儿子回国工作。她大伯哥生侄子气，一年多不理侄子。他最生气侄子居然不要文凭，三年的心血白费了。儿子却不管大爷理不理，只管妈妈高兴，一天给妈妈打好几遍电话。爸爸走后，儿子好像突然长大了，像个男人，叫妈妈这个秋天山收完就去深圳。他在那边租了个五十平方米的房子，要和妈妈一起在南方过冬。儿子说，他现在明白，世界上没有什么会比家人在一起更重要。

只有经历过分离，才更懂得聚合，就像只有经历过苦难，才更懂得活着的美好。从耿家暗淡的院子里往外走时，我想起《还老还童》电影里的一句台词。一个七十多岁的老人说：我一生，经历过七次雷击。现在我明白，那是上帝想告诉我，活着，是件多么美好的事情。

从耿家出来，我和张申没再跟于桂珍回她堤坝边的苞米地。居颖把她送了一程，也转身回来，和我们一起站在路边等车。为了帮我们打发等车的时光，妇女队长说："于桂珍也真可怜，男人死了，有人给她介绍了一个乡兽医站的退休老头，一个月有两千多块钱的退休金。老头比她大五岁，也不是很老，还能干动活，动不动就来帮她干活，还给她买治糖尿病的药。可她大伯哥知道，坚决不让，说生活费、药费他给，绝不能把外姓人弄到耿家，更不能把儿子带到外姓人家里去。没办法，她就只有一个人守寡。"

站在路边，看着挂在西天上的太阳，我们谁也没有接话。一群鸭子不知被什么人撵了，呱呱呱从远处飞过来，扑腾起满天尘土。就在我们不得不往道边的野地里躲时，面包车已经在屯街的东边露头。

白天不懂夜的黑

我们之间没有延伸的关系
没有相互占有的权力
只在黎明混着夜色时
才有浅浅重叠的片刻

白天和黑夜只交替没交换
无法想象对方的世界

行驶在漆黑的夜色里，听司机播放那英这首歌，对歌词作者的捕捉能力佩服有加。因为充分感受到，白天和黑夜确实没有延伸的关系。日落之前，一群鸭子都能扑腾起满天尘土，而此时此刻，一辆车行驶在我们前边，在坑坑洼洼的土道上颠簸，居然看不到丝毫被带起的尘土尾巴。也就是说，在夜色混着黄昏有着浅浅的重叠时，风不知不觉溜走了，整个大地、原野，安静得纹丝不动，仿佛黑是一块有重量的物体，压住了大地上的一切。最重要的一点，坐在车上，透过车窗看着外面那个有重量的物体，我们确实无法想象对方的世界。这个对方，不是于桂珍，也不是她的大伯哥，更不是那个愿意娶她的兽医老头，而是另一个人，一个在外面挣了很多钱，在乡村买了一大片土地的成功者吕有万。

这得感谢我们的司机。前边说过，下乡采访，几乎每个乡镇都有一辆脸口很短、如同一只鞋子一样能装很多人的小型面包车。司机们跟我们久了，几乎总要不自觉地介入我们的调查。比如曹崴子乡那个司机，不但对大学生的自杀提出疑问，还帮助慕红处理那缕头发。当然这个司机和那个司机很不一样，他唇上蓄着一圈黑黑的小胡子，他对访谈案情没有丝毫兴趣，你甚至看不到他对课题组一行人有半点热情。他冷冰冰地绷着脸，一整天都不说一句话。可是你就是想不到，把我们从小曲屯耿家接出来，走到一个三岔路口，他居然一踩刹车把车停下来，指着黄昏里一条烟粉色小道，粗声粗气道："顺这条道往北走，能走到吕山咀，那里就有一个人春天撞车自杀了。是一个开发花卉基地的老板，叫吕有万，要是想去，现在我就拉你们去。"

他的话让所有人都感到意外。我扭头看看身边的居颖，居颖扭头看着后边的张申，张申又把目光扫向我。这个故事我是听说过的，那时候我回翁古城采风没几天。因为传说这个老板是和当地一个小媳妇好上了才自杀，我曾萌生过前去采访的念头，后来因种种不便放弃了，并且一放就把它忘得一干二净。

像在一间抢劫一空的屋子里发现珠宝，我的眼睛突然发亮。可是我又饿又冷，中午杨萍招待的美食被我吐光，堤坝上被风吹透的筋骨还没有得到舒展，如果尊重身体的感受，我是哪儿都不想去了，但这个案子实在太诱惑了。一个有钱的老板因为情感问题自杀，那会是一个什么样的故事？不知是从我的目光里看到了我被诱惑，还是张申自己被诱惑，不等我说话，他就积极起来："师傅，那咱们就去一趟呗，现在就去。"

司机自然不由分说，方向盘向左一打，立即转向岔道。觉得车上有个居颖，该跟她商量一下，我又跟上一句:“居颖是不是饿了？”

“不饿不饿，我也想去。”她迅速做出反应。

虽然依然是为了调查，可我知道这有点咬道的意思。晚上树华要在翁古城请我、张申和课题组的研究生们吃饭，后天，我就要离开这个团队，去庐山开十天笔会，而十天之后，这个项目就已经结束了。她要为我送行。然而恍惚之中，我们已身不由己，我们的车已经和黄昏之后的夜色深深地重叠在一起了。当一点点看到“白天和黑夜只交替没交换”，不但饿和冷彻底离开我的身体，树华电话里的再三阻止也起不了任何作用了。事实上没用多久，司机就把我们拉到一个路边饭馆，争着掏腰包请客。当我们填饱肚子再度启程，沉默了一天的司机像一个被敲开一道裂缝的油箱，话像浓稠闪亮的机油一滴滴往外滴。之所以说他的话是油而不是水，是说他说话的语速太慢了。字和句仿佛是藏在肚子里的金豆子，一经吐出就再也收不回去。

虽然他说起话来很费事，可他话语中包含的信息量却很大。或许正因为他说出来的太少，你想知道的又太多，才使他话语的缝隙里有巨大的想象空间。比如当我问他,吕有万是本村人还是外地人？他慢吞吞说：“本村人，年轻时跟建筑队出去挣大钱，几年前，又回来买地当了村长。”我问：“听说他和一个当地小媳妇好上了，那小媳妇是不是他的初恋，他回乡下开发是不是就为了她？”他寻思良久，支吾道：“不、不是。他和小媳妇好，才是两年前的事儿。”而当我问道：“怎么知道他是自杀？有没有可能是车祸，或者被别人谋害？”他一字一顿道：“压死他的那个车，是他外甥开的，外甥不可能谋杀姨夫。”这些说法的最大空间在于，他在外面闯荡那么多年，赚了大钱，怎么还会回到村里当村长？他看上一个小媳妇，为什么自杀的是他而不是小媳妇？如今的乡村，任何一条道上都会有很多车，他为什么非要钻到自己外甥的车轮底下？

前方的黑暗越来越深，我的疑问也越来越多。车在窄窄的乡道上一程程穿行，我的心已经被一系列疑问高高地悬挂起来。实际上，我的悬浮，除了被充满疑问的案例吸引，最重要的一点，还因为黑夜。这是一些天来唯一一次夜访，黑夜，让我对隐在前方的一切有着神秘的向往和期待。

可是吕山咀的黑夜并不黑，车还没有停下，我们就透过玻璃看到了一排路灯。乡村有了路灯，是国家惠农政策的一个部分。整个翁古城有六十多个这样先行一步的示范村，曾经访过的藏金沟就是一个。国家对农业投入力度的加大，使许多村庄亮了起来，只不过我们还没有在有路灯的村庄过过夜晚。

有路灯的村庄，和没有路灯的村庄完全不同。有路灯的村庄把黑的沉重赶向了远方，房屋映在温暖的灯光下，明暗交错，像一幅调子浑厚的水墨画。这水墨画不是死的，而有着鲜活生动的影像和立体的声音。一个偌大的广场上，一群人在震耳欲聋的大秧歌舞曲中翩翩起舞。就像那天在藏金沟看到社会主义新农村，下了车，我们的初衷一下子就不知去向了。

不一样的村庄，总能让我和张申欢欣鼓舞。我们在村庄里长大，这似乎是我们童年做梦都做不到的夜晚。我们童年梦里明亮的夜晚不在乡村，而在城里，明亮的夜晚也就在遥远的城市召唤我们进发的号角。我不知道，吕有万进城之后又回到乡村，试图改造乡村，让乡村的夜晚亮起来，是不是他童年就有的梦想。站在这里，站在明亮的灯光下，他为什么自杀，为什么要选择那么残酷的方式自杀，已经变得不重要了。我的眼前有两排长龙一样的舞者，男一排女一排，腰束红绸，神采飞扬。夸张了的欢快的表情在灯光照耀下，扑朔迷离，让人有种梦幻般的眩晕感。张申时而奔向龙头，时而奔向龙尾，居颖大声呼号：“这么热闹，太热闹了！”而我，身子不由自主就在乐曲中扭动起来。

正痴迷地看着，只见一个熟悉的身影冲向跳舞的人群。他抓出一个女子，把她用力拽到外边，和她哇啦哇啦说着什么。我一愣神，初衷突然归位，因为这个熟悉的身影就是司机。他的动作让我突然想到，他拽住胳膊的女子，可能就是和吕有万好的小媳妇……心怦怦慌跳两下，司机果然朝我走过来。他翕动着唇上的胡子，有些激动。他想跟我说什么，可是因为舞曲音乐太响，怕听不见，就像从人群里拽住那个女子那样一把拽住我，大步流星往外走。在一个稍微僻静的草垛旁，他说：“孙老师，咱到我丈人家坐坐。要找谁，我给你们找。”

原来他自信地带我们来，是他丈人就在这个村。“好，当然好，你把张申和居颖一起叫出来。”我说。

穿过灯光背后长长的暗影，我们跟司机来到一个小小院落。这是离喧嚣热闹并不遥远的一户人家，舞曲的节奏清晰可辨。只是屋子里暗淡的光线和草烟的味道让人无法回到那个欢快的世界，尤其当一个腰身佝偻的老人出现在我们面前。他头仰在被垛上，两眼微闭，与其说是在看电视，还不如说是在听电视。“爸，来客了，市里来的老师。”

老人直起身子，抬起厚厚的眼皮，眼仁里有一缕光夜萤似的闪了一下，接着就呆滞地落在女婿那张脸上，好像在问，干什么？

“他们想了解二哥的事，我去找三哥。就说你叫他。”

老头随后“嗯”了一声。

透过他们的表现可以看出，这个在乡上开着出租车的女婿，在老丈人那里很有地位，他可以随意主导老人。而这个看上去神情呆滞的老人，在女婿那里也很有地位，女婿找人需要打他的旗号。这让我想起那句“宗族出乡绅”的话，没准儿，这老人就是吕山咀的头目，暗中主宰着吕姓宗族的一切。

屋子很大，是两铺炕打通了连在一起的那种，里屋和外屋却是两个完全不同的世界。里边炕上，有一摞书本，几辆儿童玩具汽车，一床色彩鲜艳的毛毯和一堆花衣裳，显得很热烈。外边老人这铺炕上，一摞灰啦吧叽的行李，几件褪旧的衣裳，衣裳旁边，躺着一个破旧手电筒，显得寂寞而清冷。老人在清冷中收起伸长的腿，以表示对我们的客气，但转瞬，就又重新把脑袋仰在行李上，拉开和我们之间的距离。因为希望在有限的时间里获得更多的信息，我主动打破沉默：“大爷，吕有万是个什么样的人？您能给我们说说吗？”

老人直了一下脖子，抬了一下眼皮，缓慢的样子仿佛思维需要从遥远的地方往回赶，还没搭上车。过了很长时间才沉吟道：“老二？糊涂人，那是一个糊涂人。”

我知道，虽然他称吕有万老二，但这并不意味他和他是同姓或本家。他和他有可能既不是同姓也不是本家，但这绝不意味他们就不是亲戚。乡村太小，东瓜西瓜，七大姑八大姨总能瓜上亲戚。

“他怎么会是糊涂人？糊涂人怎么能回来搞开发？”我努力激发他。

可是这个佝偻在被垛边的老人只说了一句话，就再也不接言了，好像他搭上的那辆车又调转了车头。

“吕有万是个大好人，他改变了乡村，安了路灯，还……”我想说还让大伙扭秧歌。可是就在这时，我看到老人的眼皮动了一下，脑袋抬了起来，似乎他搭的那辆车还没来得及离开。他蚕吐丝似的慢慢悠悠说：“他糊涂，破了古规天道，得罪了往生鬼魂，叫鬼魂把他领走了。”

我猛一激灵，立即起了一身鸡皮疙瘩。张申忍不住把摄像机开关打开，让它在不被察觉的状态下工作。

“自古乡下哪有这么多灯，哪有这么吵闹？鬼魂夜里出来游荡，没地方躲没地方藏的，你说他们往哪儿藏？鬼魂是见不得光的！他走那天，是俺给他除的黑。俺当了五十多年除黑先生，从来没这么难，老吕家坟地里的鬼魂根本不让进。点灯怎么都点不住，炮仗也放不响。”

我下意识看看窗外。原来，他不是宗族里的头目，而是民间的除黑先生。

“大爷，你不是说是鬼魂把他叫走的吗，那为什么他们还不让进坟地？”居颖孩子似的瞪着好奇的眼睛。

“鬼魂就是想叫他当个野鬼，叫他阴间阳间都没有家。他搅乱了鬼魂阳间的家，惩罚他。”

我一直以为，除黑先生的工作是为活着的人驱黑辟邪，原来是为死去的人驱黑辟邪。亡灵的归途，并不是畅通无阻。我目不转睛地看着他，心里有一种复杂的东西涌出。我信奉并尊重我们身外一切神秘的事物，可是老人的话却让我不能不有所怀疑。这怀疑没有任何确切理由，只是一种直觉。直觉告诉我，他对现代文明进入乡村有抵触，于是制造了这个形象的说法。他是游窜在民间有名的除黑先生，他有这样的权力。正沉吟着不知说什么好，门外突然响起脚步声，一个高大魁梧的男人走了进来。他的后边，跟着小胡子司机。

如果我没有猜错，这就是吕有万的三弟，司机所说的三哥。三哥脸很宽很黑，像在地里晒了一百年，但他整个人的状态，不像是在土地上干活的农民。他看到张申手里的摄像机不但没有在意，反而露出笑容：“二哥人都走大半年了，还能惊动记者，说明二哥有功德呀，老姑夫你说是不是！”

他这么说着，把目光转向老人——他们确实不是同姓，老人是他的老姑夫。“咱吕山咀的鬼魂还是不大度，不讲究，也不看看二哥给活着的人带来多少福分。老姑夫你得跟他们念叨念叨，叫他们大度点儿。他们不希望夜里有灯光，可活着的人希望呀。你看二哥走，这舞场停了十天都不到，又起来了。鬼魂们完全可以后半夜再出来活动嘛！你得告诉他们，咱阳间改革开放了，阴间也得开放，见见灯光没有什么不好！”说完，哈哈哈笑了起来。

看得出，这个黑脸三哥是个乐观又幽默的人。他试图以幽默的方式，说服他的老姑夫。可是老姑夫绝不让步，眨巴着厚眼皮认真地说：“老三呐，要不是老姑夫念叨，你二哥的魂哪能进得了坟地？根本进不了！他要是进不了坟地，在屯子里游荡，不知又得抓多少野鬼去呐。”

“老姑夫，你就行好事再念叨念叨，二哥都是为大伙好。”

老人不再吱声，“嗯”了一声就仰起他的脸，笑眯眯地看着天棚。好像有人相求，他已经很是知足。

“三哥，你是吕有万的亲弟弟？”担心长时间纠缠在鬼魂里，无法接近事实真相，我一边让座，一边见缝插针。

听我亲切地叫他三哥，他小眼睛一亮，露出意外的表情。他把目光的温度调热，亲切地看着我说：“是，我们就哥仨，我和老大搬到翁古城，二哥在滨城。这不二哥走了，他一儿一女谁也不稀罕农村，我就暂时回来接二哥这一堆烂摊子。”

原来是这样，难怪他看上去不像庄稼人。

“三哥，你说二哥这么为大伙着想，怎么能选择这条路？”我问。

三哥大拇指扳住下颏，脸上出现特别的凝思。“说实话，我一点都不愿讲二哥那点事儿，二哥是我一生最崇拜的人……可是，正青说你们是政府派下来的，我在政府也有很多朋友，不配合又不好。但咱可说好了，你光拍不能播。”

看来司机早把国家和政府供出去了，看来他已知道我们是干什么的。我似是而非地点头，赶紧推进话题："你说二哥真就为了一个女人自杀？"

黑脸三哥看了看炕上的老姑夫，"嗨"了一声，叹出长长一口气。之后反问道："你们都是名人，你们觉得二哥这样干过大事儿的男人，会去为一女人寻死？他可是当过建筑公司老板啊！"

是的，一个建筑公司老板，什么样的女人都见过，兴许有些女人会自动送上门来，可这并不意味他享受过爱情。他也许因为在这个女人身上享受了真正的爱情，可又无法把她据为己有才最后绝望。我把这层意思说出来，黑脸三哥吐了口痰，苦笑了一下："他倒是真的迷上鞠燕秋了，这也不是什么秘密。咱翁古城许多回来搞开发的老板夜里都找相好的，家不在身边，谁都能理解。只是人家找相好在翁古城里找，二哥找到屯子里来了……那鞠燕秋还真算不上漂亮，就是性格好，会来事儿，说话响脆。开个小卖店儿，二哥老去……"

"鞠燕秋男人出来闹了是不是？"居颖问。

黑脸三哥手从下颏上拿下来，抿了一下厚嘴唇，摇头道："根本没闹，她男人是个懒汉，图二哥用他干轻快活，看西山那片树林子。他从来没闹过，对二哥还点头哈腰的。二哥呀，根本没有你说的什么绝望，二哥出事，和这事儿没有半点关系。"

"你这么一说，我倒更觉得有关系。这关系，不是说二哥因为得不到鞠燕秋才去寻死，而是另一种。就像网上曾经曝光过的温州乐清县的村民钱云会，他也是被碾在一个大卡车车轮底下的，曾有人怀疑是被谋杀，最后他手上戴的手表有全程录像，才证明是车祸。我的意思是，难道就没有可能是谋杀，或者他神情恍惚出了车祸？"

三哥黑脸一板，蓦地严肃起来，簸箕一样的手掌往前一挥："老师，我不知你贵姓？"说罢，向身后看去，似乎想让司机给他介绍。

见司机已经离开屋子，又急不可待地说：“咱不管你姓什么，我就叫你大姐吧。大姐可千万不能这么想，鞠燕秋丈夫绝对干不出这种事儿！也绝对不是车祸，出事那天，我外甥开的车。”

“那么你认为二哥因为什么？”我不得不跳过刚才的思路，回到正道上。

“说实话，我也说不清楚。我虽然说不清楚，但有一点是清楚的，要是二哥不回乡搞开发，肯定没有这一天。”

“那他为什么要回乡搞开发？”张申问。

“开始就是一个很简单的想法。”三哥沉思一会儿，眼神在一个深远的地方回旋了一下，“开始二哥就是想回到乡下弄片山栽上树，盖栋别墅。老了在外面干不动了，回到村里过休闲生活，在树林里散步。咱农村出去的人，不都恋着土地嘛！可是国家这些年对土地管理很严，你不开发项目，不建大棚搞种植，买地盖房根本不行。政府很狡猾，不允许你买地盖房，但乐不得你买地搞开发。你搞开发，建设农村，国家还有政策鼓励，给你贴钱。”

“怎么贴？”张申问。

“怎么贴？按你建大棚的个数，五万一个大棚国家贴五千，百分之十。我养了二十多台挖掘机，找我干活的开发商，大多数都在利用国家政策赚钱。修东北大通道那会儿，道边新盖了好多企业，为什么？不就听说在道边办企业国家贴钱嘛！那些企业后来差不多都变成了空壳，申请资格混过国家检查，把钱套到手，立即又转身了。这样的例子太多了，有政策不套，你就是彪子。可是搞土地开发和搞企业不一样，土地是个无底洞，它挪不走又填不满。一百万、一千万进去，你根本看不出什么来。就说2004年，二哥回来栽八百亩银杏树，两年就蹿出老高，可到了2006年，那些树不知怎么就开始死叶，一片一片地死。找科研部门来看，原来是叫打给庄稼的农药毒死了。那种农药叫百草枯，打药季节毒气能飘两公里。二哥不得不把这些不抗药的树全部拔掉，换上抗药的落叶松，损失两百多万。后来放心不下，二哥发狠把周围的所有山地都流转出来了。这么一来二去，现在已经折腾进六千万了。”

又是百草枯！它在乡间无处不在。

“原来栽树，没指望它赚钱，可把钱折腾赔了，就不能不想赚钱的事儿。听说搞花卉基地有补贴，就弄花卉；听说搞有机草莓、有机蔬菜有补贴，又弄有机草莓和有机蔬菜。把这些弄出来才发现，那点盈余除了给民工开工资，分文不剩。投入农业收入太慢了。你知道吗大姐，到后来，不是二哥套政策，而是政策套二哥了。为什么？你已经在政府那里挂号了，已经是宣传出去的典型了。书记、市长动不动就领人下来参观、视察，你想甩手，根本不可能！有好几回，二哥都想甩手不干了，可到最后，不但没甩，干得更大！把村里十八个小队的土地全买了下来，搞生猪养殖，搞林下种植。他们还把二哥选上村长，为什么？政府答应帮他争取更多的政策，帮他贷款。你猜这叫什么？这叫望山跑死马！政府想给农民办实事儿，掏不出腰包，就弄块青草引逗你，掏你腰包。你可倒好，越掏越空，越掏越需要那块青草填肚皮……

三哥越说越激动，到后来，脸上涌上一股浓浓的愁云，乐观的表情再也不见了。静静地看着他，我突然想起靴子沟那个干了一半又撤出去的哥俩当中的一个，想起三年前找我想搞作家基地的那个企业家。一晃三年过去，再无音信，他们是不是也遇到了梦想和现实的冲突呢？

见我们都不再吱声，三哥接着刚才的话：“二哥太累了，我隔三岔五过来看他，鼻窝眼窝都是黄的。人家政府领导干部个儿顶个儿脸色红润，就连给他干活的民工小脸儿都是红扑扑的，他可倒好，半夜半夜睡不着。当初回乡，手里现金也就五千万，现在折腾进六千万了，别墅还连个影儿都没有。他又想建观光旅游村，你说他压力大不大？！看起来你是在土地上，是和青山绿水在一块儿，你其实是在经营，在管理。你是村长，那么些人靠你过生活……说实话，到后来，不是农民给他打工，是他给农民打工、给政府打工。要不是二哥走后，我来接手，也不能有这么深的体会，太难了。不用说别的，就应付上边一层层检查就应付不起。为什么？你有花卉、水果和蔬菜，哪个走了能不打点？你说你累不累！他钻到外甥车底下，是累大了，抑郁了。二哥看过好几回心理医生了。”

无论是成功还是失败，每个人都有自己的不归路，这就是所谓上天的安排。就像渴望攀高枝的杨柱遇到财政局规划处处长，就像生性懒散的耿春江遇到生性要强的哥哥。引导吕有万走上不归路的，也许还有他那简单的栽树圈地盖别墅的欲望。可经历过跟树华和她的朋友去转角楼看山看水库的过程，看到过耿晓云亲笔写下的“回乡A计划”，我完全能够理解这样的欲望，也知道当下的现实正蛊惑着像他这样一些成功者的欲望。可是谁又能把欲望和理想截然分开呢，谁又能说清欲望是否就是他人生的最大理想呢？当他在城里打拼累了倦了，故乡和土地难道不该成为他安放心灵的归宿吗？！

正这么想着，门外突然响起男女混杂的争吵声。男的瓮声瓮气听不清楚，女的清脆刺耳：“你天天在外面鬼混喝酒，不让俺来家跳舞，这是哪家理？”张申像一只机敏的警犬，嗖一声调转摄像机。当一个男人撞进镜头，他下意识倒退了一步，我也顿时有些发蒙。原来吵架的男人不是别人，是司机。他拖着一个女人的胳膊，气急败坏满脸乌紫，嘴却呜噜呜噜说不出话来。

黑脸三哥似乎一看就明白发生了什么。他眼珠立即瞪圆，冲司机厉声道：“王正青你看你，你也不怕大伙笑话？”

见屋子里有陌生人，女人愣住了，愤怒的表情定格在脸上，像一块弄皱的抹布。她抽着脸盯着张申，张申立即把机器放下来。这时，抹布也一点点洇湿了，抻开了，百般委屈地重申道：“你天天在外面鬼混喝酒，俺扭个秧歌你不放心。扭秧歌也不和男人扯手，你有什么不放心？”

“鞠燕秋倒没和二哥扯手，不是也和二哥好上了？扯不扯手能说明什么？”司机有些语无伦次。

终于明白，司机刚才在扭秧歌的队伍里揪出的，不是鞠燕秋，而是他的老婆。他之所以自告奋勇拉我们回吕山咀，是老婆在娘家，他不放心。

三哥没吱声，他把目光往炕头的老人身上扫了一下，之后又投向他们身后跟进来的另一个人。那个人身材矮小，目光幽暗，左眼皮上，还贴着一片小红纸片。扇乎着纸片和三哥目光相接，他像获得某种暗示似的，指着司机：“正青你给俺听着，再回来找事俺当姐夫的可就不认你了。小玲没事儿随大伙扭个秧歌怎么啦？也不是她一个人，都什么时候了还那么保守！”

司机眨巴一下眼皮，羞怯地看了看张申和我。那样子好像把事情搞大，完全出乎他的意料，可是他又无法控制自己。他吞着唾沫，眼睛在半空扫了一圈，扬着乌紫的脸冲那个身材矮小的人说道：“姐夫，我不是保守，我是反感她和鞠燕秋在一块儿，那女人……”

“那女人怎么啦，你说那女人怎么啦？”女人站在门边的木柜旁，毫不示弱，染黄了的长发颤巍巍晃在耳边。

“你说怎么啦，这还用说吗？”

屋子本来就小，轰隆进来一帮人，又一个不让一个地争吵，顿时像炸开了锅。这个被称姐夫的人坚持认为司机保守小心眼儿，司机女人依仗有人帮她讲话，不迭声重申自己多么无辜：只扭秧歌，从没和男人扯手跳过舞。要不是学校合并，孩子要在吕山咀学校上学，她也不可能回娘家来住。回来了，人家都扭你不扭，你不是太不讲情谊了?！那意思好像扭秧歌不是扭秧歌，是一种姐妹间的交易。这一下子又激怒了司机，他怪异地晃了晃脑袋，努力压低声音道："我就不信，你不随，谁还把你吃了呀?！咱今个儿当着爸、当着大伙面，把话挑明了，我就是反感你天天和鞠燕秋在一块儿。她把二哥拉下水，二哥死了，她一点反应都没有，还腆着脸在那儿扭，这是什么人?！你要是和她不一样，就不应该和她在一块儿。"

话音刚落，女人便像一只斗架公鸡似的仰起了脸。她的愤怒是显而易见的，但碍于面子，也努力压低声音："王正青啊，你叫我说什么好哪？你说我和鞠燕秋认识是不是你介绍的？她嫁在屯里才五年，我都嫁出去八年了，我认识她是谁?！还不是你和你那乡政府的狐朋狗友喝酒，有人看上她，你叫我出去打掩护吗？你干过的好事儿你都忘了呀？明知道鞠燕秋和二哥好，还从中搭桥把她当礼物送给乡领导。拍人马屁把老婆也拖上，最后又来家指责老婆，有你这样的吗？！要不是你们把鞠燕秋撮动给乡领导，二哥至于吗？"

把一个人的死推到另一个人身上，这个推的人还是自己老婆。愤怒像一块紫色的幕布，一瞬间就罩满了司机的脸和脖子，就连黑脸三哥也激动起来。他从炕沿站起，盯着司机老婆："小玲你瞎说些什么，怎么还怪着正青啦？正青不想得罪朋友，不也是为了揽出租车的活吗？人家在乡政府，上边下来检查的人一帮一帮，要没有领导帮着揽活，这种大学生下来调查的活，正青能干上吗？场面上装装样子，你怎么还当真了呢？"

见自己说话失口，女人立即低下头。

可是，就像一个犯罪团伙突然发现有人泄露了秘密，屋子顿时陷入可怕的寂静。三哥直勾勾看着司机老婆，司机老婆直勾勾看着姐夫，姐夫幽暗的目光在半空里旋了一下，又落回到司机老婆身上。这时，司机老婆顶不住压力，不得不低声下气道：“谁叫他气俺，他气俺俺就气他。”

虽然老婆说了软乎话，但司机眼睛里的怒气并没消退，喉结在脖子上一个劲儿滑动的样子，仿佛正在酝酿新一轮进攻。正在这时，炕头传来一声重重的咳嗽，旋即，一个低沉的声音传出来：“小玲子，你不能太耍小性子！你一小没有妈，俺也太惯你了！自古哪有有出息的男人不在场面上铺派的？咱结朋交友，在场面上铺派是一码事儿，心里头怎么想是又一码事儿，你不能弄成混汤子。你想想，要是没有正青在场面上铺派，你二哥死那天，乡政府领导来，能专门登门看俺吗？你想想俺是谁，俺这个除黑先生，国家和政府认吗？根本不认！人家领导不认还来看俺，还不是冲着俺是正青的老丈人！俺说过，吕有万的死，怪不着任何旁的人，就怪他自个儿！是他自个儿把咱吕山咀弄乱了，才出了人命。”

吵架传达的信息，确实有些乱，需要像赵本山小品里说的那样，得慢慢捋一捋。在这些信息里，鞠燕秋是个焦点，她不但跟吕有万好，还和乡政府领导好。她和乡政府领导好，是王正青暗中牵线。而这个王正青，为了揽政府上的活，明面亲着舅哥吕有万，暗面亲着乡政府领导。为了明暗有别，有时不得不在设酒局时把老婆拖出去打掩护……当然，在这些信息中，最重要的信息不是这个，而是女婿拉皮条的事，老丈人知情。不但知情，女婿在他心中的地位，就依仗他和上边领导的关系……这让我心情乱糟糟的，不但乱，还有一种深深的难过。我想起那个一张嘴就念念不忘国家、政府的张小栓母亲，这些乡下老人，他们生活在天高地远的乡村，却日里夜里都渴望和政府有着一线联系。我感到难过，是说张小栓母亲的渴望仅限于意念，眼前这个除黑老人的渴望已经落到了现实。这层关系，是扭曲的关系。他一边反感世间乱相，一边又为制造乱相的人说情助威……

为了进一步堵上司机老婆话语里的漏洞，瘦小的姐夫开始讲话。他先是告诉张申坚决不能录他，之后，从炕沿挪到柜前的一条木凳上，一抬手搓掉眼皮上的红纸，慢条斯理说："我这几天眼皮老跳，老觉得有什么事儿。才刚，正青上我那儿，说上边要来了解二哥的事，才知道这眼皮就是跳的这个……二哥都走半年多了，他的事我一点都不想讲。可正青说讲不讲都得过来看看，你们是他政府上的朋友，就过来了。没想到正青不是东西，两口子打仗，把二哥的事扯出来了。既然扯出来了，我真就得讲一讲。可是讲什么？"

说到这里，他把眼睛从地面上抬起来，看着我、居颖和张申，好像都是我们让他陷入困境。许久，他从困境中走出来，咬了下嘴唇说："咱就讲二哥的死。今儿个，咱守灯讲话，不撒一点谎。我和老姑夫看法一样，二哥死，怪不到任何人，只怪他自个儿。我不懂阴间的事，不知道是不是真有鬼魂在后边撮撮，但我能看明白阳间的事，能看明白二哥肚子里那点事儿。他就是当村长累死的，气死的！他要是不当这个村长，没有这一天。"

"我也这么看，就是这个村长当坏了。不当村长，你是老板，不管对谁，你都是硬气的。当了村长，等于把你自个儿摆进扑克牌里了，你是扑克牌里最小的那一个。对上，你得看脸色，对下呢，老百姓家长里短，什么事你都得管。你说你累不累？！"三哥在一边帮腔道。

"谁家为水道沟打仗，谁家两口闹不和，这都是小事儿。"姐夫再一次搓着眼皮说，"二哥最上火的事，是遇到吕明祖这个刺儿头。小吕屯吕明祖，比二哥大两岁，小时候我们在一块儿念过书。那时候他话少，老实巴交的，根本看不出刺儿头。二哥回来，在村里修路，干活的人动了他家祖坟边一棵树，他不让动，非要二哥上家里道歉。二哥以为他家有个瘫妈，是想诈点钱，就拿出一万块钱叫人送去。可倒好，就这一万块钱拿坏了。他把钱送到市里，告二哥花钱买官，弄得上边下来好几帮人查。要不是二哥上边有人，他这村长根本当不上。据说过后市纪委书记冲二哥好一顿蹦蹬，说二哥没长脑子，做事不理性。你说凭他吕有万，好几千万资产，至于叫人蹦蹬吗？你要是不当那个小村长，不管修路，谁告你干什么？”姐夫皱着眉，痛心疾首的样子。

“二哥太爱面子啦，政府一逼他就干了。”三哥说。

“不，老三，我从来不这么看。”姐夫手在头上一挥，眼皮频频眨巴两下，“自己不愿干，没人能逼得了。你们都不了解吕有万，我一小和他一块儿长大，最知道他啦，他一辈子就想当官。”

“一个小破村长算个屁官儿，二哥都当到公司大老板了。”司机说。他已经从愤怒中走出来，两手插着衣兜站在暗处。

“你们呀，都是些翻毛皮鞋，只看面儿不看里儿。二哥当初怎么走的？不就是想当村长没当上，叫吕有庆争去了嘛。要是当上村长，他能走嘛！他走那年就跟我发过狠，说将来干好了，一定杀回来。那时候还以为在外面干个三年两载就能回来，结果他这个人财运好，老有工程拖着，一拖拖了二十多年。二十多年后他来家包山弄地，叫我给他当工头，我以为他早就扔了这念头。可那天晚上他请我喝酒，喝多了说了真话，说他回来，就是为了当村长。还说先头栽那些树叫百草枯药死，他下决心买下村里更多的地，都是老天在帮他，叫他把野心埋了起来。我就笑话他，说你都当到公司大老板了，赚了天文数字的钱了，还在乎个小村长？你猜他怎么说？他说，姐夫呀，那可不一样，体制内的官再小也是官，通筋骨；你公司经理再大，隔着肚皮，是孤魂野鬼。这二十多年俺当孤魂野鬼，体会太深了，搞工程办项目，哪一级政府都得拜，你点头哈腰拍马屁，总得装孙子。

我说我知道了，你就是想当个土皇帝，站在山头一呼百应。说中他心思了，他猛喝了两盅，说村官是小，可再小它是一个庙堂。将来土地越来越珍贵，村级组织这个庙堂越来越大。用不了多久，这个庙就是大庙。你把土地造好了，你就是土地爷、山神爷，你就不用拜任何人了。”

看来三哥隐瞒了许多真相。吕有万回乡弄山种树，绝不仅仅为了解甲归田有地方散步。他情愿让政策套他，是想当土皇帝，当大地主。安徽省钱运会车祸事件出来后，就有媒体曝出，在南方，一个富裕村的村官不花两百万是买不到手的，这足见想当土皇帝的人绝不止吕有万一个。

“可他终于当上庙堂里的土地爷了呀！”

我这么说，姐夫赶紧接上：“哎呀妹子，时代不一样啦，现在农村早已经不是在早农村啦。你动迁，修道占地，没有老百姓点头，是绝对动不了的。国家现在所有政策都是保护老百姓利益的。你不知道，现在农村，农民才是庙堂里的神仙。你得罪了他们，可了不得。上网上一捅，或者上北京上访，都够你受。”

我似乎终于知道吕有万的问题出在哪里了。所谓“宗族出乡绅”，是说真正的乡绅，是靠长期在宗族里主持正义公道才赢得的威信。他多年游走在宗族之外、乡村之外，依仗挣了点钱就回来吆五喝六，有人不买账再正常不过了。从某种意义上讲，那个被称为刺儿头的吕明祖，还是一个不为三斗米折腰的民间英雄呢。

当然，我并不是不同情吕有万。下海赚钱，在商海游弋，需要弓腰屈膝，需要不断参拜体制里大小庙堂。所谓贪欲，或许就发生在尊严受辱的道路上。它不经意间就搭上了理想的列车，为这列车加油的，或许仅仅是希望不给别人点头哈腰这微小的念头。可是，一个除了土地别无他有的农民，为一棵树，要求你从庙堂走出来，平等地对对话，难道不是对尊严的一种捍卫吗？！

“二哥把钱看成万能的了。”因为从未对目标人进行批评，我努力把话说得温和。

“谁说不是！他派人给吕明祖送钱那天我和姐夫都不同意。我们都逼他，叫他去找吕明祖说句小话。这个臭彪子在外面扬声，说他就是看不惯二哥瞧不起人，甩大老板派头，开车从他家门口走从来不减速。可二哥不听，他说他拜了一辈子庙堂，不能惯大伙毛病，说在外面拼杀这么多年，只要动钱，没有摆不平的事儿。我也在外面干生意，我也动钱，可你得看对谁。对咱农村人，有时好使有时就真不好使。咱农村人顽固守旧、不开化，不是所有人都能像咱老姑夫这么思想开化，既懂阴间的事，又懂阳间的事。这不是，到底遇到吃生米的了。”

三哥的话，让我想起多年前读过的一本人物杂志，那上边有一篇访谈文章。一位记者问一个成功者：“你成功的最大秘诀是什么？”那位成功者说：“没什么秘诀，就一点，我做什么事都考虑成本，成本大的事坚决不做。”那时我年轻，血气方刚，读到这里，气得把杂志哗哗撕碎。我认为一个人最大的成本是人格，如果忽视了人格成本，再成功也是没有意义的。一晃二十几年过去，我不知道现在再读这样的杂志会不会撕掉。随着时间的推移，我学会了理解、包容，看到存在的合理性，懂得老姑夫的开化对生存的重要。可是此时此刻，当看到还有一个人不计成本地和吕有万这样的大老板作对，我的复杂的情感里似乎参与了另一种东西，一种看光景不怕乱子大的小人心态。此刻，我特别希望听到吕明祖和吕有万更较劲的故事，于是我问：“二哥死前，吕明祖还去闹过吗？”

听我这么问，司机老婆忍不住插话：“可不是闹！二哥走头一天头晌他还去闹了呢。当时我和鞠燕秋在场，他把二哥气得嘴都哆嗦了。”

又提到鞠燕秋，我不免有些紧张，担心司机再起愤怒。可是不但没有，他还提醒老婆说："你不是说他死前那个下晌发给鞠燕秋一条短信吗？"

司机老婆皱了下眉，不情愿地回忆说："也没什么，他就说他活够了，说他长这么大没受过这样的窝囊气，活着没意思。"

"这个臭彪子，谁也没想到他能这么操蛋，比祖宗还祖宗。"姐夫说，手在眼皮上一遍遍揉搓，"你都不知道，那棵树到底二哥派人去给栽上了，那条道到底在那里拐了个大弯。他还把他家所有地都从二哥园子里抠出去了，为了他，二哥有好几个地方弄不成大棚。为什么？不成片儿！这不要紧，他几乎是十天八天就上园里去闹一回，质问二哥，说一棵树你都能给一万，买这片山，你吕有万到底向村委会和乡政府贿赂了多少钱？"

说心里话，当姐夫说到吕有万拿一万块钱赔偿一棵树时，我和臭彪子的想法一样，只是我没有勇气把话问出来。

"有一回，吕明祖闹够走了，俺想组织人去揍他，可是二哥坚决不让。他说吕明祖炕上还有个瘫妈，打瘫了怎么办？我说那咱就把那臭彪子弄进去，家口你拿钱养着，多大点事儿！他摇头，说没那么简单，市领导坚决不让，眼下上下都在抓稳定。一个老板回来当了村长，再抓人，影响不好，再说，闹大了，惊动上边领导来查，没事儿也能查出事儿。我说那咱就不干这个村长了，干那个驴操玩意儿干什么？他说土地都流转出来了，你扔了不干，怎么交代？这么说，我没话说了，就说那你就回滨城家里躲躲吧，这里有我顶着。他寻思了一会儿，抽了几口烟，望着地边的大道，说不能走，一走再就不想回来了。他说每回回滨城的家住一夜，往回走时，都从心眼里不愿意，能磨一会儿是一会儿……"

姐夫说到这里，声音低下来，像有什么东西噎住了嗓眼儿，眼皮也耷拉下去，瞅着脚下的地面。“他这么说，我心里别提有多难受。你想想，全村人都靠着他，所有亲属都在他这里打工，他能说扔就扔了吗?！他不扔，又这么难，叫我说什么……他和二嫂打了一辈子，现在和鞠燕秋好，咱还以为，他早就不愿意回城里的家了……听他这么说，我立马就改了腔，连蹶带骂。我说你呀，你他妈的看上去是一条硬邦邦的汉子，弄归起一肚子草包！有什么大不了的？上边那么些领导都是你铁哥们儿，有什么解决不了的！听我这么说，他哼了一声，脚狠狠往地里揉。揉够了，摇头说，这世道，只有利益，没有朋友。说完一扬手钻到大棚里去了。一周后出了事，我就后悔，后悔不该骂他。可是我不骂他，和他一块儿叹气有用吗?！”

屋子静静的，没有一点声音，好像所有人都被二哥的话击中了。“这世道，只有利益，没有朋友”，这是商业社会的普遍真理，几乎无人不知。可是这个晚上，这句出自自杀者之口的话长久飘荡在狭小的空间里、幽暗的灯光下，不知为什么，我觉得现实的一切都不再真实了。它不但不真实，且有着梦魇般的荒诞和错乱。荒诞的不是吕有万怎么就成为了如今的吕有万，错乱的不是吕明祖怎么就成了刺儿头吕明祖，而是在这荒诞和错乱的梦境中，一张张熟悉和不熟悉的面孔悬浮在半空。他们虚幻、游移、忽远忽近，他们是三哥、姐夫，是王正青、王正青女人，还有除黑先生，还有一只脚踩着两只船的鞠燕秋，还有那个眼看着老婆跟了别人也不肯吱声的懒汉……看着这些面孔，我非常想拽住梦的手，从梦魇的深渊里脱身，可是我浑身无力。最后，不得不对身边的女人说：“能领我上趟厕所吗？”

从屋子里走出，一股清新的空气扑面而来。它们凉丝丝地从脖颈、脸颊、胸窝沁入，匆忙而急切，它们急不可待的样子仿佛在门外游荡了一万年之久，太想扑到一个人身上了。其实我知道，不是它们急着扑向我，是我太想融进它们，太想站在夜空下好好透透气了。

仰望夜空，看不见星星，远处广场的灯光和近处厕所里的灯光把它们逼退了——女人以为我急着上厕所，冲在前边，很快就拽亮了厕所里的灯。厕所有灯，这在乡下是很难见到的。在灯光的映照下，厕所向我展示了非凡的面貌。它水泥墙面、水泥地面，四角隆起的顶棚看上去仿佛花园里的凉亭。因为这是我在乡村很少见的厕所，不禁赞叹道："这厕所太好了！"女人说："这都是吕有万二哥当村长之后修的，每一户，政府拿二百，个人拿一百，二哥贴七百。"

"开始是二哥套政策，后来是政策套二哥。"这是黑脸三哥对他二哥的描述。实际上，国家制定的政策没有错。如果不用少许的钱引来大款更多的钱，改变乡村不知要等多少年。于是我说："二哥给村里做了不少事儿，可遗憾的是他没把吕明祖的事做好。"

"可不是哩，他要是肯去说句小话就不会有这一天。他要是不跟鞠燕秋好，也没有这一天。"

提到鞠燕秋，我的心慌跳了一下。从厕所出来，下意识朝屋里扫了一眼，之后问："你跟鞠燕秋是朋友，她真的爱二哥吗？"

女人也朝屋里看了看，小声说："告诉你吧大姐，别听俺家王正青的，天下动真感情的就是女人。鞠燕秋根本不是个坏女人，她和二哥头一年就对上眼儿了，恋了三年，二哥追了她三年，第四年她才和二哥到了一块儿。要是坏女人能这样吗？怎么到的一块儿？张乡长看上她，让王正青牵线请她吃饭，过后张乡长用车送她，在车上动手动脚。她心里委屈，当天晚上，回到小卖店才给二哥打了电话。她对二哥是真感情，我和她怎么成为朋友？就是她不愿意和张乡长好，不愿意逢场作戏，和我说了实话。她心里可恨王正青了，我也恨。那天晚上张乡长单独送她，是王正青提前安排好的，我根本不知道。

我现在为什么不回家？就是恨他，恨他身边那些男人。”

“可是鞠燕秋不还是和乡长好上了吗？”我说，脚步一点点往院外移动。

女人灭掉厕所里的灯，跟上我说：“一开始没好，张乡长一遍遍给她打电话，她都不接。有一天她在乡上进货，遇到王正青，王正青非拉她上车，把货都装到车上，结果把她拉到了饭店，又约了张乡长。这回吃完饭，张乡长直接就把她拉到翁古城宾馆了。过后一周不到，就帮她儿子找了一个农管站的工作。他帮了她，她没有办法，可是她心里老委屈了，她最爱的人是二哥呀！二哥也是，从来约她，都在车里，都没让她上他住的那个屋里，也没拉她上宾馆。她每次从张乡长那儿回来，都找我哭一通，说对不起二哥。她一哭，我心里就不好受，就觉得对不起二哥的是我、是王正青。我俩不但对不起二哥，更对不起她……我为什么跟她扭秧歌？二哥死了，所有压力都在她身上，她不出来扭，人们会说三道四，再说，她也没办法待在家里呀。这半年来，她难受死了，你说她难受，我能扔了不管吗？为了对得起她，我不得掩护到底吗？”

这是一个可爱的女人。说她可爱，并不是说她真诚、有良知，又能够反省，而是她和你说话时的小动作。后来，当我俩走出院子在院外站定，她一只手揉着你的手背，一只手抚弄着你的头发，亲姊妹似的看着你，与和丈夫打架时判若两人。

为了让女人继续说下去，我连连说：“是，当然是！”其实我根本没听懂她话里面的意思，她的意思是说在鞠燕秋心里，二哥是因为她才走的，这与姐夫和三哥说的都不一样。于是我追加一句：“二哥最后抑郁了，不是因为吕明祖吗？”

听我这么说，她拉我往墙边靠了靠，重重地揉着手背说：“姐呀，你可不能叫这帮男人骗了。他们说的都对，都没有错。但是二哥走那天的事他们没说，他们根本不知道。”

“那天还有什么事？”我故意漫不经心地问。

女人揉我手背的动作一点点轻了，最后，她把两手抬起来，从我的耳牙两面伸过来，抚着我的头发，像一个妈妈或者姐姐，我相信她和鞠燕秋说话时就是这样。“姐，照理我不该说他们坏话，我也不是就想说他们坏话，可今儿个赶在这了，不说出去，我良心过不去。跟你说一说，心里也许就不这么闷了，我这半年心里一直就闷乎乎的。”

我于是学女人的样子，用我的右手，把她的左手握过来，揉着手背。我说：“妹子，你相信我，我不会跟任何人讲。”

“最后那天，我和鞠燕秋上二哥办公室送烟。二哥回来搞开发，都抽鞠燕秋小卖店里的烟。其实他俩头天夜里见过面了，可是鞠燕秋非说惦着二哥，非要再去一趟。二哥好长一段时间都打不起精神，她不放心，我就陪她去了。可是一进门，就看见吕明祖在那儿，他好像闹累了，歇在那里，二哥也没理他，在电脑上看着什么。我们进屋，二哥才站起来，可是鞠燕秋把烟递给二哥，刚刚转身，吕明祖这个臭彪子开始说话了。他指着二哥鼻子，话说得特别难听。他说吕有万呐吕有万，你丢俺八辈祖宗的人啦，叫俺说什么好？俺都不好意思！俺今天要是不碰上，俺都不稀讲，讲这事埋汰俺的嘴！你一家子亲戚都在欺骗你你知不知道，你养个小老婆都已经是张乡长的人了你知不知道？你妹子、你姐夫、你兄弟，他们有谁告诉过你吗？今天你就问问你妹子，俺说的有没有一句假话？我当时一下子就蒙了，说不出话来了。你说要是反应快，不管怎样我都不能承认呐。可是我蒙了，什么都说不出来了。鞠燕秋和我一样，看着二哥，也什么都没说出来。二哥呆在那里了，你都不知道二哥当时那张脸，太难看了……后来，他什么都没说，一摔门就出去了。他走后我俩才反应过来，大骂吕明祖，可是已经晚了。”

说到这里，女人一把把我搂到怀里，用她的脸蹭着我的脸：“姐呀，你说二哥有这天鞠燕秋能好受吗？我能好受吗？二哥下晌给鞠燕秋发那条短信，说活着没意思，鞠燕秋都没敢回。我也不敢和二哥联系，我没有脸！他钻到外甥车底下，不就是对我们这些亲戚有想法吗?！他那么要强的一个人，宁肯拿一万块钱，也不愿登门说句小话，你说叫臭彪子那么窝囊，他哪受得了……”

女人哭了，哭得一塌糊涂。我把手从她怀里抽出来，反过来抱住她。我想起女人刚进门时那句引起所有人警觉的话，这话在她心里装得太久了，她控制不住。

“二哥死了，男人可以像没事儿一样，可咱女人不行。我半年多不回家，就是不能看见王正青，一看见他就生气，就替二哥屈得慌。鞠燕秋也是，她最恨王正青了。”这时，说到鞠燕秋，女人从我怀里挣脱出来，指着广场说，“她天天扭秧歌，其实杀人的心都有哇！王正青为什么对鞠燕秋那么大的劲儿？就是鞠燕秋坚决不理张乡长，也不理他了。她说要不是还有一个儿子，她也不想活了，跟二哥一起去。他王正青哪知道，我陪她，就是为了软她的心，叫她不那么恨，叫她不老想着死……”

不知道什么时候，刚才让我舒心的空气变成一股冷气，我浑身上下瑟瑟发抖。为了缓解寒冷，我扯着女人的手，朝大街西边走了两步，边走边说：“我们能去看看鞠燕秋吗？”

女人停下来，寻思一会儿，朝广场望了望，摇头说：“不行！才刚她知道你是跟王正青一块儿来的，她不会见你。再说，人都散了，你听，舞曲不响了。”

这时，我才发现，不知什么时候音乐停了，夜是如此寂静。我终于发现，我瑟瑟发抖，正因为夜的寂静。原来，喧嚣的音乐是带着温度的，就像一层厚厚的棉絮。突然的寂静将棉絮拨开，放进寒意。夜虽静，但广场的灯还亮着，由小街往大街上走的灯还亮着。除黑老人说，吕有万把夜的黑弄亮了，鬼魂回不了家了，所以就乱了。没有人知道是否真有鬼魂。可回味女人的话，你觉得有另一种鬼魂。它游窜在明暗之间，使原本简单的关系变得混乱不堪。

那天晚上，我和女人的谈话就在彻骨的寒意里结束。很快，张申和居颖就从屋子里出来了。姐夫、三哥、王正青也从屋子里出来了。不知道我和女人的长时间离场，使他们起了疑心，还是张申和居颖觉得再也没有什么可谈的。我们在门外大街上会合，他们再没有请我们进屋的意思，不但如此，王正青还很快发动了面包车。

因为和女人有深入的交流，分手时，我握着她的手，恋恋不舍。说起来，我对女人，不是不舍，而是牵挂。我牵挂的不仅仅是她，还有鞠燕秋，我不知道这一对姐妹的自责和悔恨如何平复。在她们的男人从不过问她们的内心时，这良知的同盟究竟能支撑她们走多久？那个张乡长如果贼心不死，还要通过王正青来纠缠鞠燕秋，她们会做出什么样的选择？

这么想，坐在车上，看到王正青透过车灯映照出来的轮廓，就有一种说不出的情绪，一种跟恨有关的情绪。好像恨是一种病毒，会在无边的夜里蔓延，好像感染上这种病毒，就不想多说一个字、一句话。

然而那个晚上，我的一言不发，并没持续多久。我们没有马上回大杨招待所，车开出不到五分钟，就在一个山谷深处停下来。张申告诉我，这是他的建议，到吕有万生前的住处看一看。当我们的车在一个灰蓬蓬的房子前停下，三哥和姐夫已经从另一辆车上下来了。

这是一幢二层小楼，在路灯下，分不清它到底是橘色还是土黄色。它坐落在半山腰，像一团会移动的雾。因为院子里灯光的光线并不能把小楼全部照亮，随着我们的靠近，它的一些暗面变成了明面，明面变成了暗面。但很快，整个小楼通体亮了起来，雾退避三舍，一个穿着迷彩服的门卫从小楼里走出来。

跟三哥进门，上楼，在二楼东边拐角，他打开了屋门。这是一个开阔的房间，有一股呛人的烟油味。红木太师椅，与它配套的红木布艺长椅、红木茶几，象征富贵和吉祥的紫檀木蟾蜍，于阔绰和尊贵中散发着一种衙门气。这或许正是他追求的庙堂风格。可是就在这个屋子里，他承受过指责，遭受过羞辱。我试图站在椅子对面，想象他当时难堪的样子。这时，目光稍一移动，我看到了一幅巨大的地图，它挂满了座椅背后的整面墙。乍一看，还以为是世界地图，细看才发现，那上边有“吕山咀”三个字，再细看，这是一张庄园设计规划立体效果图，全称是“吕山咀吕氏庄园设计规划图”。这不禁让我想起山西的阎锡山大院、山东栖霞的牟氏庄园，发达的一代总想通过家业把祖上的荣光留传后世。张申把镜头对准它时，从进门一直没说话的三哥说：“这是三年前就有的规划，达到这个目标，少说还得两个亿。”确实，这上边有会议中心、接待中心，有别墅区、垂钓区，有有机水果蔬菜区、森林公园，还有温泉疗养院。这架势吕山咀仿佛是北戴河，全国各地的人都要来度假或者开会……

见我们聚精会神看着规划图，矮个儿姐夫冲到前边，踮着脚，指着右上方一个地方：“这就是吕明祖家坟地上那棵树，占了二哥庄园里最主要那条道。”

抬头看去，那是一条从西北往东南斜劈过来的大道，穿过山谷最中心。如果说山谷中的道路是一个八卦图，那么它就在这八卦图最中心的位置上。难怪为拔掉这棵树二哥肯拿一万块钱，这里也许有风水上的讲究。难怪吕明祖宁愿舍掉一万块钱也不给他让路，这是一个最能体现尊严的机关要塞。

目光在树和会议中心的标志间移动，我忍不住说道："这哪是一个庄园，这是一个国家级旅游景点。"

三哥苦笑了一下："所以我说望青跑死驴嘛！你弄上这些东西，政府就贴你钱，结果越弄越大，二哥已经贷款一千多万了。"说着，他打开老板台旁边的一个柜子，从里边抽出一卷纸，在老板台上铺展开来。"你看，这是二哥最初的打算，就是栽一片树，盖一栋别墅。"

和墙上的图纸比，这张图纸简单又潦草，只能算平面的铅笔草图。那幢别墅也就五间房子那么大，门口一个高高的门楼，连个凉亭之类的景观都没有。谁也说不清，是什么时候，一个什么样的念头，让他把它从理想的墙壁上撤下来，换上了另外一张。可是我却能够说清，站在这张宏伟的规划图前，心情要多豪迈有多豪迈，土皇帝的感觉要多充足有多充足。可以肯定地说，这已经不是传统意义上的庙堂。如果每天游客门庭若市，许多人需要托领导靠朋友才能获得打折门票，他真是不必出堂就能得到三拜九叩了。

站在宏伟的蓝图下边，再一次想起那个云南大学生的"回乡A计划"。乡村，为什么会进入许多人的计划？

"二哥住在哪里？"默默站了许久，我问。

三哥推开了屋角一扇门，站在两屋之间，指着那里的一张床说："就这，像个跑腿窝棚。下班人都走了，就他自个儿。你说空不空，孤不孤单？就这楼，夏天还好，冬天冻死个人。倒是有个锅炉房，可四野没遮没挡的，到处都是窗户。这根本不是一个住人的地方。"

这是一张红木木板床，因为被褥已经被撤掉，棕榈床垫裸露出细细针须。看着它，不由想起鞠燕秋。她跟司机女人说，二哥从没领她进他的屋，都在车里。如果鞠燕秋的话是真的，那么这是为什么？是怕留下女人温度，使孤单和寒冷更加难耐吗？如果是，那他为什么不能像张乡长那样往宾馆去？他和二嫂打了一辈子仗，为什么不能和心爱的女人有一夜彻底的放纵？是怕泄露了秘密，还是他把男女之事压根看成见不得人的勾当？鞠燕秋最后背叛了他，除了碍面子和无奈，这里有没有一个女人对一张宽阔大床的强烈渴望呢？

“这活，我不会干多久。”三哥在一旁突然说，“我不会像二哥这样过跑腿子生活。我和老婆都是农村人，我们一辈子最大的愿望就是过舒服生活。西方人城里乡下都有别墅，可中国和西方不一样。西方土地是私有，不用开发，不用套政策。我已经领来好几个大开发商了，他们来看，都没有买的意思。为什么？这里不具备开发旅游景点的条件。”

“张乡长原来最积极，老往这领人，这两个月，他也消停了。”站在屋外的王正青说。

“没关系，我很乐观，我相信总能找到像二哥那样想当土皇帝的人。”三哥说。

三哥的意思，鱼钩放在那儿，上边挂上鱼饵，总会有鱼上钩。我没有接话。城乡之间的路，是世界上最近的路，这并不是说出了城，就是乡，而是说乡村的恬淡在我们每个人的梦里。把梦变成现实，也许是鱼钩上最大的诱饵……

可是一个人好不容易奋斗进城，再回到乡村建大棚，盖会议中心，搞生态开发，城里的家怎么办？城里的二嫂怎么办？孤单地睡在乡间，寂寞的夜晚对鞠燕秋有了想法怎么办？鞠燕秋之类嫁了懒汉的女人对勤奋者有了想法怎么办？为了过上幸福生活，王正青之流有了新的企图怎么办？

我这么想，就因为王正青在前边插话，提到张乡长。事实证明，某种跟张乡长有关的情绪，在我心里一直没有消失。它不但没消失，且因为看到二哥空寂的屋子让我格外纠结。此时，要不是居颖把我引到一张照片前，真不知道我会跟王正青说句什么。

那张照片，放在床的一角，能有一平方米。居颖拽住我让我回头时，张申摄像机已经在那里对准了它。我走过去，和张申一样半蹲着，努力与照片上的主人同等高度。相框和相片都已经破损，不认真看根本看不清。这是一张合影照片，另一个人，是翁古城市长张广大。二哥站在他的旁边，和他共同举着一个写着花卉基地的牌匾，一看就知道是在奠基仪式上留下的。二哥长相和三哥大相径庭，尖下巴，长瓜脸，目光温和，丝毫看不出想当土皇帝的人身上应有的霸气。在他的衬托下，他身边的领导倒显得膀大腰圆，神采飞扬。见我们用心端详，姐夫走进来，在我们身后说："二哥这辈子，太看重当官的了。咱都看重，但就没看到他那样儿的。在园子里，只要听说市里有大领导来，他老早就等在门口。有的领导路过这儿，到了门口才打招呼，他一听，不管手头在干什么，跳着高往外跑。去年十二月，张广大市长陪省领导到乡下视察，说好了上午十点来，二哥在大道口等到十二点也没来。问秘书，秘书说上午可能来不了了，叫二哥先吃饭。结果二哥刚回公司，市长已经来到门口。秘书打电话，二哥急慌慌往外奔。等他到了门口，领导的车队已经走了。为什么？二哥没在门口迎接，市长生气了，你说说！二哥当时上那个火呀，要知道为视察，员工准备了好几天。二哥回屋，把照片摘下来往地上狠狠一摔。那是我第一次看他发那么大的火，从那以后，他就掉了精神，领导来，他再也不像先前那么热情了。"

听完姐夫的话，我的眼睛突然潮湿了，眼前的形象一下子模糊起来。二哥回乡村弄地，本是想当土皇帝，想让别人拜他。现在他却要一遍遍拜别人，当官的来了，还要老早迎出去，还要跳高往外跑。他跳高迎出去，在大门口耐心等待，也许是他陷进乡村，太需要依靠，或者在外面拼杀多年摇头摆尾已成了习惯。可正因为这样，你心里才格外难过。要知道，他在大门口等了一上午啊！为了迎接视察，他让员工忙活了好几天啊！领导却说走就走了……姐夫说他从此掉了精神，是不是他从此感到，他人虽在体制里，心却已经是一个孤魂野鬼？他的抑郁，是不是就从那时开始的呢？

从屋里出来，我再也说不出一句话，一种说不清的跟恨有关的情绪再一次从胸口溢漫出来。同是恨，可与前边的恨是不一样的。前边，我恨的是人，是王正青、张乡长。现在，我的恨里没有具体人，它们是一个和人有关的权力场，是人血管里那个对权力不可战胜的膜拜和依赖，是这依赖导致的某种东西的无限膨胀……被这情绪覆盖，高低不平的山谷、一路遥相呼应的路灯、一排排相挨整齐的大棚，在我这里都变成了噩梦……

为了让我们好好看一看二哥的庄园，王正青拉我们在园子里转了好几圈。哪个地方是会议中心，哪个地方是别墅区，哪个地方未来能打出温泉，他一一指点着，仿佛美好的未来依然在向大家招手。

就这么转着，看着路灯下影影绰绰的一切，我开始眩晕，开始一阵阵反胃。我捂着胸口，屏住呼吸，紧紧地闭着眼睛。这时，车里响起那英的歌：

你永远不懂我伤悲
像白天不懂夜的黑
像永恒燃烧的太阳
不懂那月亮的盈缺

你永远不懂我伤悲
像白天不懂夜的黑

不懂那星星为何会坠跌

白天和黑夜只交替没交换
无法想象对方的世界
……

第拾日

10

让星月进家

大辫子

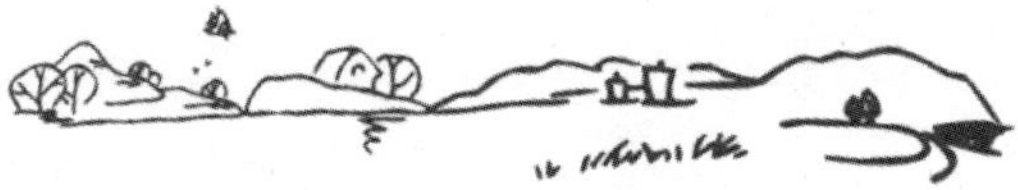

让星月进家

这是我此次采访的最后一天。张申和课题组的研究生们还要继续访下去，我却要去庐山开十天笔会，而十天之后，这个项目已经结束。了解到我马上就要离开这个团队，树华前一天和慕红做完几家回访，并没马上返回滨城。她在翁古城黄海岸大酒店请大家为我送行，还为我的第二天安排了特殊节目，让慕红陪我去访一个已经访过的案子，是昨天在石岭四家子村偶然碰到的。她认为这个人物形象很独特，对我的写作肯定会有帮助。我相信树华的判断，她是我在生活中少见的那种人，有超强的直觉，对人的现场极为敏感。可是我并没一早就奔石岭去，我跳到面包车上，直嚷嚷还要跟大伙走一个上午，仿佛有了这一上午，就能补回我走后的所有损失。

而实际上，这个上午的访谈很不顺利。先是被杨萍纠缠了一番，我们一早在招待所门口遇到她，她非说大刘家有一个自杀的女子，她的男人她认识，和她是小学同学，能联系到她男人的电话。被她的热情打动，慕红不得不调整计划。这计划就像多米诺骨牌，你动了一个，其他所有的都得动。被访者和联系被访者的妇女队长，山上地里都有活，一个个扶正错位的时间，就像扶正错位的关节，非常麻烦。关键是，杨萍口口声声告诉慕红已经联系好，可车开到大刘家，那个被访者却不在家，邻居说他一早就骑摩托车走了，上哪儿去了不知道。本想马上离开，杨萍在电话里非让大伙再等一会儿，说她一定亲自把他押回。可等了半天，眼睛在屯街路口都快望穿了，对方关机了，她也找不到。我们只能白跑了一趟。

耽误了时间，司机见课题组每个人都很着急，避开大路，沿着熟悉的小道往明阳村赶。车却不小心陷到一个小河沟里，等大伙下车把车推出去，来到明阳村村委会，妇女主任已经下屯搞妇科病普查去了，等了五十多分钟才把她等回来。当终于等回表情阴冷的妇女主任，焦急像一缕火苗，燃在了我的心底，因为那时已经十点一刻了。当然，我没有让焦急持续太久，这并不是说我要求慕红赶紧离开，而是暗示自己不要太执着。这是一种理性的参与，它发生在我过了四十五岁这个年龄之后。这种理性参与的最大好处是，你可以跳到那些引起焦急的麻烦之外，局外人似的审视麻烦，看看到底能麻烦到哪里去。而当你对麻烦有了审美的心态，会有意想不到的收获，你不但不再焦急，且发现那麻烦的事情也退避三舍了。有一次在沈阳开会，返程的时候没赶上火车，去客运站，又没赶上汽车。好不容易买到一张私营汽车票，走到高速路口，又因为雪大封路。当时我沮丧到极点，觉得实在是太不走运了。可往回返时，想起一早从滨城出发就不顺利，我突然醒悟：今天不就是不走运嘛！既然麻烦是注定的，不走运是注定的，那我为什么要沮丧呢？于是我就告诉自己：今晚，我还非回家不可了，坐慢车也要回家，我就是要看看，到底能不走运到什么程度。于是随快客八点多返回车站，冒雪去火车站买夜里十二点的慢车票。售票员说没座，我扑哧一声就笑了，心说这就对了，就应该是这个样子。那个晚上，我想找酒店休息一会儿却打不上车，好不容易打上车来到“如家”，服务员又说客满。在酒店沙发上眯盹一会儿，到十一点半重返车站持票上车，乘务员又说，站票不能进卧铺车厢。麻烦像一个又一个情人如期而至时，我真的就像一个看戏的观众，总是憋不住想笑。然而，就是这个晚上，在我敞开胸怀等待麻烦，坐定卧铺车厢不动，专等有人过来清理我时，我听见有人在过道里喊我的名字："惠芬"。睁大眼一看，原来是我二姑家的表妹，她在铁路系统工作，我俩多年来总找机会见面却一直也没有机会。生活就像一场游戏，你不想要什么，它非给你什么；你终于敞开胸怀准备接纳，它又不再慷慨，所谓求之不得。眼下，当我终于接纳了总是见不到被访者的现实，一个意想不到的被访者来到我的面前，就像我在火车上的遭遇。

说意想不到，不是说一上午经历许多麻烦终于访上，而是当我们走进一个空荡荡的屋子，看到一幅巨大的彩色婚纱照片，十天前我们第一个访到的案例又回到了眼前。在那个案例里，有一个爱干净却不爱干活的小媳妇，她为孩子拉在炕上的一泡屎和婆婆吵架，最后和婆婆双双自杀。看着照片中的男女主角，记忆的仓库迅速调动出各种影像。在那些影像里，有一个并不清晰的场景和人物。每一回婆媳打架闹分家，媳妇都把妈妈从娘家搬来，妈妈坐在炕头对着婆婆大声叫板，不但给婆婆施加压力，坚决阻止婆媳分家，还跟婆婆要电脑，说闺女就爱在电脑上看书。这个娘家妈妈，在那个记忆里，只是一个配角，一个来去匆匆的影子。虽然在讲述者那里，她坐在炕头上说话的声音掷地有声，可你并不了解她的疼、她和那场灾难的关系。当时觉得，受害的只是在现场见到的三代男人，而事实上，在那场灾难里，最疼的人不在现场，而在现场之外，在与张炉隔着五十多公里路的大杨乡。

由照片翻开了记忆，目标人的母亲由配角变成了主角，疼痛的神经顿时就敏感起来。说起来，这个女人给人留下的印象并不好，我甚至觉得她是这场悲剧的主要责任者。如果不是她把孩子娇宠得不像样子，如果不是她阻止分家，把她娇宠得不成样子的闺女生生摁在公婆身边，一切都不会发生。可是发生了，母亲失去了女儿，她就是这个世界上最叫人心疼的母亲了。

等待这个叫人心疼的女人登场，我们在屋子里站了那么久。她没有登场，却有十几只猫不知从哪里钻出来，瞪着金黄色的眼睛，喵喵地冲我们大叫。她人不在家，她家的院门和屋门却大敞着，好像她家是个公共场所，随便什么人和什么动物都可以出入。确实，在我、张申、慕红，我们三人送走妇女主任和其他研究生，等待小队妇女队长到山上去找她的时候，有好几个邻居走进院子。他们有男有女，我们迎出去，一个拄着拐棍儿的老头倚着泥墙不住地问："你们是哪儿的？"慕红简单说了一下我们的来历和目的，一个眼角有着刀痕的女人说："她过得挺好，要不能养那么些猫？"

"这些猫都是她养的？"

那天上午，当我不自觉地表达了对养猫的惊讶，另外三个女人争先恐后打开话匣。虽然我们的被访者没有登场，可她出事前后的精神状态、生活状况，已经在三个女人的描述中有了充分的展现。那个六十多岁的矮胖女人说："她呀，恁国家不用操心，她就和圈里的牲口差不多，就是干活的命。你只要叫她干活，她什么愁事儿都没有了，闺女死了，咱邻居疼得还没反过劲儿，她背网包上小河沿搂草去了。那才是五月，小河沿根本没有草。她就是心野，那是个野人，在家待不住，你只要放她去野，什么事儿都不是个事儿。"另一个瘦女人赶紧接过去："她就爱干活，就爱上山，大伙叫她老把头。孩子小那会儿，她把孩子抱到山上，天不晌不黑不回来。晌歪歪了来家，就做顿饭工夫，她都在家待不往。大街上要是有驴叫狗叫，有什么动静，得了，就是正爆锅子，也能扔了锅里的油跑出来跟着看。俺隔着墙头，动不动就闻到煳锅子味儿，要不是她心野心粗，不知管孩子，孩子也不至于那么驴性。"这时，一个嘴巴尖尖的女人说：“她家从来不关门，夜里也不关。猫狗畜类都爱上她家，她也不管，为这事男人和她没少打仗。男人说孩子不是畜类，你得教育，你不能敞着门，把孩子和畜类弄一块儿。可她根本不听，她觉得畜类和人没什么两样，她愿意跟它们亲。她不关门，还有个说法，说关了门，星呀月呀的就进不了家了。你说星和月都在天上，怎么能进家？什么人就什么命，你亲猫狗，亲星月，阎王爷就把闺女给你弄走了。”

她们的描述，让我想起我的表姐，她就是这样，心野，从来不喜欢过日子的秩序和程序。房子在她那里不过是一个睡觉的场所，就像鸡窝和畜棚，从不收拾，也不怕村里人笑话。只要天亮，她肯定早早打开屋门跑到外面。然而她和这个女人的不同在于，表姐不爱干活，只要不是季节所迫，她的外面肯定不是田野大地，而是屯街路口、邻居家的门口、小镇上的集市。她亲近的，也不是畜类，而是人。她喜欢聚众拉呱儿，喜欢搭伴逛集，而农闲季节，她会拎上时令蔬菜上城里亲戚家串门。她野，可她不是把自己放逐山野。她向程序和秩序宣战，是远离锅碗瓢盆，远离野地和野地上的劳动。她的野，是内心狂野，是一个不甘于乡村日子的女人的精神突围。不像这个被访者，她生性不喜欢束缚，不喜欢过日子的秩序和程序。她却是一棵野草，和原野、原野上的声音，和泥土、泥土中的气息有一种天然的默契。因为这种默契，关起门来，房子就是囚笼；遵循某种过日子的规矩，就是套上了枷锁。然而，让我不解的是，一个就爱干活的女人，怎么会有一个就不爱干活的孩子呢？一个动辄就被抱到山上，一小就和猫狗玩到一起的孩子，怎么能爱在电脑上看书呢？

把我的疑问说出去，矮胖女人说：“谁不说呢，那闺女一小就不一样。上学念书呱呱叫，俺屯徐老师都说她是大学苗子。不摊上那么个妈，一准考上大学了。”

也是，基因代码的变异，什么样的事情都有可能发生。教授的孩子，也许就不爱读书。

“当妈的就爱干活，闺女上婆婆家就不干活。她不骂闺女，为什么去指责婆婆？”慕红问。

“惯孩子呗，小猫小狗她都惯，况且她闺女。”尖嘴巴女人说。

是的，爱是一种本能，就像她爱畜类、爱在野地里干活也是一种本能。

“可是，弄成这种后果，她不后悔吗？”我问。

听我这么问，女人们顿时哑了口。她们相互看着，谁也不说话。许久，眼角上有刀痕的女人指着倚在墙上的老头说：“三大知道，她家什么事都找三大。”

这个被叫作“三大”的老头，活动一下瘪下去的嘴唇，睁了睁一直眯着的眼。但立即嘴唇不动了，眼又眯上了，根本没有说话的意思。恰好这时，门口有声音传进来：“白搭了，她不干，她在地里割粳子，说什么也不回来。”

等待了这么久没有访上，我们不禁有些沮丧。对慕红而言，不管访到多少与被访者有关的信息，只要人家不同意，都不算访上。但她沮丧绝不是为自己，而是为我，因为今天，树华让她全程陪我。而我，太想见一见这个女人了，她不仅是表姐的反面，也是我的反面。从某种意义上说，我和表姐属于同一类人，为了挣脱束缚，挣脱乡村的孤独感，我们渴望人群，渴望没有实物的远方。我们一路奔着虚妄的空间，和某种信念保持了良好的关系，唯独没有和天地实物保持关系。而眼下这个女人，不管她后不后悔，只要有眼前的活路在，有屋里屋外的猫狗在，有院子外面的野地在，有院子上方的星月在，她都会很好地活下去。

“那是个野人，在家待不住。只要放她去野，就什么事儿都没有了。”我再次想起这句话。

可能看出我们的沮丧，车从村子往外走，在一个U字路口拐弯，妇女队长非让车停下来，逼我们下车。我们下了车，她指着远处的稻田，神秘兮兮说：“那就是她，闺女都没有了，还活得一包劲儿，干起活来不要命。”

随着妇女队长手指的方向望去，一个橘黄色身影瓢虫似的飘在一片稻田里。她一起一伏，慢慢移动。她的前方，是滚滚稻浪，她的后方，是一垄垄泛着白光的稻茬。因为临近中午，日光从头顶上照下来，一垄垄稻茬之间的大地不是褐色，而变成酱红色。它和橘黄色的瓢虫镶嵌一起，有一种燃烧的感觉。只是你说不清，是橘黄烧成了酱红，还是酱红烧着了橘黄。这时，我突然想起前几天钱薇讲的那个故事，一个母亲，从小到大就喜欢和土坷垃打交道，儿子死后，她一天到晚待在苞米地里，只要看到黄澄澄的土，心就不疼了。人不仅仅活在和人的关系里，还要活在和物质的关系里。人绝不要只活在和人的关系里，还应该活在和物质的关系里。比如和山、和树、和土地、和星星月亮，还有神灵……

“关了门，星星和月亮就进不了家了。”

星星和月亮，是她家路口的邻居吗？是她家城里的亲戚吗？

也许，有一种人，他们不被任何理想困扰，他们的心里没有远方，只有天地自然。就像有一种人，他们充满理想，他们永远觉得生活在别处，在远方。可是此刻，我不希望是这样，我不希望这个女人是一个特例，我愿意我们所有人都有这种潜质，都能打通和天地自然的深层关系。因为只有它们亘古不变，与岁月永恒。

带着这样一种意念，我特别不想上车。我想顺脚下的路走到远方的稻田，也做一只橘黄的瓢虫，和酱红的大地融到一起。可是，身边的人已经往车上移动，张申在车上一遍遍喊我。在往大杨招待所返回的路上，我的目光一直瞅着窗外的远方。那里，正午燃烧的日光使田野炽热一片。

大辫子

“她是一个怪人，都五十八岁了，还梳一条大辫子。你猜那辫子有多长？过膝。”吃罢午饭，上了张申的车，从大杨乡往曹崴子乡去的路上，慕红开始向我和张申讲述我们就要回访的大辫子的故事。

慕红是一个可爱的孩子，怕张申犯困，故意把说话声放大。随着访谈时间的增加，她越来越会讲故事：“我长这么大，从没看过那么长的辫子。她爱好剪纸，有艺术天赋，她家里有一厚摞剪纸作品，人、马、树木、鸡、鸭、狗全有，获过县市大奖。她是滨城下乡知青，1968 年下的乡，乡下太苦，她多次萌生轻生的念头，后来经人介绍在农村找了对象，是个大她十二岁的富农子弟，她叫他‘小老头’。她结婚那年十八岁，小老头三十岁。两人那个好呀，小老头把她捧在掌心，不让她干任何活，只让她画画、剪纸。每天早上，他还要给她梳辫子。你知道吗孙老师？他一梳就梳了四十多年，直到自杀的前一天。”

“小老头两年前上吊自杀，之前没有任何迹象。一天早上，他说出去走走，一走就再没回来，他把自己挂在房后边很远一个山冈的树梢上。当村里人发现，他身子已经僵硬。大辫子死去活来哭了一整年，直到现在还哭。她有三个孩子，老大精神不正常，老二哮喘，唯一一个女儿还被拐骗，你说这女人怎么活？”

知青，大辫子，长达四十年的爱情，这是一个老旧的故事，其中也有现实的痛苦。比如两个儿子的病，女儿被拐骗，可因为它镶嵌在一个爱情童话里，听来有些不接地气，甚至荒谬。一个对老婆四十年忠贞不渝的男人，怎么会选择死？一个被男人深爱了四十年的女人，居然不知道男人为什么死！关键的是，他们三个孩子都有病，他们如何还有心情摆弄大辫子？在资源贫穷的乡村，打发漫长的日子，有多少爱情能经得住消磨？然而，这正是慕红聪明的地方，她把故事的悬念抛给你，使你不得不对就要到来的见面更加心切。张申居然在后边不停地问："四家子还有多远？"

这是和大学生耿小云家那个村庄差不多的村庄，在山洼里，却不是大山。据说耿小云家就在山洼左边，两个村庄是邻居。我们要访的地方有一座孤零零的房子，坐落在山冈前边。在石墙围就的院子里，一对风门冲我们紧紧关闭。而透过木门门缝，一个女人粗粝的声音扁扁地挤出来："你们白进来，我不想见人。"

"阿姨，妇女主任给你打电话了吧？我们还想跟你谈谈。"慕红语气柔和。

"我都告诉她不行了，我不想谈，你们走吧。"

"阿姨，我们不谈，什么都不谈，是电视台记者想来看看你的剪纸。"

慕红就是聪明，她知道哪里才是大辫子的软肋。玻璃门里顿时没了动静，稍许就见风门徐徐推开，一个女人托着辫子跨过门槛，面无表情地解围道："没什么好看的，我老成这个样啦，能剪出什么带尾巴的鹌鹑？"

她确实挺老的，这不符合我的想象，这或许正跟辫子有关。在以往的印象里，辫子永远是青春的产物。头发是人的第二表情，一指它的光泽、亮度，再就是它的造型。一个年近六十的女人，且不说脸上有没有皱褶，脖子上有没有斑痕，单是头发的灰白暗淡，就使苍老格外突出了，况且这灰白暗淡的头发有一个可怕的长度。倒是她的眉眼在流转之间，反射出已经消逝的美，可这美被灰白发丝衬托，更觉得古里古怪，仿佛白毛女刚从山洞里出来。

进屋站定，相对无语。不让访谈，总不能一进门就要作品看。谁知见我们不吱声，她真的就像白毛女一样控诉起来："小老头把我扔了，小老头为什么要把我扔了呀！"她吐字快，语音短，像在竹板上数豆子。对着张申镜头，说着说着，她呜呜地就哭了起来。

从后边抚她的后背，这是慕红安抚被访者惯用的举动，据说这样真能使人淤在胸口的悲伤之气化开。确实有作用，哭声渐渐就低了下来，肩膀也不再抖动了。

因为换了个角度，我发现大辫子的头上梳的不是一条辫子，是两条，这两条辫子又不是传统的两条，而是一条在后脑勺上垂着，一条在脑门上歪着，非常怪异。一个朋友在形容她的朋友时说过，一个人的一生就像一年的四季，有春夏秋冬。有的人，春天里就下了一场大雪，把她冻住了，从此她的人生少了两个季节——风雨摔打浇淋的夏天，圆润饱满的秋天。大辫子或许就是这样。十七岁，正是热爱发辫的花季，一场知青上山下乡的霜冻，冻结了她所有的梦想。从此，她的人生就停留在发辫上。

见她不哭，慕红直奔主题："阿姨，把作品拿给张导看看呗。"为了让大辫子配合，她称张申张导。

就像早就等待这一刻，大辫子眼睛一亮，把辫子一绕绕上脖子，噌一声就爬上了炕沿。她从炕沿上站起来，直起腰，只见她的两只手触到墙壁顶上一个长长的布袋。将布袋放到炕上，抽出一张张报纸，铺展开来，我被一种说不清的东西幸福地灼伤了。要说说不清，其实也能说清，它们是花心在蕊中轻轻颤抖的低语，是庄稼在夏风中慢慢抽穗吐须的沉吟，是公鸡在黎明前欢天喜地的歌唱；要说说得清，还真的就说不清，因为它们到底在哪一剪子上，在哪一种变化中拨动了神经，触碰了心弦，你根本不知道。可以说，那是我今生从未见过的剪纸作品：一地疯长的花草，正在拔节的庄稼，为一盆食物你争我抢的鸡鸭鹅狗。眼看着它们在一方红纸上打开，就像童年在野地里听到遥远的笛声，心底疼痛的同时，会有一种莫名的感动。那笛声，正是下乡知青吹出来的，他叫王涛，他让我一个乡下孩子第一次感知到幸福的忧伤。

一幅幅看着，我的眼窝渐渐发热。一个天才的少女，因为某种原因，奇迹般地把艺术带到荒野。一个对艺术有着天才领悟力的乡下小老头，奇迹般地发现了她，感受了这幸福的忧伤，从此爱不释手，珍爱有加。他脸朝黄土背朝天的泥泞生活，从此变得不同凡响。

虽然没有把赞叹说出来，可我屏住呼吸的样子，专注的目光，已经说明了一切。大辫子在一旁道："不管是剪畜类还是庄稼，我都要观察好多天。有时候，我成宿成宿不睡觉，就琢磨这一剪子怎么剪。你看这老牛，它多可怜，把它可怜的眼神剪出来，你得天天看，天天琢磨。有一张，你看，"说着，她伸手往底下翻，"对，就这一张，小老头最稀罕了。"

铺展开来，一张镂空的红纸上，趴着一头精瘦的老牛，它扬着脸，噘着嘴，眼神却低垂着，真的很可怜。

"那回参展，小老头非逼我拿它，说这张肯定得奖，太生动了。结果，什么奖也没拿。没拿奖他生气了，说城里人什么都不懂，咱留着自个儿看。直到现在，我才明白，他为什么喜欢它，他觉得我剪的老牛就是他，太可怜啦！你说，我在早怎么从来不知道他可怜哪？"

说着，她又呜呜地哭了起来："都是我不好，我从来没关心过他，都是他关心我，我从来都没关心过他呀——”

也许这就是这个爱情童话的隐秘之处。她的世界从来都不是小老头的世界，她的世界在剪刀上。在创造的快乐里，她逃避了繁重的乡村。可小老头，为了那一瞬间的不同凡响，无处可逃。他需要长时间回到泥泞里，脸朝黄土背朝天，直到有一天，再也撑不住……

“不是你不好，是你太好了，不，是你的剪纸太好了。”为了安慰她，我语无伦次。

谁知，我的这句话像一把钥匙，一下子打开了她话语的闸门。如何构思，如何选材，在哪里下剪，她毫无节制地诉说起来。我感兴趣的是故事的背后，而不是艺术的背后，可是一切都由我引起，就只有耐心倾听。可以说，在她每一幅剪纸里，都有她独特的构思和思考。有一幅剪纸，是一幅风景画。在一个木桥围成的湖边，有一个四角微扬的小敞厅，里边坐着一个小老头，他打着眼罩，冲远方眺望，而他看着的远方，有一轮弯弯的月牙。

“这是我给小老头剪的，他一辈子没捞着闲着，为了我，累死累活。现在他不累了，我让他天天看风景。”

倒是提到小老头，给我拉回话题提供了时机。我说：“他比你大那么多，你怎么会爱上他？”

大辫子把目光从剪纸上移开，两手搓着手里的辫子：“我那时不是得瑟嘛！才十七岁，爹妈是机电公司的工程师，下乡根本没我什么事儿。可我愿意到广阔天地里大有作为，自己报了名，一下来，就后悔了。农村太苦了，春天一耪地就坐在地头掉眼泪。可是掉够眼泪，发现有人从对面帮我耪过来。一来二去，村里人看在眼里，就给我俩介绍，我当时一心想找个不干活的避风港，就同意了。谁知小老头真就对我好，不让我干一点活，天天逼我画画剪纸。不怕你笑话，我是和他结婚后才恋爱的。你不知道他有多体贴，帮我梳一回辫子能亲我三十下。我天天都像喝醉了酒。”

“他真的帮你梳了四十年的辫子？”

“可不是嘛！”大辫子直盯盯看着我，一种骄傲的神情顿时笼罩在她的脸上，“我结婚不到一年就生了孩子，十九岁，天天给孩子吃奶，根本顾不上梳头，可他坚决不许我披头散发。他说我是他眼里的画，必须时刻都是美好的。”

我不怀疑爱情。小老头是富农的后代，在“唯成分论”的年月，他是深陷地狱的落难之人，她对他的爱绝对是对他的拯救。大辫子是未沾过泥土的城市后代，在十七岁的妙龄下到农村，是深陷地狱的落难者，他对她的爱同样是一种拯救。可不知为什么，我觉得在这个爱情故事里，小老头对大辫子的爱是爱，大辫子对小老头的爱不是爱。爱，涉及到付出。大辫子对小老头的爱里没有付出，大辫子爱的是自己，是自己心里的艺术，如果说她的生命因为小老头而怒放，那也是她的艺术之花得到怒放之后的怒放。原因很简单，她刚才说过，他太累了，太可怜了，她却不知道他太可怜了。要是她深爱着他，为什么会不知道他太累了呢？

没有多久，我证实了我的想法。

那时，大辫子又执拗地回到她的剪纸上。面对张申镜头，或许她觉得这是她最应该做的事儿。她重复着刚才的动作，把已经翻过去的剪纸再一张张往回翻，一张张重复讲述着她当时的构思、灵感来源。最后，我不得不在张申镜头的掩护下，像小老头逃离这个家庭一样逃离了现场。

然而，我怎么都没想到，在这个家庭里有另外两个人，会因为小老头的死逃离他们的生活现场，从城里来到乡下。

他们是大辫子的父母。在我们看剪纸的时候，他们正在房后扒苞米。进门之后，一直就觉得房后有人，我推开后屋屋门，还以为这里有她的儿子，却想不到撞到一对老人。大概看出我的惊讶，正在扒苞米的老太太说：“那是我闺女，我和她爸不放心，就下来陪陪她，帮她干活。”

老人端庄又文雅，一看就属大家闺秀那一种。而她的老伴，目光深邃，神情淡定，一看就知道见过大世面。“二老来了多久？”我问。

“半年有了，她老哭，能不管吗？我和她爸体格还行，能干一天就帮她干一天。”母亲说。

“你们几个孩子？”

“四个，她最有才。可就她过得不好，太操心了。”母亲说。

“喜欢你们闺女的剪纸吗？”

“喜欢倒是喜欢，可是有什么用哇孩子？不当吃不当穿呀。不叫她贪手艺，两个儿子不至于得病，小闺女也不至于那个样。”母亲说。

“孩子怎么会都有病？”

“谁不说呢！老大三岁那年春天，他妈把孩子抱在门口水塘边，自个儿去看柳树发芽。孩子掉进水里，受到惊吓得了惊恐症，一害怕就犯病，都四十多岁了还没结婚。老二一小在屯里玩耍叫小孩儿欺负，来家哭。他妈不懂，孩子正哭着，逼他吃饭吃咸菜，结果得了哮喘。老三是个女孩，一小就不省心，闹人。该念书时不念书，到处乱跑，她爸干活顾不上她，她妈根本不管她。十几岁去外面打工，被拐骗到河南，多年没回。再回来时，已经找对象了，嫁了个小混混，老打她，现在得了抑郁症。”母亲扯撕着苞米叶子，语速不紧不慢。

正说着，只见一个小伙子从屋檐下小道走过来。母亲接着说：“那就是老二。长大了，上边照顾知青后代，在金州湾安排了个工作。可哮喘病越来越重，一检查，是万分之一那种类型，不能治，只有休病假回农村养。现在已经在家待了两年了，老婆孩子都扔在金州湾。”

我不禁朝小伙子看去。他穿着淡蓝色T恤，牛仔裤把腰束得很紧，干净利索的样子和他身前身后的背景很不相符。他手里拿着一枝扯断的树枝，轻轻地摇晃着，驱赶着屋檐下的蚊蝇。

“什么活儿都不能干，一天到晚只能在房前屋后遛遛。”母亲小声说。

“你们怨闺女吗？”小伙子绕到房屋西边时，我问。

母亲的目光扫了老伴一眼，又专注地扒着手上的苞米。许久之后她说：“不能怨闺女，怎么能怨闺女呢？她还小，是我们当大人的不负责任。她爱画画爱剪纸，一小就想当艺术家，我们把她捧在掌心，宠得没法儿。可是我们这么宠她怎么能叫她下乡呢？想一想我们自个儿都弄不明白。当时她才十七岁，又是老大，是可以不下乡的。她来家闹着非要下，我们就糊里糊涂地同意了，也是太宠她了，从小到大就没驳过她。她爸当时全国各地跑，我上班又带孩子，脚打后脑勺，也顾不上她。谁也想不到她下了乡就找了对象，还是个农村人……”母亲说着，眼角有了泪。

“听说她找了个农村人，我和她爸生气不理她了，你说我们当爹妈的能不怨自个儿吗！她那么有才，不下乡早就有出息了，在城里念书，最低也能当个文艺教师。可倒好，我们谁也没管她。女婿倒是不错，宠她，女婿爱才，可她在农村，再有才又能怎么样?！天高皇帝远，一个接一个生孩子，她就是条龙，也跳不出龙门啊……”

如果说人生真有四季，那么生了孩子，就是女人的夏季。女人必须在跟孩子的厮磨中学会忍耐、承受，一点点放弃原来，改变自我，在残酷的现实中被动成长。很显然大辫子不是这样，她有才华，有梦想，她有和她一块儿爱着梦想的小老头。她确实是因为冻在了花季，才爱上她的乡下小老头。可小老头对她的爱，在让她得以逃离繁重的乡村日子的同时，又更结实地把她冻在了花季，使她一直都活在自我的心灵里，拒绝成长。

“女婿就稀罕她剪那些东西，闺女也都是叫他宠坏了。那年闺女生孩子我下来看，擦屎抹尿都他一人管，那个耐心呀。你想想，她自个儿还是个孩子，还想这想那的，怎么能知道去侍候孩子？结果怎么样？压力太大了，他坚持不下去了。孩子一个个大了，出了这么多事儿，你就是个铁人也不行呀。你没看见他留给我们那封信，说得多可怜。他腿上长了骨刺，走路钻心疼。但凡有一点力气，他不会死，他是个乐观的人，就爱说笑话。”

“他给你们留过信？”我眼睛一亮，可一直没说话的父亲干咳一声，警示性地朝门里望了望。母亲赶紧补充道：“闺女不知道，没告诉她。她十七岁就来到乡下，太不容易了，当老的帮不了什么，不能让她再去责怪自个儿。”

爱女婿，更爱闺女，我突然想起最开始访到的翁南那个老人的口头语：怎么办？没办法！在这些灾难深重的父母那里，没办法时，就只有向自己求。“我们把所有生活费都搭上了，只要能动，就住在这了，怎么办？不能眼看着她……

那一天，听了一番母亲的话，从后门进屋，再看到大辫子，心情变得非常复杂。她对艺术的爱，是出于本能，就像小老头对她的爱出于本能一样。可是在乡村大地上，在残酷的现实中，这本能的爱到底能支撑多久？可以肯定地说，如果没有小老头对她的爱和付出，这个冻在花季的花早就凋谢了；如果身边没有一个人在默默地给予，她绝不会有这么持久的热情。可是，让她在该凋谢的时候凋谢，难道有什么不好吗？一朵花只有谢了，才有可能在夏季的风吹雨打中孕育果实。她谢了，变成一个泼辣能干的老妈子，变成一个毫无追求的家庭妇女，她成为孩子们的依靠、丈夫的臂膀，她在付出和承担中变得越来越强壮、越来越泼实，这难道有什么不好吗？母性的伟大，正来自于风霜雪雨的磨砺。可是，小老头没有给她这样的机会。他不给她机会，也许是他还不了解自己。他还不了解，一个人不管生在哪里，都承受不了一味的付出。谁的爱都不是一眼望不到底的深井,取之不尽、用之不竭,人需要彼此借力,相互搀扶。可是,进了屋里，我又有些犹豫了，因为大辫子的一句话正刺进我的耳膜："农村太苦了，一下乡我就后悔了。我不愿干活，又回不了城，我多次萌生轻生的念头。都是小老头救了我。”这话在路上,慕红就说过,我却把它忘了。如果一个人发现深爱的人没有自己的保护不是凋谢,而是夭折，他难道不该倾力付出吗?

纠结在难以说清楚的事情上，我长时间看着眼前的大辫子。因为一直不停地讲话，她粗粝的声音更加粗粝，手不停地绞着手上的辫子。虽说她躲在剪纸和画里，没干过多少活，可手背上的皮肤干糙粗劣，手指尖还爬满了一道道黑色的口子。生活在乡村，和泥土在一起，和柴草烟灰在一起，怎么说你也逃不了侵蚀，况且又是四十年的岁月……许是慕红的导引，这时的大辫子已经离开那堆剪纸，正在诉说往昔岁月。孩子小时粮食不够吃，她如何上山挖野菜；小老头在山上干活，回来做饭晚了，她抱着孩子扒灰、拿草、刷锅，如何把小女儿摔到锅底坑，烧光了头发……环境的力量实在是太强大了，它无时无刻不在改变着人的生命。在这改变里，小老头确实扮演了积极健康的角色。因为大辫子说，小老头不光心灵手巧，会木匠活又会瓦匠活，他还爱讲笑话，爱讲故事。她说他只要和她在一块儿，不管在干什么，他都要给她讲有意思的故事。有一个故事是这样的：一个冬天，公公赶马车拉媳妇去赶集，回来的路上，媳妇说要上厕所，公公就把马车停在路边。荒野中没有厕所，好在不远处有一条小河，河边有一丛丛枯草，公公背过身等媳妇。可是一等不回来，二等还不回来，公公急了，就循着草丛方向去找，结果发现媳妇坐在河面，屁股冻在了冰上起不来了，公公情急之下就用嘴贴着媳妇的屁股哈气，直到把冰给化开了。

难怪大辫子能在这个家里待下去，小老头能把苦涩的生活搅出另一种滋味。被她复述的故事引逗，大家都止不住笑了起来。然而就在这时，只听身后哐当一声门响，转身一看，一个蓬着头发的中年男子从外面进来。他膀大腰粗，身穿一身黄啦吧叽的外衣，气喘吁吁站在门槛外，虎视眈眈看着我们。仿佛我们是侵略者，入侵了他的领土。

见他眼神不够友好，大辫子赶紧向他介绍我们："电视台的，他们来采访妈妈，妈妈有幅剪纸获奖了。"说完又转向我们，"我大儿子。"

大辫子话音刚落，她的儿子眼睛就竖起来，愤怒的表情像一只愤怒的老虎："水太凉了，你凭什么叫他们来，凭什么？"

这时，大辫子的母亲从房后闯进来，推开这只愤怒的老虎，柔声道："别惹妈妈生气老大，咱家来客人不好这样。水不凉，姥姥烧火了，水一点儿都不凉。"

当他跟姥姥出了后门，大辫子突然火了。她火，不是冲儿子，而是冲小老头。她一高跳到屋子东边，指着放在平台上的照片，气急败坏道："你这个狠心鬼，你为什么扔了我们不管啊？你扔了我们，躲在这里看笑话，你心太狠了呀！"

那是一张一尺见方的照片，它放在一个从墙皮凹进去的平台上。小老头躲在那里冲你微笑的样子，确像一个看笑话的局外人。然而大辫子把火儿发出去，突然又撕扯着手里的辫子大哭起来，边哭边说："都是我不好，都是我不好啊，我没伺候好孩子，我对你有愧呀。你太可怜了，找我这么个老婆，你真的太可怜了。"

我们刚进门时，大辫子就在自责，说都是自己不好，可那时听到和现在听到，感受是不一样的。在对她有了一些了解之后，我觉得听她自责有些欣慰。她一直躲避现实，确实没有承担起一个妻子、母亲该承担的责任。现在，她痛苦地自责，证明她接受了现实。她接受了现实，感受了疼痛，证明她人生的夏季已经开始。虽然这夏季来得有些晚，可是毕竟你从中看到，该来的，还是来了。

我以为，姥姥安抚了外孙，会进屋来继续安抚闺女。因为她的哭声太大了，震得窗玻璃呜呜响，她完全听得见，可是没有。她一直没进屋，仿佛让闺女哭是她最愿意的事情。这时，我想起小老头留给她的遗书，遗书的内容，完全可以想象。可是，听大辫子在一遍又一遍的自责中哭诉，我还是萌生了看一看遗书的念头。我想知道，一个人为另一个人付出了一辈子，临死之前，他如何看待他们四十年的感情，他对大辫子有没有报怨。我再一次从屋子里溜出来。

然而，当再一次走出来，我被眼前的景象惊呆了。在苞米堆边的一只小木凳上，大辫子的母亲，手握着外孙的手，一遍遍说“水不凉，姥姥烧火了，一点儿都不凉”。而她的父亲，却跪在远处的地垄上朝着西北方向，鸡啄米似的一个劲儿磕头。我震惊，并不为姥姥和外孙，而为大辫子的父亲。在我刚才的印象里，他是个因见过世面而镇静淡定的人。他是工程师，有过走南闯北的经历。他如果不能做到每临大事有静气，至少不该是眼前这个样子——跪地磕拜。

为了不惊扰这个得了惊恐症的外孙，我只有越过他和他的姥姥，朝地垄的另一端走去。我朝另一端走去，是不知所措之后下意识的举动。可是就在这时，我听到大辫子的父亲在跟我说话：“闺女，孩子弄到这一步，都是我造的孽呀。”

老人的话让我没有准备，我转过身，愣愣地看着他。此刻，他深邃的目光变得有些混浊，仿佛在磕头的一瞬揉进了泥土。

能冲我说出这句话，可见他已经憋得太久了。可一切都来得太突然，我接不上话。

“她就不该下乡，我就不该放她下乡。”

“大叔，那年月，谁也看不清形势。再说，这也不是你一个人能左右得了的。”我终于找出安慰的话。

“不呵闺女，你知道孩子为什么下乡吗？我那时天南海北走，长期不在家，回到家里还和她妈打仗，孩子不愿意待在家里。”

原来如此，难怪我问母亲怨不怨闺女时，她扫了老伴一眼。“她和女婿结婚，给我写过信，说小老头对她太好了，一点儿也不像爸爸对妈妈。我那时年轻，心根本不在她身上，没拦她也没帮她。我当时要是上心，是可以把她调回来的。我是电业局高级工程师，她是老大，她可以不下乡的。就是她下了乡，我也有能力把她调回来。”

“大叔，”我说，我也坐到地垄上，“你别这么想，一代人有一代人的命，你不能太煎熬自己。”

老人却一直摇头，边摇边说：“不，不是这样，都是我造的孽。要不是我，闺女没有这一天。她生了三个孩子，都给我写过信，可是我只给她寄过一回钱，从来没下来看看她。第二个孩子得了哮喘，她领回滨城去看，我在外面出差，根本没帮上。等我回来，她领孩子又回乡下了。那时候的人不知怎么想的，一心扑在工作上，又赶上全国大力发展电业……孩子有这一天，都是我造的孽，我这是报应！”

闺女的遭遇让父亲开始忏悔，这并不是一件坏事。可是谈到报应，我还是不能同意。这并不是说访谈了许多案例，发现老天真的没那么公平，而是我理解一个年轻工程师的热血青春和浪漫情怀。在那样火热的年代，那样的年龄，不是只有他一个人那样。洒尽热血为人民，是那一代有技术、有理想年轻人的共同信念。

“闺女，不瞒你说，我老伴对我真好，可是我和她没有感情。都因为和她没有感情，一回家就吵架，也就不知道疼孩子。我年轻时不是个疼孩子的人。”

“我了解，那时候的人眼里只有理想，没有孩子。”

“不，闺女，你不了解。”老人说着，低下头来，搓着手里的泥土。沉吟片刻之后，他说：“闺女，我年轻时做过对不起家人的事。我在外面遇到一个女人，除了工作，我的心都在这个女人身上了，我的心被这个女人掏空了，根本没用在孩子身上。现在年老了，不知怎么就疼孩子疼得不行，听大闺女哭，我这心都揪起来了，我就想求助老天，不要老叫闺女哭。我一辈子没掉过眼泪，现在天天偷着掉眼泪。我一辈子什么都不信，可我现在信老天，老天这是惩罚我，叫我老了活不舒坦。”

每个人年轻时都难免有情感故事，这并不意外。意外的是他能跟我说出来，意外的是他磕头是为了在心疼闺女时求助老天。看着这个可怜的老人，我心头不禁钝痛。

“我也想好了，就叫它惩罚吧。我已经把城里的房子卖了，三十万全存在闺女的账户上。我告诉城里的两个儿子和一个闺女，我把这把老骨头送到乡下了，只要能帮闺女，我死也死在这里……”

说着，老人的眼里有了泪花，我的眼窝也开始发热。说起来有些奇怪，大辫子哭，我毫无感觉，老人哭，却让我心生酸楚。他已经来到人生的冬季，他承受不起这样的自责。关键在于，他在城里待了一辈子，如何吃得了乡村的苦啊！

“大叔，我想看看你女婿的遗书，行吗？”这是我从屋子里出来的初衷。可是现在说这句话，初衷已经不知去向。我不过是为了转移话题，让老人从自责的痛苦中走出来。

听我这么说，老人叹了口气，眼仁在眼眶里闪了一下，泪花一瞬间被一种警觉和警惕替代。他先往老伴和外孙那里望了望，之后把目光转向后门，再之后，他转过身，向西边的苞米地迈开了小步。

我心有灵犀地跟着他。我想遗书一定就在他的衣兜里，他一直揣着它，是怕闺女看见。他不在门口拿出来，一定出自同样原因。可是一路往前走，过一条小水沟，朝房子后边的山坡走去，他却一直没有停下来。他一路低着头，步子越迈越大。他大步流星的样子，根本不像年近八十的老人，尤其有瓦灰色工作服收着他的腰身。在穿过一个小树林时，我以为我领会错了，停了下来，因为他走得太远了。他绕过石缝，穿过树空，几乎上到了山顶。可就在我远远地望着他上山的背影时，他回过头来，远远地朝我这里张望。发现他在张望，像听到某种呼唤，我立即迈开脚步，向山上奔去。

在穿过树空时，我突然想起几天前让一个被访者领着，和张申上山看一个目标人坟地的情景。似乎一下子就明白了老人的意图，他是想领我看看小老头的坟地。我要看的是遗书，他为什么要领我上坟地呢？

气喘吁吁走上去，站到一块平地上，我什么都明白了。原来遗书放在红砖垒就的茔门里。老人蹲在那里，拿起最上边那块砖，将朝下的一面翻过来，贴在砖面的一只塑料袋子里，一张折叠着的白纸撞入眼帘。老人扯下塑料袋和砖面之间的胶布，抽出里边的白纸递给我。在我接过这张纸时，他语气凝重地说："女婿活着，我从没和他好好说过话，我一直看不上他，嫌弃他。现在，他死了，我几乎每隔几天都过来一回，看一回他的信，和他说会儿话。他帮我养了这么些年闺女，我得帮他养他撇下的老婆和孩子，我对不起他。"

我没有马上展开信，因为西下的阳光从山坡那边射过来，晃得人睁不开眼睛，当然也因为坟地上的一块石碑吸引了我。一棵槐树遮住了上边的光线，使那上边的雕刻清晰醒目。一个小老头坐在一个小敞厅里，打着眼罩向远处望着，在石碑的左上角，有一轮弯弯的月牙。和大辫子的那张剪纸一模一样，显然是她画上去，石匠凿出来的。看着它，我的心不禁有些打颤。现在，小老头对着的不是月牙，而是一轮西下的红日，等于无论是白天还是黑天，他都能看到远方的风景了。在一棵略高一点的柞树下，我展开那张白纸，上边的钢笔字很小，但工工整整，像印刷体的硬笔书法，行文中没有一个错别字。

岳父岳母大人：

当你们看到这封信的时候，我已经不在了。扔了徐烟，是做女婿不孝。可是，我真的干不动了，我腿长了骨刺，一走道就钻心疼，我不能眼看着自个儿瘫在家里。你们就骂我吧，你们的闺女嫁给我，受了委屈，可是你们从来也没骂过我。岳父大人不喜欢我这女婿，可我还是感谢老天给了我这门好亲戚，我家老少辈都没有一门城里亲戚，有城里亲戚，是我祖上积了大德啊。你们生了个好闺女，她有才华，可是我没有福气享用她，老天叫我吃苦遭罪，叫孩子有病不省心，我知道是我没有福气享用她。我干了一辈子，不是为她，是为她的艺术，我不服气，我就是想叫她一辈子弄艺术。可是，我输了，我真的干不动了。我不求你们原谅，只求你们帮帮徐烟，她是个才女。她做不好饭，不会做饭，老大老二都能吃，闺女说不定什么时候也得回来，你们就来帮她做做饭吧。

这几年，我越来越没有出息，朝朝暮暮都在想，到什么时候，我不做饭了，不干活了，老老实实坐在炕头，坐在院子里；到什么时候，我能大碗吃一顿肉，大口喝一顿酒，我天天都在想。可是我没有那个命！

从明天开始，我再也不用想了，从明天开始，一切都好了，我捞不着吃肉喝酒，可是我再也不用干活了，再也不用了。要是你们能够做到，请把我埋到西山冈上，这些年我只顾干活了，从没闲下来看看风景。我想看看远方的风景。

从明天开始，关心粮食和蔬菜，
我有一所房子，面朝大海，春暖花开……

遗书在我手中颤抖的时刻，我再一次想起这样的诗句。

遗书交给老人，眼看着他把它重新粘到砖面上的时候，我听到了另一首诗。它出自一个年近八十的老人之口，声音混沌而豪放：

我的女婿，
我愧对你，
我一直不是你的好亲戚，
我对你有罪。
从现在开始，
我做你的好亲戚，
我拼出老力。
你九泉之下，
安息。

从坟地往回走的路上，老人告诉我，看了女婿写给他们的遗书，不知道怎么就喜欢上了这个女婿，没事儿的时候，他天天来和他说话，他觉得他说什么他都听见了。就靠这个，他越干活越有劲儿，老伴都说他变了一个人。离休后这些年，他一直神经衰弱睡不着觉，天天靠吃安定片过夜。可自从来了乡下，他再也不用吃药了，不但觉睡得好，身板儿也比以前硬实多了。

灾难有时候并不通俗易懂，这是黄永玉老先生在《无愁河上的浪荡汉子》一书中的话。这一刻，我似乎悟得了它的真正涵义。

跟老人一前一后往家走，老人说了一路的话。说他对农作物习性由不认识到认识的过程，说他亲手把五谷杂粮收到家中的成就感，说他对鸡鸭猪狗由讨厌到喜欢的不平凡经历。就要走到家门口时，他还告诉我，每到晚上，他都教两个有病的外孙下围棋，他是他们的姥爷，可是他愿意孩子把他当成老师、父亲。他懂得下围棋的技法，希望能用自己在围棋棋技上的权威在孩子们面前塑造形象，从而成为他们心里的依靠，两个孩子太需要安全感了。说着说着，跟老人拐下山坡走进院子，我看到了这样一幕。慕红站在堂屋，正在一梳一梳给大辫子梳头。大辫子坐在一个长条矮凳上，披散开的头发瀑布一样就要落到地面，而张申，镜头对准慕红的梳子，在大辫子长长的头发上来回移动，像拍电影一样一丝不苟。不知是慕红想让大辫子从悲苦情绪中走出来，故意表示对编辫子生出好奇，还是她真的好奇，真想学学如何编辫子——她这个年龄，确实不一定编过辫子。或者，这是张申的安排，他想导演一出情景剧，想重温一下小老头给大辫子梳辫子的情景。慕红的动作十分笨拙，从上往下梳理头发时，仿佛面对的不是头发，而是一根根易断的丝线，小心翼翼战战兢兢，一梳子下去走上不到一拃远就停下来，再试探着在另一个地方下梳子。看着她动作的缓慢，我都有些急了。在二十七岁结婚前，我都一直梳辫子。可我没有剥夺慕红这个权利，因为我知道无论怎样，这感觉对她都是奇妙的、重要的，她在体会小老头抚弄心爱女人的头发是怎样一种滋味的同时在用自己的手抚慰一个受难者的心灵。可是，就在我站到大辫子身边，为慕红笨拙的动作，战战兢兢的样子有些着急时，大辫子噌一下站起来，一转身夺下慕红手里的梳子，拖着她长长的头发进了东屋，动作的敏捷让人猝不及防。慕红惊愕地扫我一眼，我却知情似的笑了。心想就你笨得这个样儿，编好这么长的辫子还不得编到天黑，大辫子一定是着了急，想赶紧自己编起来，送我们离开，我们在此打扰得已经太久了。不知过了多长时间，是一秒钟还是十秒钟，是十秒钟还是二十秒钟，当大辫子再次出来，我和慕红目瞪口呆。她居然把长发剪掉了！一把头发耷拉着脑袋托在她的手中，仿佛一堆丝麻，而她的脖颈上，垂下来的短发像一挂参差不齐的稻草帘子。

大辫子一眨眼的工夫把长发铰了，慕红的脸登时涨红，像一个惹了祸的孩子，我的神经也不免有些发紧。毕竟，她梳了四十多年。我们木木地伫立着，像两只没有头脑的木偶。大概想不到我们会这样，大辫子反倒朗声笑起来，亮着粗哑的嗓音道："愣什么愣呀，我早就想铰掉了，小老头烧头七时我就想铰了，一直下不了决心，是怕他不愿意。今儿个你们来，给了我灵感，帮我下了决心。"

我不禁想起"回乡A计划"中的大学生耿小云，她说头发在哪儿人就在哪儿。大辫子把头发铰下来，一定是觉得应该送给小老头，让他跟她的头发在一起，他就不孤单了。可是大辫子接下来的话和我的想法相去甚远。她看着慕红，看着我，调皮地眯一下眼，笑着说："没有小老头，我也不想当大姑娘了，我这辈子，头发浪费了太多的时光。在早浪费，我为小老头，现在我不能再浪费了，我得多帮爸爸妈妈干点活儿，他们都那么大岁数了。"

这也许是我、慕红、张申最想看到的结果了。可是面对她铰下头发后怪怪的样子，心里不免有一丝难过泛上来。在偏僻的山村，成长，原来需要跨越如此漫长的时间；在某些人的人生中，灾难原来是使之获救的唯一通道。

我和慕红分别长时间地拥抱了她。她头发上的烟灰味冲进鼻腔时，我说了句话："大姐，你很棒，你是好样的！"

尾　声

这是一个深秋里最最火红的黄昏。所谓火红，是说天空太晴朗了，西下的太阳砸在地平线上，像一个砸进火海的巨大火球，喷溅出万丈霞光。以往描述霞光万丈，大都指太阳喷薄而出的早上，可是你如果在深秋的黄昏里看过，在深秋晴朗的黄昏里看过，一定同意我的感受。太阳在西天落下时和从东天升起一样，有着同样的热烈和饱满。它烧红了大地，烧红了山脊，烧红了半个天际。只不过当最热烈饱满的时刻过去，你迎来的不是破晓之后的晨光无限，而是夜幕降临之后的星斗满天。

之所以如此耐心地站在原野等待日落，是想在离开翁古城之前，为我们采访过的目标人——亡灵，搞一个祭拜仪式，做一次祈祷。我们随团队打扰了他们，我还要在未来的日子里书写他们。他们的故事，他们通过故事展示出的音容笑貌、苦痛哀乐，给我留下了今生都难以磨灭的印象。他们疼，我也疼。他们让我困惑、困顿、痛苦、迷茫，也给我带来种种思考……我将有一次倾情的书写，我要进一步更进一步揭开他们的伤口，翻出他们以及他们亲人灵魂的疼痛，我要在他们的故事上进行想象和虚构，我希望得到九泉之下亡灵的原谅、理解和宽恕。我希望我的书写没有歪曲、改变事实的真相，或者即使因为某种需要，有了歪曲和改变，也能得到他们的原谅、理解和宽恕。因为我的初衷，是渴望借此唤醒人们更多的爱……

这个晚上，参加仪式的不光我和张申，还有和我们一起走了十几天的课题组的所有研究生。慕红和钱薇抱着两大团冥纸，王月楠和居颖分别捧着香和蜡烛，吕岳成则一手擎着一束鲜花。在大杨乡通往黄海大道的201国道边，在西天的晚霞彻底消尽，星星在天上遥望大地的时候，我们点燃冥纸，点燃九炷香、九支蜡烛。九是数字当中最大的数字，我们愿它照耀天堂里每一个亡灵。我们跪在地上，双手合十，看着香火、烛火静静地燃烧，静静地闪烁，在心里默默祈祷……

香火、烛火眨巴着热烈的眼睛。它们的热烈中有着难以说清的痛楚和不安，一如每一个亡灵的痛楚和不安。某个瞬间，我甚至看到了他们的面孔。他们是张小栓、姜立修，他们是刘国胜的女儿、大辫子的丈夫小老头。可是慢慢地，渐渐地，他们消失了，像晚霞消失在西天一样淡去了。随之，他们化成了无数颗星星，闪着明亮的眼睛，把遥远的天空映照得灿烂一片……

谨以此书，献给我的故乡，我的大地，我的乡亲父老。

感谢我的好朋友贾树华教授，没有她的支持、鼓励，就没有我此次的倾情书写。她总是会跟人分享自己多年自杀死亡研究的心得：海再咸涩也能提炼出晶莹而有益健康的盐，即使受挫甚至痛苦的人生里，也蕴藏着积极的力量。

孙惠芬

2012 年 12 月 28 日